JOCHEN PÄSSLER VOR SEINEM TODE UND DANACH

Der Autor

Sein Lebensweg ist mit dem Wachsen und dem Untergehen der DDR verbunden.

Jochen Päßler, 1947 in Oberwiesenthal im Erzgebirge geboren, wurde nach dem Abitur und nach dem Studium der Außenwirtschaft 1969 Mitarbeiter des Auslandsnachrichtendienstes der DDR. Bis 1989 war er auf verschiedensten Gebieten der Aufklärung tätig. Seine Aufgaben führten ihn für einige Jahre nach Südamerika. 1990 war er aktiv an der Auflösung seines Dienstes beteiligt.

Der Autor lebt als selbständiger Kaufmann in Berlin.

Jochen Päßler

Vor seinem Tode
… und danach

Aus dem Leben eines Frieder Gänsekiel

2009 • Verlag Wiljo Heinen, Berlin

Die Handlung und die handelnden Personen in diesem Roman sind frei erfunden.

Alle eventuell auftretenden Ähnlichkeiten mit lebenden oder verstorbenen Personen sind rein zufällig.

I

Kein Absender. Sondermarke. Ungläubig hielt Martina Maybach das Kuvert in der Hand. Dieser weiße Umschlag. Ihre Neugier war erwacht. Sie misstraute dem unerwarteten Schreiben.

Eine Vorahnung flüsterte ihr zu: Ganz gleich, was in dem Brief steht, es wird in dein Leben einbrechen.

Skeptisch besah sie sich noch einmal die Anschrift, dann blickte sie aus dem Fenster, in das Dunkel des Winterabends hinein. Draußen begann es sacht zu schneien.

Von Wurfsendungen und gelegentlichen amtlichen Schreiben abgesehen, hatte sie seit langer Zeit keinen Brief erhalten. Nicht einmal erinnern konnte sie sich daran. Unruhig ging sie drei, vier Schritte vor dem großen Fenster ihres Wohnzimmers auf und ab. Niemand fiel ihr ein, der ihr eine persönliche Nachricht hätte schicken können.

Adressiert war der Brief an Martina Bechler. Die Briefträgerin musste ihren alten Namen noch kennen, sonst wäre der Umschlag gar nicht bis in ihren Kasten gelangt. Der Absender hingegen schien nicht zu wissen, dass sie ihren Mädchennamen seit langem wieder angenommen hatte. Das war kurze Zeit nach dem Tod ihres Mannes geschehen. Friedrich war im Herbst des Jahres 1982 während eines Abenteuerurlaubs in den argentinischen Anden mit dem Auto in eine tiefe Schlucht gestürzt.

Martina erinnerte sich, einmal davon gehört zu haben, dass Postsendungen in der Ecke irgendeines Postdienstzimmers liegen geblieben waren und den Empfänger erst nach Jahrzehnten erreicht hatten. Um das Aufgabedatum erkennen zu können, hob sie den Brief hoch, nahe vor die starken Gläser ihrer Brille. 08.01.92. Der Brief war nur zwei Tage unterwegs gewesen. Aufgabeort Berlin. Das schürte Neugier und Mißtrauen in ihr.

Dann legte sie den Brief auf das Tischchen neben ihren Sessel, um sich auch heute ihren selbst auferlegten Pflichten hinzugeben.

Martina Maybach lebte seit früher Jugend allein, und auch in der kurzen Zeit ihrer Ehe hatte es keine gemeinsame Wohnung gegeben.

Nach dem Tod ihres Mannes hatte sie sich ihren gewohnten Alltag so regelmäßig eingeteilt, als würde er von einer inneren Uhr bestimmt, auf die sie ohne Einfluss war und die eine strenge Unterordnung von ihr forderte. Dabei hatte sie diese Uhr selbst konstruiert, die Ziffern eigenhändig aufgemalt, ihnen Ort und Zeit zugeordnet und einen Rang gegeben. Auch die Geschwindigkeit, mit der sich die Zeiger drehten, hatte sie selbst festgelegt.

Fast zehn Jahre lief das Uhrwerk nun schon, nie war es nötig gewesen, es aufzuziehen oder es gar neu zu stellen. Erkennbar das Leben einer Witwe zu führen, einer jungen Witwe von fünfundvierzig Jahren, die auch nach so langer Zeit stets ihres verstorbenen Mannes gedachte, war ihr heilig. Nach Friedrich Bechler sollte es keinen anderen Mann mehr in ihrem Leben geben.

Noch einmal blickte sie zu dem Umschlag hin, dann ging sie hastig aus dem Wohnzimmer, um endlich zu tun, was sie jeden Tag gewissenhaft tat, wenn ihr Dienst im Archiv des Finanzministeriums in Bonn beendet und sie in ihre kleine Wohnung nach Bad Godesberg zurückgekehrt war. Auf das Gleichmaß ihrer Gewohnheiten war Martina Maybach stolz, ein Faden, an dem sich ihr Leben in unveränderlichem Rhythmus abspulte.

Das Ende ihrer Tätigkeit als Sekretärin im Büro des Staatssekretärs, kurz nach dem tödlichen Unfall ihres Mannes, hatte ihr geholfen, sich einzurichten bis in die feinsten Nuancen des Alltags hinein. Der Staatssekretär war abgelöst worden, man hatte ihr eine Stelle im Archiv angeboten und ihr nachdrücklich bedeutet, die vorgeschlagene Position tunlichst anzunehmen. Für die Versetzung hatte es weder fachliche noch parteipolitische Gründe gegeben, davon war Martina Maybach noch heute überzeugt. Der neue Staatssekretär bringt seine Sekretärin mit, das war die auch ihr gegenüber übliche Sprachregelung.

Die Neue war ganz anders als sie: schmal in den Hüften, schwunghafter Gang. Stets ein nichtssagendes, gefälliges Lächeln im Gesicht, und natürlich ohne Brille mit dicken Gläsern, hinter denen die Augen, wenn sie aufgeregt war, wie in Kugellagern rollten.

Ohne Groll hatte sie ihr Arbeitsgebiet an die Neue übergeben, waren doch ihre Gedanken noch immer bei ihrem toten Friedrich. Die neue Tätigkeit gefiel ihr. Im stillen Archiv erteilte ihr niemand Befehle. Extradienste oder gar Überstunden gab es für sie nicht. Ein Tag verlief wie der andere. Wenn es sie gelegentlich überkam, aus ihrem gewohnten Tagesablauf auszuscheren, steuerte sie umso heftiger dagegen an.

Jeden Tag aß sie pünktlich um neunzehn Uhr zu Abend. Vorher absolvierte sie zehn Minuten spezielle Rückengymnastik, danach duschte sie und zog sich um. Sie deckte den Tisch stilvoll und bereitete das Abendbrot sorgfältig zu. Meist leistete sie es sich, nach originellen Rezepten zu kochen, Zubereitung und Verzehr des Abendbrotes bildeten für sie einen zeremoniellen Höhepunkt des Tages. Der Aufwand entsprach meist einem kleinen Gastmahl, nicht üppig zwar, was die Anzahl der Gänge und die Menge der Speisen betraf, aber ein wenig tat sie so, als säße sie nicht allein am Tisch. Mal schlüpfte sie in die Rolle der Köchin, mal spielte sie die Gastgeberin. Besonders in der Position des imaginären Gastes fühlte sie sich wohl, und nicht selten beendete sie die Mahlzeit mit den Worten: »Vorzüglich, Frau Maybach! Wirklich vorzüglich!«

Allein mittwochs erlaubte sie sich eine Unterbrechung. Da fastete sie und nahm nur Wasser oder Obstsaft zu sich. Doch auch die für den Abend bestimmte, immergleiche Ration trank sie genau zur gewohnten Zeit.

Der überraschende Brief war an einem Dienstag eingetroffen. Einfluss auf ihr Menü hatte er nicht: Was sie an diesem Abend essen würde, hatte sie schon eine Woche zuvor in ihrem individuellen Speiseplan festgelegt: Israelische Avocado, garniert mit einem am Vortag zubereiteten Krabbencocktail. Vollkorntoast, zwei Scheiben, dazu zwei Gläser trockener Moselwein, Mineralwasser. Sie kaufte immer israelische Avocados, niemals solche anderer Herkunft. Sie holte sie immer beim gleichen Händler, dessen Laden sie jeden Sonnabendvormittag betrat, um ohne Hast Obst und Gemüse für die folgende Woche auszuwählen.

Während sie das Essen zubereitete, kreisten ihre Gedanken – gegen ihren Willen – um den Brief. Die Avocadoscheiben fächerartig auf den Teller zu legen, wollte ihr schwer gelingen. Als sie am Tisch saß, das Glas füllte und dabei etwas Wein verschüttete, gab sie auf.

Unter der Deckenleuchte stehend, las sie den Brief. Eine Seite, keine dreißig Zeilen. Als sie fertig war, nahm sie ihre Brille ab, blickte gedankenverloren aus dem Fenster in den Winterabend, setzte die Brille wieder auf und las alles noch einmal.

Verwirrt ließ sie sich in ihren Sessel fallen, sagte laut »Ach, Friedrich« und schloss die Augen. Es waren immer die gleichen Bilder, die sie überfielen, wenn sie sich unverhofft an ihn erinnerte.

Die Schlucht im Hochgebirge. Sie stand dort, allein, umgeben von nackten und drohenden Felsen. Sie schaute gebannt nach oben und wartete. Da tauchte der riesige Vogel auf. Ein Kondor, das wusste sie. Ganz weit oben kreiste er, als wären nicht die Berge der Anden, sondern das unendliche Blau des Himmels seine Heimat. Im Sturzflug stieß er nach unten, näherte sich. Ihr Atem stockte. Bevor er sie erreichte, krümmte der Vogel seine Schwingen und fing sich mit flatterndem Schlag ab, streckte sein Gefieder und glitt segelnd am Grund der tief eingeschnittenen Schlucht entlang. Martinas Blicke folgten ihm. Der Vogel suchte das ausgetrocknete Flussbett ab. Dann wendete er, schlug ein paar Mal mit seinen Schwingen als wäre er unzufrieden, und kehrte zurück. Wieder flog er ganz nah an ihr vorüber. Sie sah den gekrümmten Schnabel, die zum Griff gespreizten Krallen. Keine Beute. Auch kein Aas auf dem Grund der Schlucht dachte sie erleichtert.

Dann fiel ihr der Abschied von ihrem Mann ein. Wie hätte sie wissen sollen, dass er für immer sein sollte.

Flughafen Frankfurt Main. Fast Mitternacht. Letzter Aufruf für die Passagiere des Fluges nach Buenos Aires. Er verabschiedete sich inniger als sonst. Alles Notwendige und Wichtige war gesagt. Auf die üblichen Scherze, die den Abschied erleichtern sollten, verzichtete er. Sie wartete auf den Abschiedsblick, der für sie stets bedeutsamer war als alles Reden. Er eilte zum Check in. Doch dann, kurz vor der Tür zur Passkontrolle, er hatte sein Kabinengepäck schon wieder in der Hand, drehte er sich noch einmal um. Sie war ihm gefolgt, so weit es die Absperrung erlaubt hatte, und stand ihm gegenüber. »Ich fahre … also, ich fahre nun«, sagte er langsam, und als ob er zu sich selbst spräche, fügte er hinzu: »… um den Kondor zu sehen!« Aber er schaute ihr nicht in die Augen, verlegen schlich sein Blick an ihr vorbei.

Martina Maybach spürte mehr als damals: diese Worte waren ein wirklicher Abschied gewesen.

Sie las den Brief ein drittes Mal:

Guten Tag, Frau Bechler,

von einem Unbekannten einen Brief zu erhalten, ist nichts Alltägliches. Trotzdem, bitte, lesen Sie weiter!

Meinen Namen, ich heiße Herbert Gabler, werden Sie vielleicht nicht zuordnen können. Kann aber auch sein, ihr Gatte, der Friedrich, hat irgendwann einmal über mich gesprochen. Wir waren für kurze Zeit befreundet.

Ich nehme an, dass Sie dieser Brief nach so langer Zeit verwundert. Sollten Sie ihn als Zudringlichkeit empfinden, so kann ich mich nur entschuldigen. Lassen Sie doch einfach die Neugier siegen. Es liegt wirklich nicht in meiner Absicht, Sie zu belästigen.

Es wäre einfach, jetzt viel zu erzählen, über mich, warum ich Ihnen schreibe oder gar, wie ich die Welt sehe. Nicht in diesem ersten Brief. Manches verlangt Zeit, viel Zeit vielleicht, und ich hoffe, öfter mit Ihnen korrespondieren zu dürfen.

›Was will der? Briefe mit mir wechseln?‹ fragen Sie nun erstaunt.

Ja, ich wünsche mir, Gedanken mit Ihnen auszutauschen. Über Friedrich, zum Beispiel. Wir kannten ihn beide. Ein sonderbarer Wunsch, zugegeben, doch mir wäre daran gelegen.

Oder ... schlagen Sie mir bitte vor, worüber wir uns schreiben wollen.

Über Ihr Leben vielleicht?

Bitte stimmen Sie zu. Bitte schreiben Sie mir!

Ich grüße Sie freundlich.

Herbert Gabler

PS:

Schreiben Sie bitte an die folgende Adresse:

Herbert Gabler, PSF 201, Postamt W–1058 Berlin.

Bitte schreiben Sie mir!

Erregt sprang Martina Maybach auf. Das Blatt fiel auf den Boden. Sie griff hastig nach dem Weinglas und kippte den Inhalt auf einmal hinunter, verschluckte sich, hustete und geriet außer Atem. Was will dieser Mann? Wer ist er überhaupt? Herbert Gabler? Wer soll das sein? Friedrich, wer ist dieser Herbert Gabler? Was will der von uns?

Wieder ließ sie sich in den Sessel fallen und schloss die Augen.

Die steinige Schlucht, vom Blau des Himmels überdacht, vom reißenden Wasser des Flusses zerschnitten, der steile Hang, der schmale Passweg im nackten Fels. Martina kletterte verzweifelt.

Weit oben ihr Mann hinter dem Lenkrad. Er balancierte das Auto gefährlich nahe an den Abgrund heran, immer näher. Schon sah sie sein Gesicht. Sie schrie. Er hörte sie nicht.

Sie kletterte weiter. Das Gestein unter ihren Füßen lag locker, immer wieder rutschte sie weg. Scharfkantige Steine zerschnitten ihre Haut. Hände und Knie schmerzten. Sie suchte Halt, stieß sich an scharfen Kanten, rutschte zurück, überwand den Schmerz, kletterte weiter. Sie war dem Fahrweg ein Stück näher, schrie wieder. Aber nur das angestrengte Dröhnen des Motors hallte von den Felswänden wider.

Friedrich schien sie nicht zu hören. Zentimeter um Zentimeter kam der Wagen dem unbefestigten Rand des Passes näher. Martina richtete sich auf, gestikulierte mit den Händen. Der Steinteppich unter ihr gab nach. Der Hang geriet in Bewegung. Noch einmal schrie sie. Dann färbte sich alles um sie herum rot, Blitze zuckten auf, Getöse, Brummen. Das Motorengeräusch wurde leiser, verstummte.

Martina schreckte im Sessel auf, schaute zum Fenster. Der Nachbar auf der anderen Straßenseite hatte seinen Wagen in die Tiefgarage gefahren.

In diesem Moment entschloss sie sich, den Brief des Unbekannten zu zerreißen. Doch sie zögerte.

Ohne das Abendbrot angerührt zu haben, trug sie alles in die Küche zurück. Im Wohnzimmer nahm sie die neue Ausgabe ihres Frauenjournals zur Hand. Dienstag war ihr Leseabend. Sie blätterte in den bunten Seiten. Aber die Frage, wer dieser Herbert Gabler sein könnte, lenkte sie ab. Ärgerlich legte sie die Zeitschrift wieder zur Seite.

In der Nacht schlief sie unruhig. Sie wälzte sich im Bett hin und her. Immer wieder kreisten ihre Gedanken um den Brief, und sie bereute, ihn nicht sofort vernichtet zu haben. Wütend über sich selbst, erhob sie sich, setzte ihre

Brille auf und holte den Brief. Im Licht der Nachttischlampe auf dem Rand des Bettes sitzend, starrte sie ihn an.

Da hat sich einer an alte Zeiten erinnert, dachte sie. Und dabei ist ihm ein Bekannter in den Sinn gekommen. Friedrich. So etwas kommt vor! Und dann ist er auf die Idee gekommen, mir zu schreiben. Ohne die Briefträgerin wäre der Brief gar nicht angekommen. Gabler? Wer soll das sein? Vielleicht hat er irgendein Anliegen und will nicht mit der Tür ins Haus fallen. Ich sollte mich von dem Geschreibsel nicht beeindrucken lassen!

Der nächste Tag war unangenehmer als die Nacht. Der Brief verfolgte sie, ihr gewohnter Morgenrhythmus geriet vollkommen durcheinander, bald wusste sie im Wirrwarr ihrer Empfindungen nicht mehr, was sie als nächstes tun wollte.

Im Büro sollte keiner merken, wie verwirrt sie war. Aber sie hatte noch nicht einmal drei Akten auf ihren letzten Weg ins Regal gebracht, da war sie abgelenkt. Immer öfter musste sie die Augen schließen und die Gedanken an den Brief und seinen unbekannten Schreiber vertreiben. Ein paarmal stand sie auf und ging hinaus, Vorwände murmelnd. Das erregte kollegiale Besorgnis, und schließlich fragte man sie nach ihrem Befinden.

Später bemerkte sie nicht, dass der Chef des Archivs neben ihr stand. Wie abwesend antwortete sie ihm auf seine besorgten Fragen. Er bot ihr an, sie solle doch nach Hause fahren und sich ausruhen. Erst widersprach sie, dann packte sie ihre Sachen zusammen.

In der Wohnung ging sie sofort zu ihrem Schreibplatz. Martina Maybach handhabte auch ihre Alltagsdinge sehr korrekt. Selbst ihre geringe persönliche Korrespondenz registrierte sie vollständig und exakt. Jeden Posteingang und jeden Postausgang schrieb sie gewissenhaft in ein Büchlein. Sie hielt Ein- und Ausgangsdaten, Absender und Empfänger fest, sie zog Termine heraus, markierte sie gesondert und brachte Erledigt-Vermerke auf.

Jetzt starrte sie in das aufgeschlagene Verzeichnis, als hätte sie es nicht erst vor ein paar Stunden auf das Wandbord zurückgestellt. Die eigene Handschrift versetzte ihr Stiche. Herbert Gabler – stand da in der Spalte Absender.

Zornig mit sich selbst, schwärzte sie den Namen und schrieb »Unbekannt« darüber.

Auf der Rückseite des Blattes waren die Postausgänge vermerkt. Ihre Hand begann zu zittern. Vorsichtig blätterte sie um. Schwindel befiel sie.

Ja, ich habe einen Brief geschrieben! – Empfänger: Herbert Gabler! Ich muss verrückt sein! Schnell wollte sie auch hier den Namen schwärzen. Als sie den Schwarzstift ansetzte, fiel ihr ein: Ich kann von einem Unbekannten einen Brief erhalten, ich kann ihn sogar namenlos machen. Doch jemand, dem ich einen Brief geschrieben habe, der muss einen Namen haben!

Sie warf den Stift zu anderen Farbstiften in die Schale zurück.

Herbert Gabler? Ein Journalist fiel ihr ein. Friedrich hatte gelegentlich von ihm erzählt. Ein Fachmann für Finanzangelegenheiten, in großen Zeitungen würde er darüber schreiben. An ihren gemeinsamen Wochenenden hatte Friedrich manchmal nach diesem oder jenem finanzpolitischen Thema gefragt und sich dabei auf diesen Bekannten bezogen. Manchmal hatte Friedrich so getan, als würde sie viel von diesen Dingen verstehen, nur weil sie gerade im Finanzministerium arbeitete. Aber sie hatte ihm nicht viel sagen können.

Sie verwarf den Gedanken sofort. Der Name des ihr unbekannten Journalisten fiel ihr ein: Liebermann, wie der berühmte Maler. Herbert Gabler? Nein! – Friedrich hat überhaupt wenig von seinen Bekannten gesprochen.

In ihrer Verwirrung erinnerte sie sich nun doch, wie sie am Morgen einen Antwortbrief geschrieben und auf dem Weg zur Arbeit in den Kasten an der Ecke geworfen hatte. Sie lehnte sich zurück, schloss die Augen und stellte sich den Schalterraum des Postamtes vor, in dem sich das von dem Unbekannten angegebene Schließfach befand. Gerade wurde ihr Schreiben dort einsortiert.

Ich muss warten, bis er meinen Brief abholt. Ja, irgendwann muss er kommen, das Fach öffnen, dann kann ich ihn sehen. Ich muss ihn vor meinen Augen haben, diesen Gabler! Wie sieht er nur aus? Ich muss wissen, wie er aussieht. Ja, vielleicht kenne ich ihn doch. Ich muss mich erinnern.

Sie mühte sich vergeblich, einem Herbert Gabler Gesicht und Gestalt zu geben.

Entschlossen griff sie nach dem Ordner, in dem sie seinen Brief abgelegt hatte, schlug ihn auf und riss hitzig das oberste Blatt heraus. Worauf soll ich neugierig sein? Was wollen Sie von mir? Sie dringen in mein Leben ein, Gabler! Gedanken austauschen über Friedrich? Wozu? Friedrich gehört mir, nur mir ganz allein. Was wissen Sie schon von ihm ... und von mir! Wer immer Sie sein mögen, Gabler, Sie wissen nichts, nicht, wie Friedrich und ich uns kennen gelernt haben ... und auch nicht ...! Das können Sie gar nicht wissen. Sie haben keine Ahnung, nicht einmal von dem Park, auch nicht von der Bank dort an dem Rosenbeet.

Martina Maybach gab sich ihren Erinnerungen hin.

Bei schönem Wetter zog es mich an den Sonnabenden regelmäßig dorthin. Ich hatte immer ein Buch dabei, aber an einen Mann dachte ich niemals. Für Männer hatte ich überhaupt keine Gedanken mehr. Bis er dort gelümmelt hatte, auf *meiner* Bank, die Beine breit und weit ausgestreckt. Erst hat er mich gar nicht gesehen, aber dann hat er mich angeschaut, wie man ein Ungeheuer mustert. Doch sofort änderte er sein Verhalten.

Als er mit mir sprechen wollte, bin ich ausgerissen. In Gedanken hab ich ihn Zottel genannt. Wegen seiner langen, wirren Haare. Und ich hab ihn beobachtet. Er hatte ganz helle, blaue Augen.

Am nächsten Sonnabend saß er wieder dort. Zufällig, so hab ich es mir einzureden versucht. Wir haben miteinander gesprochen. Er hat sich vorgestellt, so förmlich, ich musste beinahe lachen. Friedrich Bechler.

Wissen Sie eigentlich, Gabler, wie lang acht Tage sind, von Sonnabend zu Sonnabend? Und wenn man plötzlich anfängt, bei jeder Gelegenheit den Wetterbericht zu hören, obwohl einen gar nicht interessiert, ob es regnet oder schneit oder wie kalt es ist. Nur die Vorhersage für das kommende Wochenende ist wichtig. Bitte, bitte, wenigstens am Sonnabend um die Mittagszeit soll schönes Wetter sein!

An zwei Wochenenden regnete es. Zottel und ich hatten zwar schon miteinander gesprochen, aber keine Verabredung getroffen. Schlimme Tage. Unendliche Tage. Nur die Hoffnung auf den folgenden Sonnabend, mittags um eins. Und schönes Wetter.

Dann der verdammte Spiegel, eingelassen in die Vorderseite meines Kleiderschrankes. Auch wenn ihn und mich nicht gerade große Zuneigung verband, bisher waren wir uns freundlich gesonnen. Nie hatte der Spiegel mir etwas verheimlicht. Jetzt aber … Immer haüfiger sah ich hinein und dann beschimpfte ich ihn. Es schien, als machte er mein Becken breit, und er milderte nicht die Wucht meiner Oberschenkel. Meine vollen Brüste fand ich aufdringlich und plump. Ich verfluchte den Spiegel und stellte mich doch immer wieder vor ihn hin.

Wochenende, schönes Wetter, Herr Bechler lud mich in ein Konzert ein, völlig überraschend und auf seine eigenwillig erpresserische Art, die kaum Zeit zum Überlegen ließ. Erst hab ich nein gesagt. Ich mit einem Mann, wenn wir Bekannte treffen würden! Aber dann bin ich doch hingegangen.

Seine Begleitung nach Hause habe ich abgelehnt, obwohl wir die gleiche Richtung hatten, denn Herr Bechler übernachtete in der Pension »Zum Schwan«, ganz in der Nähe meiner Wohnung.

Weit vor meinem Haus ließ ich das Taxi halten und ging den Rest des Weges zu Fuß. Bei jedem Schritt hoffte ich, ein Wagen würde stoppen, Zottel würde aussteigen, und ohne etwas zu sagen, würden wir in meine Wohnung gehen. Es hielt kein Auto, doch von diesem Abend an wusste ich, wie es um mich bestellt war.

Martina Maybach schreckte aus ihren Gedanken hoch. Sie nahm die Kopie des Briefes aus dem Ordner, den sie am frühen Morgen an Herbert Gabler geschrieben hatte.

Herr Gabler!

Obwohl ich Sie nicht kenne und mich auch nicht erinnern kann, ob mein Mann Sie je erwähnt hat, antworte ich Ihnen.

Sie wissen, dass Friedrich Bechler nicht mehr lebt. Umso mehr befremdet mich Ihr Ansinnen und die

Tatsache, dass Sie sich mehr als zehn Jahren nach seinem Tod bei mir melden. An einer Korrespondenz habe ich kein Interesse.

Martina Bechler

Am Morgen hatte sie lange überlegt, welchen Namen sie verwenden sollte. Erst hatte sie mit Maybach unterschrieben, dann aber auf Bechler geändert. Wozu sollte der Unbekannte erfahren, dass sie ihren Mädchennamen wieder angenommen hatte.

Fünf Tage später erhielt Martina einen zweiten Brief von Herbert Gabler. Ihre Hand zitterte ein wenig, als sie den Posteingang in ihr Verzeichnis eintrug. Diesmal zögerte sie nicht. Sie zerriss den ungeöffneten Umschlag, erst längs, dann quer, und dann jedes der vier Teile noch einmal.

Sie begann zu erledigen, was sie täglich tat, wenn sie von der Arbeit nach Hause kam. Doch ihre Gedanken gehorchten ihr nicht. Dann, ganz plötzlich, statt sich zur Gymnastik umzuziehen, setzte sie sich an ihren Schreibplatz und kramte die Schnipsel des Briefes aus dem Papierkorb. Sie prüfte die Passfähigkeit der faserigen Rissstellen und legte Schnipsel für Schnipsel des eben erst zerrissenen Briefes nebeneinander. Dann leimte sie die Teilchen ein, um sie auf ein weißes Blatt Papier zu kleben, schimpfte laut auf ihre Neugier und dankte dem Schreiber, dass er den Brief auf dem Computer geschrieben und nur einseitig ausgedruckt hatte.

Das Puzzle war fertig. Ein ausführlicher Brief, länger als der erste. Sie las den Text, von dem sie beim Puzzeln nur Fragmente hatte entziffern können. Dann ein zweites Mal, ganz langsam, nachprüfend, ob jedes der gelesenen Worte wirklich da stand. Als sie fertig war, lehnte sie sich ganz langsam zurück und holte tief Luft.

Beängstigende Stille kroch aus den Winkeln des Zimmers, als sie das verleimte Puzzle wieder zur Hand nahm.

Guten Tag, liebe Frau Bechler!

Es hat mich sehr gefreute, schon heute eine Antwort von Ihnen erhalten zu haben.

Was Sie mir schreiben ... Hätten Sie auch nur ein wenig anders reagiert, ich weiß nicht, ob ich diesen weiteren Brief gewagt hätte. Nein, verstehen Sie mich bitte richtig! Ich bin ein wenig verwirrt.

Auch wenn sie anders geantwortet hätten, nicht davon wäre ich enttäuscht gewesen. Nein, nicht davon! Sondern von mir selbst. Wegen des falschen Bildes, das ich dann von Ihnen hätte, aus Friedrichs Erzählen.

Hätten Sie anders geantwortet, oder überhaupt nicht, ich glaube, dann hätten Sie sich sehr verändert. Oder, ich weiß nicht, wie ich es ausdrücken soll, auf alle Fälle hätte es das Bild beschädigt, das ich von Ihnen habe.

Bitte, nicht gleich aufregen, schimpfen, den Brief gar zerreißen wollen! – Bitte nicht!

Sagen Sie ruhig: Unverschämt!

Sagen Sie: Was heißt denn, ›ein Bild von mir haben‹!

Sagen Sie: Der traut sich was!

Sagen Sie: Mal sehen, was er noch wagt?

Und lesen Sie weiter! Bitte!

Wäre es eine schemenhafte Vorstellung, die ich von Ihnen habe, nur Umrisse, wie man sie in der Erinnerung behält, wenn man ein Foto eben mal so betrachtet, flüchtig, weil man es schnell zur Seite legt.

Oder, es wäre kein Foto, sondern eine Skizze für ein zukünftiges Bild, die Vorstudie für ein Gemälde, ein Porträt vielleicht, die den Maler zu nichts verpflichtet.

Ganz gleich, was es auch wäre, in keinem Fall würde ich wagen, Ihre Antwort so zu werten. Ich habe mich wirklich sehr gefreut.

Es ist eben ein Bild, ein fertiges, das ich von Ihnen habe. – Wie soll ich es besser erklären? Sagen wir, ein Bild ... , der Friedrich hat es gemalt und ich signiert. Ungewöhnlich, ich weiß, aber es ist so.

Was der Friedrich wohl alles erzählt hat, fragen Sie? ... Vorwurfsvoll gar?

Ach, nein! Denken Sie so etwas nicht! Friedrich war kein Schwätzer, im Gegenteil!

Das erste Mal hat er Sie erwähnt, da waren Sie beide bereits verheiratet. Er kam aus Dänemark, wo er seinen Urlaub verbringen wollte, so hatte er gesagt. Die Wahrheit: Ja, Urlaub hat er wohl auch gemacht! Aber, als er zurückkam, da ist er verheiratet gewesen, einfach so verheiratet, mit Ihnen.

Kein Wort vorher! Dabei hätte es Gelegenheiten gegeben. Gut, ein wenig geheimnisvoll hat er schon getan. Doch, doch, eine ganze Weile war da etwas mit ihm.

Ich erinnere mich an einen Abend kurz vor seiner Abfahrt. Er wirkte wie abwesend, den Blick in eine imaginäre Ferne gerichtet. Aber das ist vielleicht vor einer Hochzeit nicht anders.

Als er verheiratet zurückkam, war ich überrascht, und ich habe ihm seine Geheimniskrämerei sogar ein wenig vorgeworfen. Wenigstens mit Worten musste er mir seine Frau vorstellen. Dass ich ein Foto von Ihnen betrachten durfte, habe ich ihm abgetrotzt. Als Hochzeitsfoto war es aber nicht recht zu erkennen. Sie trugen ein helles Sommerkleid, ein hellblaues; und auch der helle Sonnenhut aus Stroh stand Ihnen ausgezeichnet. Der Fotograf hatte Sie vor Friedrich postiert. Und er, im dunklen

Polohemd, sehr sportlich, hielt seinen Strohhut in der Hand.

Ich habe ihn gefragt, ob er vielleicht auf dem Tennisplatz geheiratet hat, zwischen zwei Satzbällen. Darüber hat er gelacht, mir aber nichts weiter von der Feier erzählt.

Später schon, da hat er manchmal über Sie gesprochen.

Und so entstand das Bild, ihr Bild, verehrte Frau Bechler.

Ich wollte Sie fragen, ob Sie die Halskette noch haben, die mit dem blauen Stein? Ich bin sicher, er hat sie Ihnen geschenkt. Eine feingliedrige Goldkette mit einem Anhänger, ein gefasster Stein, ein blauer – sicher ein Lapislazuli.

Wir kamen vom Bier, da zog er mich zu einem Schmuckgeschäft auf die andere Straßenseite. Er hatte die Halskette schon ausgesucht.

Er tat, als ob er meine Frage nach der Empfängerin des Geschenks nicht gehört habe. Dass er heiraten würde, lag außerhalb meiner Phantasie.

Vielleicht tragen Sie die Kette noch immer.

Diesen Brief zu schreiben, hat mir Freude gemacht.

Freundlichst,

Herbert Gabler.

Was will dieser Mann von uns, Friedrich? Was bloß? Martina Maybach war ein wenig benommen, und doch erregte sie diese Frage. Sie nahm die Kette aus ihrem Holzkästchen, ging näher zum Licht der Schreibtischlampe und betrachtete sie.

Vorsichtig schaute sie sich im Zimmer um, als befürchte sie, beobachtet zu werden. Sie zog die Gardinen vors Fenster und löschte das Licht. Dann zog sie sich aus. Auch den Knoten ihrer hochgesteckten Frisur löste sie. Einen Moment zögerte sie noch, dann ging sie nackt ins Bad. Dort schaltete sie alle Lampen ein, die Strahler der Deckenbeleuchtung, die beiden Leuchten neben dem Spiegel, den Fluter in der Ecke.

»Er hat damals auch alle Lampen eingeschaltet«, rechtfertigte sie sich flüsternd. Sie stellte sich mit geschlossenen Augen vor den Spiegel und legte sich die Kette um.

Ein wenig hatte Friedrich sie erschreckt, damals, am ersten Abend ihres gemeinsamen Urlaubs in Dänemark. Mit den Vorbereitungen für die Nacht war sie bereits fertig gewesen, aber sie stand noch unentschlossen vor dem Spiegel. Trotz ihres Verlangens traute sie sich nicht, nackt zu ihm ins Zimmer zu treten. Da hatte Friedrich plötzlich hinter ihr gestanden und ihr die Kette mit dem blauen Stein umgelegt.

Mitten in der Nacht erwachte Martina. Lange hing sie den Bildern ihres Traumes nach. Schön, dass du da gewesen bist, Friedrich, bedankte sie sich. Später fasste sie einen Entschluss: »Ich werde ihm schreiben, Deinem Freund Gabler. Über dich und über mich!«

Herbert Gabler, wer immer Sie sein mögen, wenn Sie meinen Mann nicht gekannt hätten, würde ich Ihnen bestimmt nicht antworten.

Sie fragten nach der Kette mit dem blauen Stein. Das Blau dieses Lapislazuli ist für mich immer noch das schönste Blau der Welt.

Unser Ferienhaus an der dänischen Nordseeküste war erst ab den Folgetag gebucht. Ich war in der Annahme nach Hamburg gefahren, wir würden die Nacht in seiner Wohnung verbringen. Doch zu meiner Überraschung stand Friedrich mit voll bepacktem Auto am

Bahnhof. So ergab sich die Zwischenstation in einem kleinen Hotel, schon im Dänischen. Spät am Abend legte er mir die Kette um den Hals. Es folgte eine wunderbare Nacht.

Am nächsten Tag ging es dann weiter an die Nordsee. Zwei Wochen in einem Häuschen abseits eines kleinen Ortes, die flache Düne, der Strand, das Meer. Tage und Nächte mit ihm zusammen, nur mit ihm. Und zwei Montage ohne Abschied! Wir haben uns geliebt. Er begehrte mich, immer wieder. Und ich ihn.

Die erste Urlaubswoche raste davon, alles war so leicht, ich schwebte. Hin und wieder fiel mir an Friedrichs Verhalten etwas auf. So eine Nachdenklichkeit, eine Spannung, die ich mir nicht erklären konnte. Ich grübelte. Bald war ich mir sicher, er dachte an etwas, etwas, das er mir verheimlichte. Es regte mich nicht auf, auch meine Liebeslust hat es mir nicht genommen. Doch da war etwas, und er versteckte es. Dessen war ich mir bald ganz sicher. Doch, warum hätte ich mir Mühe geben sollen, es herauszufinden? Warum?

Wir waren zusammen, und ich fühlte mich nicht wie vierunddreißig, sondern wie Anfang zwanzig. So fröhlich und ausgelassen war ich mit ihm. Ich kannte mich selbst nicht mehr.

Doch es blieben die Momente, in denen er so in sich gekehrt war, dass mich das Gefühl nicht verließ, er verheimliche mir etwas.

Zu unserem Glücklichsein an diesen Tagen am Meer gehörte unser gemeinsames Schweigen. Doch Friedrich murmelte öfters irgendetwas vor sich hin, ohne Bezug zu dem, was wir gerade taten, Andeutungen, die für mich keinen Sinn ergaben. Ich hütete mich, nachzufragen. Mir schien, als beabsichtige Friedrich mit seinen

Andeutungen bei mir anzuklopfen, meine Neugier zu wecken oder mich behutsam auf etwas vorzubereiten. Ich verfing mich in Vermutungen.

Als ich merkte, wie er einem Flugzeug hinterher schaute, das schon lange in den Dunst des Horizontes eingetaucht war, glaubte ich, dass seine Gedanken zurück nach Australien zögen. Zwei Jahre war er jetzt in Deutschland. Warum sollte ihn da nicht Heimweh überkommen, auch für einen gestandenen Mann wie ihn nichts Ungewöhnliches. Vielleicht bereute er es auch, von Australien weggegangen zu sein.

Ich wollte ihm seine Sehnsüchte nicht nehmen. Sie gehörten ihm. Doch so fern es mir lag, mich in seine Gedanken einzumischen, so sehr fürchtete ich, seine Erinnerungen könnten ihn von mir wegführen. Ich schwieg. Hätte ich mit meinen Vermutungen recht gehabt, was hätte ich ihm sagen sollen? Das wollte ich nicht. Und im Übrigen halte ich nichts davon, in anderer Menschen Vergangenheit hineinzureden, wenn man sie nicht nahe miterlebt hat.

Früher als geplant kamen wir von unserer Strandwanderung zurück. Angeblich wegen eines aufziehenden Gewitters, das hatte allerdings Friedrich allein ausgemacht. Ein paar Wolken häuften sich auf, mehr nicht.

Schon auf dem Heimweg einsilbig, war mit ihm in unserem Häuschen gar nichts mehr anzufangen. Ich streckte mich auf der Couch aus. Da er keine Anstalten machte, zu mir zu kommen, nahm ich ein Buch zur Hand, las aber nicht, sondern beobachtete ihn. Friedrich saß auf einem Stuhl am Fenster, den Kopf etwas vornüber gebeugt. Er sah nach draußen, nachdenklich, den Blick starr auf irgendeinen Punkt weit entfernt auf dem Meer gerichtet.

Dann ... ich merkte, er wollte etwas sagen.

»He, Friedrich! Urlaub! Im Urlaub wird nicht orakelt!« provozierte ich ihn.

Langsam drehte er sich zu mir um. Mir schien, als habe er darauf gewartet, dass ich ihn ermahne. Sein Gesicht blieb ernst. Leise begann er zu reden. Von einer schwierigen Zeit, die er durchlebe, von Entscheidungen, die er getroffen habe, und vor allem von dem Risiko, enttäuscht zu werden. Immer häufiger streifte mich sein kurzer Blick, als ob er sich vergewissern wolle, wie ich seine Worte aufnähme.

Seine Fähigkeit, sich zu verstellen, kannte ich schon, und so vermutete ich, sein eigenwilliges Verhalten erwiese sich als das Vorspiel zu irgendeiner Verrücktheit. Eine Kinderei, ein skurriler Plan für ein Abenteuer, Ferien-Unsinn, ich war auf alles Mögliche gefaßt.

»Als Mann hat man es nicht leicht«, sagte er einfach so dahin, schwieg, und als ich fast losgelacht hätte, ergänzte er mit gleichgültiger Stimme: »Ich werde heiraten!« Er schaute mir in die Augen, und die Ernsthaftigkeit wich nicht aus seinem Gesicht.

Ich erbleichte vor Schreck und starrte ihn an. Bestimmt würde er gleich alles zum Spaß erklären und sich dann über mein Erschrecken amüsieren. Er lachte nicht, freute sich nicht über seinen gelungenen Scherz. Er nahm meine Hilflosigkeit auch nicht zum Anlass, mich mit Zärtlichkeiten zu beruhigen. Er schaute mich nur an. Ich spürte einen heftigen Schmerz, weil das, was er eben gesagt hatte, der Realität plötzlich ganz nahe rückte. Um nicht loszuheulen, begann ich nun doch zu lachen, ich lachte laut, ich lachte ihn aus.

Dabei spürte ich mein Herz bis in den Hals hinein. Aber ich lachte.

Friedrich sah mich nun so an, als müsse er mir wirklich etwas Schwerwiegendes eingestehen. Mein Gelächter brach ab.

Er setzte sich auf die Kante der Couch. Das Zimmer drehte sich in meinem Kopf. Gleich wird er dir beichten, einer anderen Frau verpflichtet zu sein, schoss es mir durch den Kopf. Meine Mutter kam mir in den Sinn, und ich befürchtete, ihr künftig zustimmen zu müsse. Sie hatte immer schlecht über Männer gesprochen.

Friedrich lachte immer noch nicht.

Dann fragte er beiläufig, ob ich seine Frau werden wolle. Die Hochzeit sei für den nächsten Tag vorbereitet.

Ich schrie auf, rückte von ihm ab, schrie ihn an, er solle solche Späße unterlassen und warf mich beleidigt zur Seite und wollte ihn doch lieber umarmen. Aber ich glaubte seinen Worten nicht.

Am nächsten Tag haben wir im Gemeindeamt des kleinen Ortes geheiratet. In Dänemark erfordere eine Eheschließung viel weniger bürokratische Vorbereitungen als in Deutschland, sagte Friedrich erklärend. Dennoch wollte ich es bis zum letzten Moment nicht glauben. Richtig ernst und plötzlich ganz feierlich wurde mir erst, als wir in dem Amt ankamen und ich bemerkte, wie vertraut Friedrich von der Angestellten begrüßt wurde. Wochen vorher war er schon einmal hier gewesen und hatte die Eheschließung heimlich vorbereitet.

Später drängte ich ihn natürlich oft, mir doch zu verraten, was er sich dabei gedacht hatte. Ich bekam immer die gleiche Antwort: »Hätte ich dich nicht auf diese Weise gefragt, wir hätten nie geheiratet.«

Friedrich hatte Recht. Unter anderen Umständen hätte ich damals bestimmt gezögert, Vorbehalte gehabt, ich hätte Einwände vorgebracht, abends ja gesagt und morgens immer neue Bedenken angemeldet. Er kannte mich eben.

Martina Maybach holte das Hochzeitsfoto, das im Wohnzimmer auf der Vitrine stand. Eine Weile betrachtete sie es, bis ihr einfiel, dass auch Gabler dieses Bild erwähnt hatte. Sie schrieb einen neuen Brief.

Herr Gabler,
sollte Ihnen mein verstorbener Mann Friedrich Bechler etwas schulden, teilen Sie es mir bitte mit. Bitte bezeichnen Sie genau, worum es sich handelt! Gibt es so eine Angelegenheit nicht, soll es auch keine weitere Korrespondenz geben.
Martina Bechler

Doch Martina Maybach hielt sich nicht an diesem Vorsatz. Acht Briefe erreichten das Postschließfach in Berlin, neun ihren Hausbriefkasten in Bonn. Als sie den neunten gelesen hatte, begriff sie, dass das Spiel aus war. Gablers letzter Brief hatte beendet, was ihr immer mehr zu gefallen begonnen hatte: einen Unbekannten mit distanzierenden, ja gar ablehnenden Mitteilungen zu provozieren und umso sehnsüchtiger auf seine ausführlichen Briefe zu warten, Briefe, die zu lesen, sie in glückliche Zeiten zurückversetzte.

Nun musste sie sich rechtfertigen. Zu deutlich hatte Herbert Gabler ihre Liebe zu ihrem Mann in Zweifel gezogen.

Woher nehmen Sie eigentlich den Mut, zu so einer Anmaßung, Herr Gabler? – Ja, ich habe damals zugestimmt, die Suche nach meinen Mann abzubrechen. – Warum? Warum? – Die Frage tut weh. Sie schmerzt seit jenem letzten Tag da oben in den argentinischen Anden.

Haben Sie schon einmal auf einem schmalen Felsvorsprung gestanden und in unbekannte Tiefe geschaut? Nicht irgendwo! Nicht dort, wo Eisengeländer den Betrachter vom Abgrund trennen, oder dort, wo Fernrohre aufgebaut sind, damit man besser bewundern kann, was die Natur an Schönem bietet. Nein, dort, wo kaum Menschen leben, aber wo Leute wie Friedrich Bechler hinfahren, weil sie glauben, einmal im Leben genau an so einer Stelle stehen zu müssen, wo vorher noch nie ein Mensch gestanden hat.

Auch ich war dort. Nicht aus Verlangen, etwas Einmaliges zu erleben. Auch nicht wegen etwas, das manche als bizarre Natur beschreiben. Ich habe etwas gesucht. – Ich habe Friedrich gesucht, meinen Mann. Irgendwo musste er doch sein! Irgendwo dort, wo nur nacktes Gestein zu sehen war und tosendes Wasser.

Eigentlich hatte ich schon begriffen, was geschehen war, aber oben in den Bergen verflog alle Einsicht. Trügerische Hoffnung stieg in mir auf, ich, seine Frau, ich würde ihn finden.

Der Anblick der steilen Felswand veranlasste mich, nur ganz unten zu suchen, auf den Gesteinshalden unten auf dem Grund der Schlucht, nahe dem tosenden Wasser. Das wirbelte dort alles durcheinander, riss mit sich, was sich ihm in den Weg stellte. In den Anden war Frühling, die Schneeschmelze hatte eingesetzt.

Keiner der Männer, die mich begleiteten, teilte meine Hoffnung. Das spürte ich, auch wenn es noch keiner sagte. Aber irgendwo musste er doch sein: Friedrich, mein Mann.

Am Abgrund. Die Polizisten hielten mich an meinen Handgelenken. Ihr Griff wurde fester, je länger ich in die Tiefe starrte. Einer reichte mir dann ein Fernglas und zeigte ganz nach unten, sagte etwas, das ich nicht verstand. Wieder glitten meine Blicke an den Felswänden hinab, hunderte Meter in die Tiefe. Unten, auf dem Grund der Schlucht, fast im weißschäumenden Wasser des Flusses, glänzte etwas. Niemand, der nicht wusste, worauf die Suche sich konzentrierte, konnte vermuten, dass das einmal ein Auto gewesen war. Ein kleiner, zusammengepresster Haufen aus rotlackiertem Blech und blinkendem Stahl, nicht mehr halb so groß wie ein Auto, die Ecken und Kanten blank geschliffen durch zehn oder zwölf, oder noch mehr Überschläge.

Dann lenkte einer der Polizisten meinen Blick etwas seitwärts, vielleicht hundert Meter weiter nach links oben. Da schimmerte noch etwas, viel kleiner als der Rest des Wagens auf dem Grund der Schlucht. Mitten im dunkelgrauen Gesteinsschotter lag es. Erst erstarrte ich, weil ich es nicht erkennen konnte. Doch es war nur eine Tür, vom Rest des Wagens abgerissen, die sich im Gestein verklemmt hatte.

Kein Abhang dort in den Anden ist mit Bäumen bewachsen, und es gibt auch keine mit Blumen bewachsenen Bergwiesen! – So hatte es nämlich geklungen, als ich Tage zuvor die Radio-Meldung gehört hatte: Das Auto eines deutschen Touristen ist von der Fahrbahn abgekommen und einen Abhang hinunter gestürzt … Alles ist dort Abgrund! Wo es passiert ist, gibt es nur Abgrund, nichts als Abgrund!

Die Aufnahme mit dem Autowrack habe ich auch vergrößert gesehen. Man hatte vom Hubschrauber aus fotografiert. Ein Haufen verbogener Metallteile, mehr nicht, kaum noch definierbar, was es gewesen war. Wenig erinnerte an ein Auto, und alle wunderten sich, dass es nicht auch in Flammen aufgegangen und ausgebrannt war.

Auch von der Tür, die abgerissen auf dem Steinfeld lag, gab es ein Foto. Es war die Fahrertür.

Ein Trost! Verstehen Sie, ein kleiner Trost. Wenigstens war anzunehmen, Friedrich steckte nicht in dem Haufen aus deformiertem Metall. Er ist aus dem Wagen geschleudert worden, und das Wasser hat ihn aufgenommen. Ein wenig Beruhigung für mich, verstehen Sie! – Wasser ist sanfter als Gestein!

Auch der für den Sucheinsatz verantwortliche Polizeioffizier, ein erfahrener Polizist, der das Gebirge kannte, hat mir den wahrscheinlichen Hergang des Unfalls so geschildert.

Sie behaupten, Gabler, ich hätte zu früh begonnen, um meinen Mann zu trauern. Und Sie zweifeln deshalb daran, ob ich Friedrichs Liebe überhaupt erwidert habe!

Woher wissen Sie denn, dass ich damals dem Abbruch der Suche nach ihm zugestimmt habe? Sie vermuten es? Aber wie können Sie solche Behauptungen allein aus Vermutungen ableiten!

Als ich in die Schlucht schaute, waren sechs Tage seit dem Unfall vergangen. Als ob da noch eine Entscheidung abzuwägen war. Verstehen Sie das nicht? Wenn alles aus ist, ganz unerwartet, ganz plötzlich. Wenn als Trost nur ungezügeltes, reißendes Wasser bleibt, weil es weicher ist als kantiger Fels und deformiertes Blech.

Und dennoch hat bisher nur eine einzige Person gefragt: Warum hast du zugestimmt, die Suche nach Friedrich Bechler abzubrechen? – Ich selbst! Wieder und wieder habe ich mich das gefragt.

Ja, ich habe genickt, als über die weitere Suche zu entscheiden war, nach sechs erfolglosen Tagen vergeblicher Mühe und ohne ein Zeichen auf möglichen Erfolg. Alle dort sind sich einig gewesen. Das habe ich aus ihren Gesichtern abgelesen. Und ich habe auch gespürt, dass ich nur der Form halber gefragt worden bin, weil Friedrich eben mein Mann gewesen ist. Nur deshalb! Die Entscheidung war längst gefallen.

Die argentinische Polizei hatte alles versucht, Friedrich oder eben seinen Leichnam zu finden, davon bin ich fest überzeugt. Einen Tag nach dem Unfall, als klar war, dass es sich bei dem Verunglückten um einen Ausländer handelte, war ein Hubschrauber der Armee in die Suchaktion einbezogen worden. Die Soldaten fanden in der Schlucht eine mit Blut verschmierte Kopfbedeckung, ein paar hundert Meter flussabwärts von der Unglücksstelle entfernt. Wahrscheinlich war sie ihm vom Kopf gerissen worden, als er aus dem Auto geschleudert wurde und der Wind hatte sie fortgetragen. Oder die reißende Strömung hatte sie ans Ufer gespült. Ein Basecap aus Naturmaterial, wie es von Touristen auf den Märkten gekauft wird, denn sie sind auf die beständige Sonne dort in der großen Höhe nicht eingerichtet. Damit man die einander ähnlichen Mützen nicht verwechselt, kann man sie mit den Initialen des eigenen Namens schmücken. Die sind aus irgendwelcher Glitzerfolie ausgestanzt und werden oberhalb des Schirmes aufgeklebt.

Die Mütze, die man gefunden hatte, trug die Buchstaben FB.

Man suchte die Fundstelle noch einmal ab, intensiver, auch weiter flussabwärts. Wieder vergeblich.

Das Autowrack zu bergen, ohne dabei andere Menschen in Gefahr zu bringen, war zur damaligen Jahreszeit nicht möglich, oder höchstens mit einem nicht zu rechtfertigenden Einsatz moderner Technik. Der Polizeioffizier versicherte mir, sie hätten diesen Aufwand nicht gescheut. Doch es hätte nicht das geringste Anzeichen gegeben, dass der Fahrer sich noch eingequetscht in dem völlig deformierten Auto befindet. Dann hätte man mit Hilfe der Armee aus der Luft ... Es hat keine solchen Anzeichen gegeben.

So hat man bis zum Sommer mit der Bergung des Wracks gewartet. Im Februar, in manchen Jahren schon im Januar, so sagte man mir, sind die Schlucht und sogar das Flussbett dort vollkommen ausgetrocknet.

Friedrichs Blutspuren hat man in der Polsterung der Sitze noch nachgewiesen, als man das, was von dem Auto übriggeblieben war, nach der Bergung kriminaltechnisch untersuchte. Sie stimmten mit den Laborergebnissen überein, die man von den Blutresten auf der Mütze gesichert hatte.

Soviel steht fest: Das Wasser des Flusses hat Friedrich mitgenommen. ... Wasser ist sanfter als Stein.

Aber, falls Sie mir noch immer nicht glauben: Von einer Passstraße kann dort nicht die Rede sein! Und der Weg von Zonda nach Calingasta verdient nicht, so genannt zu werden. Maultierpfad wäre geeigneter. Für Autos sollte er verboten sein. Ist er aber nicht.

Natürlich hatte man Vorsichtsmaßnahmen ergriffen. Nicht nur Schilder warnten vor Steinschlag. Wichtiger ist die besondere Verkehrsordnung, die mir der Offizier erklärte. Von Tagesanbruch bis zwölf Uhr mittags kann man von unten herauf ins Gebirge hinein fahren. Ein Polizeiposten registriert jedes Fahrzeug, für das er den Schlagbaum hebt. Oben im Gebirge, am Ende des steilen Anstiegs, erwartet den Autofahrer die Gegenkontrolle. Wieder werden die Kennzeichen der Autos aufgeschrieben, die, aus dem Tal kommend, den Kontrollpunkt passieren. Ab 12.00 Uhr bleibt der Schlagbaum im Tal geschlossen und der Kontrolleur ruft seinen Kollegen oben im Gebirge an und gibt ihm die Kennzeichen aller Fahrzeuge durch, die seine Kontrollstelle passiert haben. Sind alle diese Wagen oben angekommen, wird die Gegenrichtung freigegeben. Bis zwei Stunden vor Einbruch der Dunkelheit kann man dann die Schranke passieren, um talwärts zu fahren.

Friedrichs Leihwagen passierte an diesem Tag die Kontrollstelle im Tal, kurz vor zwölf Uhr. 11.45 Uhr – so lautete die genaue Eintragung im Buch des Postens. Nach Friedrich war eine Camioneta nach oben gefahren, um 11.54 Uhr, gesteuert von einem, dem Aussehen nach in der Gegend heimischer Fahrer. Wie sich der Posten erinnerte. Das Kennzeichen trug die Buchstaben der Nachbarprovinz Mendoza. Da die Einheimischen auf solchen Straßen viel schneller als Fremde fahren und auch riskante Überholmanöver nicht scheuen, muss er zum Zeitpunkt des Unfalls schon weit vor Friedrich gewesen sein. Die Polizei geht davon aus, dass er einen Unfall keinesfalls übersehen haben kann.

An diesem Tag blieb die Schranke im Gebirge für jene Fahrzeuge geschlossen, die talwärts wollten. Eines der Autos, eben das von Friedrich gesteuerte, war oben nicht angekommen. Ein Ausnahmefall. Die beiden Posten tauschten ihre Mutmaßungen per Telefon aus.

Ein Renault 17, so behauptete der Polizist in Zonda, ein dunkelroter Renault 17. Der Posten in Calingasta bestand darauf, keinen Renault 17 gesehen zu haben. Überhaupt sei an diesem Vormittag kein rotes Fahrzeug durch seinen Kontrollbereich gefahren, bekräftigte er. Eine altersschwache Camioneta, ein Chevy, wäre das letzte Fahrzeug gewesen, für das er den Schlagbaum angehoben hätte. Also hatte es einen Unfall gegeben oder ein Wagen war wegen eines Defektes irgendwo auf der Strecke liegengeblieben.

Man schickte einen Servicewagen des Argentinischen Automobilclubs, dessen Leute auch im entlegensten Winkel des Landes zu finden sind, nach unten.

Ohne dem vermißten Wagen begegnet zu sein, kam der unten an. Weder ein intaktes noch ein defektes Fahrzeug war auf der Strecke zu sehen gewesen, und ein Abbiegen, ein verdecktes Halten, so dass man ihn hätte übersehen können, so etwas war auf dieser Strecke nicht möglich. Auch ein Absturz wurde ausgeschlossen. Der Tank wäre explodiert, das Fahrzeug ausgebrannt. Feuer und Rauch wären in den kahlen Schluchten nicht zu übersehen gewesen.

Also unterstellte man dem Polizisten oben im Gebirge Nachlässigkeit bei der Registratur der angekommenen Fahrzeuge, und die Straße wurde wieder frei gegeben.

Dennoch blieb der ungeklärte Vorfall für diesen Ort ein außerordentliches Ereignis. Die Leute scherzten darüber. Man bezichtigte den Kontrolleur der Blindheit, empfahl ihm einen Besuch beim Augenarzt und erteilte ihm manch anderen spöttischen Ratschlag. Schließlich verpflichtete man ihn, zum Abend einen Ballon Wein zu spendieren, um seine Nachlässigkeit wettzumachen.

Der Polizist aber wollte den Vorwurf nicht auf sich sitzen lassen. Er bat für den nächsten Tag um eine Vertretung und brach am Morgen zu Fuß in Richtung Tal auf. Und er suchte nicht nur auf der Straße. Er blickte auch die Abhänge hinunter, suchte jeden Hang unterhalb des Passes mit dem Fernglas ab, Schlucht für Schlucht.

Am frühen Nachmittag entdeckte er das Wrack. Doch ausgerechnet an diesem Tag fuhr von oben her kein Wagen mehr hinunter in Richtung San Juan. Er musste den beschwerlichen Weg zu Fuß fortsetzen, und als er beim Posten unten in Zonda ankam, brach die Dunkelheit herein. So konnte erst am nächsten Morgen mit der Suche nach dem Verunglückten begonnen werden.

Nur das Kennzeichen, das der Kontrollposten im Tal festgehalten hatte, überprüfte die Polizei noch am gleichen Abend. Eine Nummer aus der Hauptstadt Buenos Aires. Die Auskunft führte zu einer Autovermietung. Das erleichterte die Identifizierung des Verunglückten. Den Besitzer der Camioneta, der als letzter vor Friedrich ins Gebirge gefahren war, konnte die Polizei nicht ermitteln. Das Nummernschild war, wie manche in dieser Gegend, gefälscht gewesen.

Herr Gabler, ich erwähnte schon, dass wir den Gebirgszug von Calingasta aus auf einer anderen Strecke verließen. Bei einem abschließenden Gespräch mit der Polizei in einem kleinen Hotel in Uspallata, fragte der Offizier im Beisein des Mitarbeiters der deutschen Botschaft auch mich nach meiner Meinung zu den Erfolgsaussichten der Suche. Die argentinischen Behörden erwarteten sicher eine einvernehmliche Entscheidung, was die Beendigung der Aktion betraf.

Ich weiß nicht mehr, was ich gesagt habe und ob ich überhaupt etwas gesagt habe, oder ob ich nur mit dem Kopf genickt habe.

Auf alle Fälle habe ich zugestimmt! – Kein Zweifel!

Martina Maybach schickte die vielen Seiten ihres Berichtes sofort ab. Schon nach vier Tagen überraschte sie

Gablers Antwort. Ein dünner Brief, eine einzige Seite, ein einziger Satz. Der schlug ihr ins Gesicht, kaum dass sie das Schreiben auseinander gefaltet hatte.

Mitten auf dem weißen Blatt standen fünf Worte. Sie waren von Hand geschrieben, in großen Druckbuchstaben: *HAST DU SEINEN LEICHNAM GESEHEN?*

Mit dem Nachtzug fuhr Martina Maybach nach Berlin. Wenn die Schalter öffneten, wollte sie sofort in jenes Postamt gehen, in dem sich das Schließfach von Herbert Gabler befand, und dessen Wohnanschrift erfahren. Und dann, so hatte sie es sich vorgenommen, würde sie ihn aufsuchen und ihn zur Rede stellen. Von Angesicht zu Angesicht wollte sie diesem Mann gegenüberstehen, Rechtfertigung für seine anmaßende Frage verlangen, selbst wenn sich herausstellen sollte, dass er Friedrich noch besser gekannt hatte, als sie bisher annehmen konnte. Sie spürte: Ohne ihm in die Augen geschaut zu haben, würde sie keine Ruhe finden.

Der Zug raste durch die Nacht.

Martina Maybach saß allein im Abteil. Das Licht hatte sie ausgeschaltet und es sich in der Ecke am Fenster bequem gemacht. Doch Ruhe fand sie nicht.

Was wissen Sie schon über uns, Gabler! dachte sie und überließ sich wieder ihren drängenden Gedanken.

Zottel und ich, wir hatten uns im Park wieder getroffen, eine Woche nach unserer ersten Begegnung. Und wir hatten uns unterhalten, nicht lange, doch seitdem ging er mir nicht mehr aus dem Sinn, den ganzen Abend nicht und wohl auch im Schlaf nicht. Wenn ich aufwachte, war er bereits in meinen Gedanken. Ich sah seine auffallend hellen, blauen Augen, und erschrak jedesmal. Ich weiß noch genau, was ich dachte: Da hängt ja noch etwas dran, an diesen schönen Augen und dem eindrucksvollen Gesicht, und nicht nur blonde Zotteln. – Ein Mann, ein richtiger Mann!

Sofort fiel mir meine Mutter ein. Nie verheiratet, hatte sie von Männern immer nur schlecht gesprochen und mich gewarnt. Kerle würden nichts taugen, nirgendwo auf der Welt.

Bis ich Zottel kennen lernte, hatte ich ihr recht gegeben, meiner eigenen Erfahrungen wegen.

Der Erste, Gunter, war ein Mitschüler gewesen. Fast alle Mädchen der Berufsschulklasse hatten einen Freund und redeten von ihren Erfahrungen. Warum sollte ich nicht? Ich fand ihn so süß. Doch hätte ich gewusst, was er für ein Angeber war! Gunter prahlte mit dem, was uns als Geheimnis verbinden sollte, dass es sich bald herumsprach. Dabei war er so lieb gewesen, als ich mich nicht mehr sträubte. Damit man ihm auch Glauben schenkte, erzählte er allen von meinem großen Leberfleck in der Hüftbeuge.

Eines Tages kam meine Mutter von der Arbeit nach Hause. Dort hatte sie ein Mann aus dem Dorf laut gefragt, ob es richtig sei, was man sich erzähle, dass ich, ihre Tochter, »zwischen den Beinen einen Leberfleck statt einer Votze hätte«.

Mutter prügelte mir ihre Meinung über Männer für Jahre ein. Für die Entfernung des Leberflecks bezahlte ich mein erstes selbst verdientes Geld an einen Chirurgen.

Später wollte der Herr Jabuleit zärtlich zu mir sein. Er war mein erster Chef und hatte ein kleines Steuerbüro im Nachbardorf, jedoch den Ruhestand lange verdient. Wenn er mich zu fassen bekam, begann er, mich überall zu begrapschen. Besonders auf meinen Busen hatte er es abgesehen. Mit trostreichen Worten, mir ginge doch nichts verloren, und für die jungen Männer bliebe genügend, versuchte er, meine Zustimmung zu ergattern. Schließlich blieb mir nichts anderes übrig, als zu kündigen.

Bernhard gab ich nach einem Dorffest nach. Er war einer der wenigen ledigen Männer in unserem Ort. Bauernsohn und über zehn Jahre älter als ich. Aber auch ich war damals fast die einzige Ledige im Dorf. Obwohl es mir schwer fiel, begann ich mich in den Gedanken hinein zu leben, einmal Bäuerin zu werden. Vollkommen unnötig, wie sich bald herausstellen sollte. Wir trafen uns heimlich in einer Scheune. Er war stark wie ein Bär, und anfangs genoss ich seine Kraft. Aber unsere Treffen wurden immer kürzer. Manchmal hatte ich den Eindruck, er knöpfte sich die Hose schon auf dem Feldweg auf, der zu unserem Versteck führte. Kaum, dass wir danach ein paar Worte sprachen, denn er hatte es stets eilig. Es zog ihn in den Dorfkrug.

Bald ging ich nicht mehr zu der Scheune.

Als Mutter gestorben war, verzog ich endgültig nach Bonn und begann in einem Schreibbüro zu arbeiten.

Einen Mann gab es noch, einen einzigen. Wolfgang. Dann nur noch Friedrich!

Viele von den jungen Frauen im Büro himmelten Wolfgang an. Ich aber hatte mich wirklich in ihn verliebt, so sehr, dass es schon wehtat, wenn er sich längere Zeit nicht im Schreibservice sehen ließ. Ich war schon dreißig, meine Gefühle aber trieben es mit mir wie mit einem Teenager. Den es betraf, der ahnte nicht einmal, was ich für ihn empfand. Manchmal fragte ich mich, ob er mich überhaupt je bemerkt hatte. So von ihm zu träumen, war wunderschön, dass ich schon glaubte, das Platonische würde für mich reichen. Das ging so über Wochen.

Dann kam dieser Abend. Ich hatte Wolfgang nicht eingeladen. Zufällig kreuzte er in der kleinen Kneipe auf, wo ich zusammen mit zwei Kolleginnen meinen Geburtstag feierte. Die brachen bald nach seinem Kommen auf. Nun saß ich allein mit dem Mann am Tisch und wurde immer aufgeregter. Halb erwartungsängstlich, halb glückstrunken. Wenn man das so sagen kann. Ein wenig mehr Wein als gewöhnlich trank ich auch. Bald verfingen sich unsere Blicke. Das machte mich noch verwirrter, doch ich staunte über mich selbst, über meine Verwegenheit, denn ich hielt seinen Blicken stand. Er bestand auf einem Geburtstagskuss. Bestimmt hat er mein Zittern gemerkt. Dann redete er.

Wie es die Kraftfahrer einer Fahrbereitschaft eben tun, schwärmte er ausführlich von seinem neuen Wagen und strich dabei seine Fachkunde heraus. Ich verstand davon nichts. Wenn er nicht sprach, musterte er mich. Manchmal schaute er mich an, als ob er mich verschlingen wollte und ich ihm schon versichert hätte, ich wäre bekömmlich und reif. Dann wieder tastete er mich mit den Augen ab, so als stünde er an einem Marktstand und wollte mich kaufen. Gerade so, als hätte er sich noch nicht entschieden, als würde er noch abwägen, ob es sich lohne. Seine Blicke waren mir peinlich und doch irgendwie auch nicht.

Ich fühlte mich glücklich und hilflos, mutig und ängstlich, ganz schön verwirrt und lustig vom Alkohol. Und als Frau immer mutiger! Immer stärker klopften meine Gefühle an, bis ich es plötzlich wusste: Es würde passieren, und ich wollte es, und als ob er meine Gedanken gelesen hätte, dauerte es nicht lange, bis er fragte:

»Na, was ist?«

Und ich verstand genau, was er meinte. Für einen Moment wollte ich nein sagen. Von dieser Art direkter Aufforderung war ich abgestoßen, doch seine schönen Augen beschwichtigten mich. Bis zu meinem kleinen Apartment war es nicht weit.

Auf dem Weg überlegte ich aufgeregt, worüber wir uns bei mir unterhalten sollten und was ich ihm anbieten könnte. Ich sorgte mich, ob mein Zimmer auch aufgeräumt sei und überhaupt, ob ihm meine kleine Wohnung gefallen würde. Wir betraten mein kleines Reich, er schaute sich nicht um, musterte nur das Bett und begann sich auszuziehen. Dass er, so ganz ohne etwas zu sagen, sein Jackett ablegte, nun gut. Ich fragte, ob er etwas trinken wolle. Er schwieg. Ich aber staunte, als er sein Hemd aufknöpfte und es dann doch lieber eilig über den Kopf zog und den Gürtel seiner Hose öffnete.

Ich starrte ihn an, unfähig, etwas zu sagen, denn mir war zumute, als hätte das alles nichts mit mir zu tun. Ich stand eben nur da und sah ihn verwundert an. Wolfgang, nur noch in Unterhosen, die Finger zwischen dem Gummizug und seiner Hüfte, drehte sich um, ein verwunderter Blick, er verstand meine starre Hilflosigkeit gar nicht. Ziemlich laut rief er: »Na los, mach schon! – Ich denk, du bist scharf auf mich!«

Später schien es mir, als wäre alles, was folgte, ohne mich vor sich gegangen. Ich zog mich aus, erst ganz zaghaft, dann ganz schnell, bis auf die Unterwäsche, und dann versteckte ich mich fast gänzlich unter der Tagesdecke, die über das Bettzeug auf meiner Schlafliege gebreitet war.

Er stand vor mir, und er war nackt und protzte mit seiner erregten Männlichkeit, und er grinste amüsiert und wartete auf etwas. Ich schloss die Augen.

»He, was ist denn das für ein Spiel?« höhnte er und riss die Decke weg.

Seine Finger waren geübt. Er lachte. Meine Unterwäsche warf er irgendwohin ins Zimmer.

Ich wollte ihn küssen, er wollte nicht.

Ich wollte in seinen Augen lesen. Er schaute über mich hinweg. Nur einmal traf mich sein fordernder Blick. Wohl, weil ich etwas nicht so tat, wie er es wollte. Für mich war alles schon vorbei. Mir war zumute, als wäre ich nicht ich. Ihn schien das nicht zu stören. Es dauerte nicht lange. Kaum hatte er ausgestöhnt, setzte er sich wieder auf. Ohne mich anzusehen, griff er nach seiner Wäsche.

»Was ist, Wolfgang? ... Bleib doch!« flüsterte ich und fasste dabei nach seinem muskulösen Arm. Ganz behutsam nur berührte ich ihn. Er stieß mich weg.

»Warum?« Meine Stimme war kaum zu hören.

»Ach, was! Warum renn ich bloß mit zu einer Alten, die nicht ficken kann!« unterbrach er mich.

Seine Stimme war gereizt. Mit ein paar hastigen Griffen zerrte er an dem Zipfel des Bettlakens und wischte sich sein Glied ab.

»Keine Ahnung, was ein Mann braucht!« beschwerte er sich in misslaunigem Ton. »Nicht deine Kuhaugen sollst du rausdrehen und rumknutschen wollen. Wenigstens richtig mit deinem fetten Arsch wippen! ... Ach was!« Er winkte ab. Er zog sich hastig an und verließ die Wohnung ohne Gruß.

Ich starrte zur Decke, immer auf den gleichen Fleck. Wie lange, weiß ich nicht. Ich sah nichts, ich hörte nichts. Dann erhob ich mich. Ich ging langsam, mit schleppenden Schritten ins Bad, als wäre nicht ich es, die da ging, sondern als würde ich die Frau, die da eben noch nackt auf meinem Bett gelegen und in der sich ein widerlicher Kraftprotz befriedigt hatte, dorthin tragen.

Ich duschte diese Frau ab, penibel, keine Stelle ihres Körpers auslassend. Eine ganze Flasche Shampoo verteilte ich auf ihrem Körper. Immer wieder seifte ich sie ein, bürstete die Haut rot und ließ ausgiebig Wasser an ihr herablaufen. Ebenso intensiv trocknete ich sie ab.

Als ich am Morgen erwachte, entschloss ich mich, für immer allein zu bleiben und mich ganz und gar meinem Beruf zu widmen.

Dann aber begegnete ich Friedrich, und es kamen dieser Abend, diese Nacht und wieder ein Morgen.

Er hatte mich zum Essen eingeladen. Danach liefen wir zwölfmal zwischen meiner Wohnung und seiner Pension hin und her, zwölfmal, weil ich mich nicht traute, ihm zu gestehen, was ich dachte. Die Reue, nicht den Mut gefunden zu haben, ihm zu sagen, dass ich mich danach sehnte, mit ihm zu schlafen, brachte mir eine Nacht voll wüster Unruhe. Schloss ich die Augen, dann lag er auf mir, unter mir, neben mir, öffnete ich die Augen, lief er allein zurück zu seinem Hotel. Der Fülle jener Nacht folgte der Morgen, leer, öde, unbrauchbar zum richtigen Leben.

Aus dieser Leere wurde mein Mut geboren. – Diesen Mann wollte ich haben.

Im Schnellgang polierte ich meine Wohnung auf Hochglanz. Gegen zehn Uhr rannte ich zur Pension »Zum Schwan«.

»Tut mir leid, junge Frau! Herr Bechler ist bereits abgereist. Vor einer halben Stunde etwa! – Ja, ich weiß es genau. Tut mir leid!« beteuerte der Mann an der Rezeption.

Ich nahm den Weg quer durch den Park. Die Bank war leer. Ich setzte mich. Wie lange ich dort gesessen und was ich gedacht habe, weiß ich nicht. Mir schien plötzlich alles sinnlos. Die Vorwürfe kehrten zurück. Sie schmerzten. Ich heulte.

Er sollte da sein!

Die Bilder von dem, was geschehen wäre, wenn ich seine Hand gefaßt und einfach gesagt hätte: »Dort rechts unten wohne ich, Herr Bechler. Wir werden niemanden stören und niemand wird uns stören!« peinigten mich.

Auch die folgenden Tage schmerzten. Jeden Tag rief ich bei ihm an, immer wieder wählte ich, ließ es läuten, bis die Automatik trennte. Vergeblich, er nahm nicht ab, war nicht zu Hause. Eifersuchtsträume quälten mich. Abends umkreiste ich die Pension »Zum Schwan« in der törichten Hoffnung, er wäre zufällig angereist. Von der verrückten Idee beseelt, auch er würde mich dort suchen, durchstreifte ich den Park, selbst bei Regen. Auf der Arbeit passierten mir peinliche Fehler, die Kollegen begannen hinter meinem Rücken über mich zu sprechen.

Endlich war der Sonnabend da. Doch er brachte eine nächste Ungewissheit: Ich wusste nicht, wann genau er ankommen würde und ob überhaupt. Er kam nicht immer aus Hamburg, manchmal auch von Hannover oder Frankfurt. Er wäre mehr unterwegs als zu Hause, das hatte er mir ja gesagt. Zum Bahnhof zu fahren, hätte also nichts genützt.

Ungeduldig stand ich seit dem Morgen vor seiner Pension herum.

Warten in Ungewissheit! Es sollte das letzte Mal gewesen sein, schwor ich mir mehr als einmal an diesem regnerischen Morgen unter diesem grau verhangenen Himmel.

Es machte mir gar nichts mehr aus, das kleine Hotel immer wieder zu umrunden. Auch die mitleidigen

Blicke störten mich nicht mehr, die ich mir gelegentlich von Hunde ausführenden Passanten, von Brötchenholern, Zeitungskäufern oder Hotelangestellten einfing. Selbst der Regen störte mich nicht. Nichts störte mich, nur, dass er nicht schon da war. Wenn ich ein vorfahrendes Taxi verpasste und nicht ausschließen konnte, dass er es gewesen war, der die Pension betreten hatte, ging ich zum Empfang und fragte, ob ein Herr Bechler schon angekommen sei.

Erst am Nachmittag kam er endlich, ausgerechnet an diesem Tag war es so spät geworden.

Ich hatte an der Rezeption gerade wieder nach ihm gefragt und wollte die kleine Halle enttäuscht verlassen. Mein gekünsteltes Lächeln, das ich dem Portier eben noch offeriert hatte, verfiel auf meinem Gesicht schon wieder. Da war Zottel plötzlich da. Ich hätte ihm fast einen Flügel der Eingangstür in den Bauch gestoßen, so verwirrt war ich.

Ebenso überrascht, mich in der Pension zu sehen, wollte er etwas sagen, ich aber starrte ihn an, vorwurfsvoll, mit einem tiefen prüfenden Blick, so als müsse ich mich noch einmal vergewissern, ob wirklich der vor mir stand, auf den ich gewartet hatte, und nicht ein Trugbild.

Ich ließ ihn nicht ins Hotel. Ich drückte die Tür weiter auf, trat hinaus und sagte einfach: »Kommen Sie ... bitte!«

Er erwiderte nichts, er fragte nichts, er nahm seine Reisetasche in die andere Hand und ging neben mir her. Alles, was ich ihm sagen wollte, war mir entfallen. Manchmal schaute ich zu ihm auf und lächelte, verlegen natürlich, weil ich immer noch nichts zu erklären wagte.

Er schwieg, passte seinen Schritt immer wieder dem meinen an. Doch ich spürte, wie ihn mein Lächeln aus seinen Gedanken riss – aus welchen auch immer. Sie schienen ihn jedenfalls sehr zu beschäftigen. Dann schaute er mich an, als wäre nichts geschehen, als wäre alles wie gewohnt, auch als wisse er genau, was jetzt gleich passieren würde. Seine Augen staunten. Und dann glaubte ich zu sehen, wie sie fragten, ob ich wirklich wüsste, was ich tat. Vielleicht auch, worauf ich mich jetzt einließe. Aber kein Wort fiel. Niemals vorher hatte ich erfahren, dass gemeinsames Schweigen so schön sein kann.

Gewundert hat er sich, weil auf dem Tisch ein Frühstück für zwei Personen stand. Am Nachmittag! Er wurde gesprächiger und fragte lächelnd, ob ich ihn schon gestern Abend erwartet hätte. »Hätten Sie mir etwas gesagt, ich …« Für diese Worte hätte ich ihn umbringen können.

Wir frühstückten gegen halb fünf. Ich fand es faszinierend, dass alles so anders sein konnte, und war gleichzeitig so aufgeregt wie noch nie. Ich suchte dieses, holte jenes, wollte perfekt sein. Herr Friedrich Bechler lächelte. Ich hatte dem nichts entgegenzusetzen als meine hausfrauliche Betriebsamkeit.

Nach dem Nachmittagsfrühstück strafte mich eine neue Frage: Was fängt man zu dieser Stunde mit einem Mann in seiner Wohnung an, wenn man gerade gefrühstückt hat, es draußen regnet, und vor allem, wenn dieser Mann nicht das tut, was man so sehnlichst erwartet?

Zottel lächelte nur, mal spöttisch, mal fragend, mal überrascht, oder er grinste einfach so und ließ mich tun. Ich fand das Schweigen nicht mehr schön.

Schon ahnte ich die Gefahr, alles würde in nicht mehr als in einen höflichen Besuch eines Bekannten münden.

Ich wurde immer unruhiger. Sich ihm zuwenden und ihn anfassen, ja, wenn ich mir das getraut hätte. Aber ich fand den Mut dazu nicht.

Mir fiel ein, dass Männer sonnabends für gewöhnlich vor dem Fernseher sitzen und auf die Bundesliga warten. Also fragte ich, ob er Fernsehen schauen wolle, Fußball.

Herr Friedrich Bechler horchte auf, mischte sein Lächeln mit ein wenig Bedauern und erklärte kopfschüttelnd, kein Fußballfan zu sein.

Was ich nicht erwartet hatte, geschah. Er sprach weiter. Doch der Vorschlag, den er mir machte, war schrecklich: Er bat mich, auf dem Klavier vorzuspielen.

Erst weigerte ich mich. Nein, es war kein Zieren, ich wollte wirklich nicht. Er bettelte mit seinen Augen. Meine Vorwände hielten nicht. Ich spielte, es klang fürchterlich stümperhaft, weil ich so fahrig war. Auch wegen seiner Blicke, die ich als heiße Punkte auf meinem Rücken spürte. Mein Klavier stand so ungünstig, es ging gar nicht anders, ich musste ihm den Rücken zuwenden, konnte ihn selbst nicht sehen, nicht sein Mienenspiel, nicht seine Augen, ich konnte nicht einmal feststellen, ob er auch wirklich zuhörte.

Dann konnte ich vor Aufregung nicht weiterspielen. Mitten im Stück hörte ich auf und drehte mich ganz schnell um, so ruckartig, dass der Drehstuhl quietschte und ich mit dem dreibeinigen Ding fast umgefallen wäre.

Mein Gast saß nicht mehr am Tisch, wo ich ihn die ganze Zeit vermutet hatte. Ohne dass ich es bemerkt hatte, war er aufgestanden und hatte sich in meinen Sessel am Fenster gesetzt. Er musterte mich auch nicht, hatte es wohl die ganze Zeit über nicht getan. Er schaute hinaus, irgendwohin.

Draußen dunkelte der trübe Tag. Stille. Friedrich Bechler drehte sich langsam zu mir um. Ein nachdenklicher Blick voller Gedanken, die noch in weiter Ferne gefangen schienen, traf mich. Sogar zu lächeln vergaß er, so tief war er in seinen Gedanken versunken. Es musste mit mir zu tun haben, woran er da mit so ernster Miene gedacht hatte, denn ein paar Momente forschte er in meinem Gesicht, ohne mir zu offenbaren, was er erfahren wollte. Erst dann fragte er verwundert und doch mit einer Selbstverständlichkeit, als würde ich ihm seit langem täglich vorspielen: »Warum spielen Sie nicht weiter?« Ich sagte nichts. Ich spürte, dass er nicht bereit war, sein eben Bedachtes mit mir zu teilen.

Auch später und während unserer späteren Ehe gab es solche Situationen, in denen er grübelnd dasaß und ich nicht wusste, was in seinem Kopf vor sich ging. Ich bedrängte ihn nie. Für mich war nur wichtig, dass er da war.

Nach meinem Klavierspiel tranken wir Wein. Zottel wurde gesprächig, erzählte von Australien, von Land und Leuten. Lieber wäre mir gewesen, er hätte ausführlicher von sich erzählt.

Ein Abendbrot lehnte er mit einem Hinweis auf das reichliche Nachmittagsfrühstück ab. Gegen zehn blickte er verstohlen zur Uhr. In meinen Inneren brach Panik aus, die zu verstecken, ich kaum in der Lage war. Bald zeigte er auch ziemlich unverhohlen seine Müdigkeit, wofür er sich wortreich entschuldigte.

Ich sah, wie er aufstand und fürchtete erschrocken, er werde sich gleich verabschieden. Der Gedanke war mir so schrecklich, dass ich zu zittern begann. Mein Mund war trocken, was mir das Sprechen schwer machte. Er durfte nicht gehen. Aber wie sollte ich das verhindern? Schließlich stotterte ich etwas über genügend Platz hier in der Wohnung.

»Sie meinen, ich sollte …?« Er vollendete seinen Satz nicht und wies mit der Hand auf die Couch. Ich nickte. In meiner Aufregung fiel mir erst viel später auf, wie gekünstelt seine Verwunderung gewesen war. Ich schaute ihn an, hoffte, er würde etwas sagen oder tun. Doch er lächelte nur. Und er bedankte sich.

Ich war wie erlöst.

Er sprach über Belanglosigkeiten und neckte mich mit hausbackenen Höflichkeiten. Ich kam mir vor wie jenes Mäuschen, das vor dem Kater hin und her rennt, weil der mit ihm spielt, bevor er es verschlingt. Ein Kater spielt immer mit der ängstlichen Beute. Der Unterschied war aber: Ich hatte keine Angst und wünschte mir, er solle endlich zupacken, und ich sehnte mich nach seinen kräftigen Händen und nicht nach Samtpfötchen.

Ich weiß nicht, wie spät es war, als wir zueinander gefunden hatten. Gegen Mitternacht lagen wir da und schwiegen. Es machte mir jetzt nichts mehr aus, dass er nicht gierig nach mir verlangt hatte, dass er mich nicht mit Küssen überfallen, wie ich es mir gewünscht hatte, dass er nicht nach meiner Brust und meinem Schoß gegriffen, wie ich es mir vorgestellt hatte. Eine ganze Woche lang hatte ich mit solchen Bildern verbracht, sie immer wieder herbeigerufen und mit immer mehr Hingabe ausgemalt. Jetzt herrschte Stille. Sie gehörte unseren Gedanken. Seinen und meinen. Mehr den seinen? Ja, vor allem seinen Gedanken. Wieder schwirrten sie irgendwo in der Ferne, unruhig, das spürte ich, und gegen seinen Willen. Ich störte sie nicht.

Friedrich rührte sich kaum merklich. Er wollte etwas sagen. In mir wuchs die Angst. Nein! Nichts sagen! Wozu sprechen! Ich wehrte mich in Gedanken, fürchtete mich vor Worten, griff seine Hand und hielt sie fest. Er sollte nicht reden.

Alles passierte wie von allein. Ich stützte mich auf, suchte in der Dunkelheit erst seine Augen, dann begann ich ihn zu küssen, überall hin, aufs Gesicht, auf den Mund, die Wangen, die Stirn, den Hals, die Brust ...

Ein lang gezogenes Pfeifen schreckte Martina aus ihren Erinnerungen. Ohne abzubremsen durchfuhr der Zug eine Bahnstation. Martina schaute auf ihre Armbanduhr.

Hast Du, Du, Du seinen Leichnam gesehen, hämmerte es wieder in ihrem Kopf.

Friedrich, was will dieser Mann von uns?

Überzeugt, die Wohnanschrift ihres Briefpartners im nächsten Moment in den Händen zu halten, betrat Martina Maybach an diesem Morgen als erste Kundin das Postamt in Berlin-Charlottenburg. Sie wurde enttäuscht. Die Angestellte weigerte sich, ihr die Adresse des Mieters des genannten Postschließfaches auszuhändigen, berief sich auf Vorschriften, Datenschutz und Postgeheimnis. Martina Maybach blieb hartnäckig und erzwang für den Nachmittag einen Termin bei der Leiterin des Postamtes. Die hörte sich Martinas Bitte verständnisvoll an, gab ihren Kolleginnen aus dem Schalterraum recht, blätterte ein paarmal in der dünnen Akte, musterte ihre Besucherin mit prüfendem Blick und erklärte: »Das Schließfach 201 ist nicht von einem Herbert Gabler gemietet. Abholen kann die Post aber jeder, der im Besitz des Schlüssels ist.«

Martinas Betroffenheit rührte die Postbeamtin.

»Gut!« sagte sie, schaute Martina noch einmal prüfend an, legte einen Zettel und einen Stift neben die Akte mit dem Mietvertrag, entschuldigte sich für ein paar Minuten und verließ zweideutig lächelnd das Zimmer. Die Besucherin stutzte zunächst, begriff dann und handelte.

Wieder auf der Straße, las Martina den seltenen Namen und die Anschrift noch einmal, die sie so schnell auf den Zettel gekritzelt hatte.

Gänsekiel, Frieder Gänsekiel? Sie schüttelte den Kopf, war sich sicher, diesen Namen nie gehört und nie gelesen zu haben.

»Gänsekiel? ... Natürlich, ihn muss ich aufsuchen. Er wird mir sagen können, wo ich diesen Gabler finde!«

Kurz entschlossen trat sie an einen Zeitungskiosk, zeigte dem Verkäufer die Adresse und bat um Auskunft.

Der zuckte mit den Schultern. »Tut mir leid, junge Frau! Kenn ick nich! – Klingt sehr nach Osten!«

Sie kaufte den Stadtplan, auf dem der Mann die Straße gerade gefunden hatte.

Während er das Wechselgeld herausgab, erklärte er Martina die S-Bahn-Verbindung. Sie gab sich keine Mühe, seinem Wortschwall zu folgen, sie notierte sich nur »Kaulsdorf« als Zielstation.

»Tiefster Osten!«

Die zur Vorsicht mahnende Stimme des Kioskbesitzers erinnerte sie an Friedrichs Vorschlag wenige Wochen vor ihrer Hochzeit. Nach Berlin hatte er mit ihr fahren wollen, und sein Reiseprogramm hatte auch einen Abstecher nach Ostberlin vorgesehen. Das gehöre für Touristen in Berlin zum Pflichtprogramm. Sie hatte nichts davon wissen wollen, nichts von der Flugreise nach Berlin und von einer Fahrt auf die andere Seite der Mauer schon gar nicht. Friedrich war nie wieder auf seine Idee zurückgekommen.

Das Haus, in dem der neue Unbekannte wohnte, ein Plattenbau, sechs Stockwerke, fand sie schnell. Den Mann namens Frieder Gänsekiel aber traf sie nicht an. Enttäuscht kehrte sie ins Hotel zurück, zumal sie erfahren hatte, dass wenig Aussicht bestand, bald mit dem Gesuchten in Kontakt treten zu können.

Am liebsten wäre sie mit dem nächsten Zug nach Bonn zurückgefahren. Nur ihre Müdigkeit hielt sie davon ab.

Gänsekiel ... Gabler ... Gänsekiel? – Der eine ist unbekannt, der andere ausgerechnet nicht zu Hause! ... Hast Du den Leichnam gesehen? Hast Du, Du, Du, Du? – Wie kann ich diesen unverschämten Gabler nur finden?

Sie erinnerte sich des älteren Mannes, den sie vor dem Haus getroffen hatte, in dem Gänsekiel wohnen sollte. Ein Blick voller Mißtrauen. Unverhofft hatte er sie angesprochen, als sie sich gerade zum Klingelbrett hinabgebeugt hatte, um den Namen »Gänsekiel« zu finden.

»Wen suchen Sie denn?«

Eine laute Stimme, wie die eines Hausmeisters, die bestrebt ist, Fremden den Zutritt zum Haus möglichst zu verwehren.

»Das ist schön, dass Sie ... Ich suche einen Herrn Gänsekiel, Frieder Gänsekiel. Er soll hier wohnen. Leider sind nicht alle Namen deutlich lesbar.«

Der Mann musterte sie ziemlich ungeniert.

»Gänsekiel? ... Sind Sie von ...?«

Der etwa Sechzigjährige in seinem längst aus der Mode gekommenen Jogginganzug, braun mit einem gelben Emblem auf der linken Brustseite, brachte die Frage nicht zu Ende, so als habe er sich selbst schon die richtige Antwort gegeben.

»Ja, der wohnt hier.«

Martina bedankte sich freundlich für die Auskunft und wollte sich erneut den Klingelknöpfen zuwenden.

»Nicht da! Er ist nicht da! Sie brauchen gar nicht zu klingeln. Der Frieder ... also der Gänsekiel, ist nicht da!«

Sie hob den Kopf und schaute den Mann mit fragendem Blick an, der eine Erklärung forderte. Der wich aus, trat eilig ins Haus und zog die Tür hinter sich ins Schloss.

Eigenartige Manieren.

Martina Maybach streckte sich müde auf dem breiten Hotelbett aus und schloss die Augen.

Hast Du, Du, Du, Du ... den Leichnam gesehen? Die Frage bohrte sich wieder in ihren Kopf. – Gänsekiel, ein eigenartiger Name! – Gänsekiel, selten der Name, auf alle Fälle! – Frieder Gänsekiel, nein, nie gehört!

Das Klingelbrett neben dem Hauseingang des Plattenbaus. Namen, untereinander und nebeneinander.

Das dritte von unten und das dritte Schildchen von links: Frieder Gänsekiel! Friedrich Gänsekiel, Gänsekiel ... Das Schildchen mit dem Namen kam auf sie zu, es wurde immer größer.

Sie schreckte vom Bett hoch. Wie versteinert saß sie da. In ihrem Kopf rasten jetzt die absurdesten Gedanken. Mit ihrer rechten Hand fasste sie nach dem linken Unterarm. Endlich fühlte sie Schmerz und war sicher, wach zu sein und nicht zu träumen.

»Das F!« Sie stöhnte leise. »Dieses F!«

Der Druck in ihrer Brust schnürte ihr fast den Atem ab.

»Sein F!« sie weigerte sich, ihrem eigenen Gedanken zu folgen.

»Nein, Martina, du hast dich getäuscht. Du musst dich getäuscht haben! Mit seinen Briefen hat er dich verrückt gemacht, dieser Gabler.«

Sie presste die Faust vor den Mund und wartete bis das Zittern ihres Körpers nachließ. »Dieses F! Nein, nein, es ist nicht wahr. Martina, du bist verrückt geworden! Martina ...«

Das Kaufhaus neben dem Hotel hatte noch geöffnet. Martina Maybach hielt die stärkste Taschenlampe für gerade gut genug. Sie kaufte eine Stablampe mit sechs Batterien. Die Lampe ragte aus ihrer Tasche heraus, so dass sie die Aufmerksamkeit anderer auf sich zog. Es störte sie nicht.

Noch einmal fuhr sie in den Osten, diesmal hatte sich Angst ihrer Ungeduld hinzugesellt.

In ihrer Erinnerung tauchte das Standesamt in Dänemark auf. Sie sah Friedrich, wie er dasaß und das Dokument unterschrieb, sämtliche Vornamen und der Familienname, wie es gefordert war. Damals war ihr das geschwungene F zum erstenmal aufgefallen, die beiden ungewöhnlichen Haken am Kopf des Buchstabens. Die meisten Menschen schreiben das F der deutschen Schrift mit einem einfachen geraden waagerechten Strich über dem senkrechten mit dem kurzen Querbalken. Oder ein wenig schräg, aber geradlinig! Manche auch ein wenig gewellt. Friedrich nicht. Er hatte den Buchstaben anders geschrieben, irgendwie kalligraphisch. Vielleicht, weil sein Vorname mit diesem Buchstaben begann. Ohne den Schriftzug zu unterbrechen, hatte er zuerst waagerecht zwei verbundene Haken gemalt, ähnlich wie man den Buchstaben S schreibt, nur nicht senkrecht auf der Zeile, sondern waagerecht. Erst danach hatte er abgesetzt und den Längsstrich und den kurzen Querbalken in der Mitte geschrieben. Seine Geschicklichkeit dabei ließ auf lange Übung schließen, die zur sicheren Gewohnheit geworden war.

Martina Maybach konnte sich nicht erinnern, jemals ein handgeschriebenes F in der Form gesehen zu haben, wie es ihr Friedrich geschrieben hatte.

Friedrich – Frieder, Frieder – Friedrich ...! Alles nur Einbildung, Martina! Alles nur Einbildung!

Sie flehte darum. – Hast Du, Du, Du den Leichnam ...? – Du bist verrückt, Martina! Hunderte, Tausende schreiben das F so! ... Bestimmt! – Oh, Gott ... was, wenn die beiden Häkchen geschlossen sind! – Martina, was redest du dir ein? Nun ist es sicher, er hat dich verrückt gemacht, der Unbekannte, der Gabler.

Die Lampe zitterte in Martina Maybachs Hand. Sie beleuchtete das Schildchen von allen Seiten.

Da, »F. Gänsekiel«, da steht es geschrieben! – Das F? – Es könnte sein ... oder? ... Oder nicht. Doch, doch! Die Häkchen sind ... nein, eigentlich sind sie nicht geschlossen! – Doch, es sieht aus wie ein waagerechtes S! – Nein, es ist nicht zu erkennen! Nicht eindeutig! Man müsste den Aufsatz des Klingelbrettes abschrauben, das Schildchen mit seinen Namen herausnehmen und es genauer untersuchen. Sie dachte nach, dann sah sie die verwitterten, eingerosteten Schräubchen.

Wieder und wieder richtete Martina Maybach den grellen Lichtkegel aus allen nur möglichen Winkeln auf das schmale Schildchen, das unter der zerkratzten Folie versteckt war. Das F vor dem Namen Gänsekiel war zu verblasst, um seine Schreibweise zweifelsfrei preiszugeben. Sie schaltete die Taschenlampe aus und lehnte sich, von plötzlicher Erschöpfung befallen, an die Hauswand.

Der Name an der Wohnungstür oder am Briefkasten! Warum bin ich nicht gleich darauf gekommen. Dort hat kein Regen und keine Sonne die Tinte ausgebleicht.

Sie schaute sich um, im Haus war es still, das Treppenhaus lag im Finsteren, sie wartete, dass jemand kommen und die Tür öffnen würde. Ungeduldig drückte sie schließlich verwirrt auf irgendeinen der Klingelknöpfe. Irgendwo in dem großen Haus kläffte ein paarmal ein Hund. Dann wieder Stille. In der Ferne polterte eine S-Bahn vorüber.

Martina lauschte angestrengt. Sie traute sich nicht, auf einen anderen Klingelknopf zu drücken. Nicht weit über ihr wurde ein Fenster geöffnet. »Hallo?« rief eine Männerstimme in die Dunkelheit.

Martina trat zwei, drei Schritte von der Tür weg ins matte Licht der Gehwegbeleuchtung und sah zu dem Fenster hinauf.

»Ach! Sie schon wieder!« Kaum, dass er Martina erkannt hatte, rief der Mann von heute Nachmittag erklärend ins Zimmer hinein: »Die Wessi, die zum Frieder wollte!« Er wandte sich Martina wieder zu: »Ich hab Ihnen doch schon gesagt, der ist nicht da. Sie können mir schon glauben! Wäre Gänsekiel schon zurück, hätte er sich längst bei uns gemeldet. Ist nicht da! Auch morgen und übermorgen nicht!«

Das Fenster wurde geschlossen, laut und unhöflich klang es Martina Maybach im Ohr, und wieder hatte sie das Gefühl, als zöge sich der Mann eilig zurück, um weiteren Fragen auszuweichen.

Martina trat erneut vor die Klingeln, schaltete die Taschenlampe ein, blickte verstohlen um sich, um sich zu vergewissern, dass sie nicht beobachtet wurde. Dann nahm sie mit dem Finger ein wenig Speichel von ihrer Zunge ab und mühte sich, die Folie über den Namen »F. Gänsekiel« zu reinigen.

Im Haus ging die Treppenbeleuchtung an. Jemand kam lässig hüpfend die Treppen herabgesprungen. Ein junges Mädchen öffnete die Haustür. »Wollen Sie hier rein?« fragte sie, überrascht vom unerwarteten Anblick dieser fremden Frau im eleganten Kostüm, die da im Dusteren stand, mit einer langen Stabtaschenlampe in der Hand. Das Mädchen wartete keine Antwort ab. Lächelnd hielt sie Martina die Tür auf.

Die Briefkästen fand sie vor dem Zugang zum Keller, doch auf den blechernen Kästen waren nur die Familiennamen der Bewohner vermerkt, in einheitlicher Druckschrift.

Die Treppenbeleuchtung erlosch.

Martina schlich sich von Stockwerk zu Stockwerk nach oben und richtete den Lichtkegel ihrer Lampe auf die Schilder neben den Wohnungstüren. Das Gefühl, sich wie ein Einbrecher zu bewegen, störte sie nicht.

Dritter Stock rechts: »Frieder Gänsekiel«. Der Name war in genormten Buchstaben auf Klebefolie gestanzt.

Am Morgen des nächsten Tages fuhr Martina Maybach nach Hause zurück.

In ihrem Hausbriefkasten fand sie eine Benachrichtigung der Post mit dem Vermerk: »Hinterlegung einer Sendung beim Postamt, Empfänger nicht angetroffen.«

Sie schob ihr Reisegepäck in die Wohnung, griff nach dem Autoschlüssel und fuhr zur Post. Dort nahm sie ein schmales Päckchen entgegen. Es hatte ein beträchtliches Gewicht.

Die Sendung enthielt einen nicht beendeten Lebensbericht und einige andere Dokumente. Die Biografie begann mit einem eigenartig gegliederten Absatz, bestehend aus vier kurzen Sätzen. Als Martina Maybach sie gelesen hatte, war ihr zumute, als würde man sie zwingen, eine komplizierte mathematische Textaufgabe zu begreifen. Ein schwieriges Unterfangen für sie. Solche Aufgaben hatte sie in ihrer Schulzeit nie gemocht und wenn überhaupt, dann niemals auf Anhieb verstanden.

Noch einmal las sie diese vier Sätze. Langsam, Wort für Wort, wie sie es in der Schule getan hatte, um die Lösungsformel aus dem Text herzuleiten. Noch einmal. Und noch einmal. Bis sich ihr der Verstand verweigerte.

Oder,
hätte ich damals, im Jahre 1980,
in Deutschland,
im geteilten Deutschland zwischen beiden Welten,
sagen sollen:
Guten Tag, Frau Maybach, bitte, haben Sie Verständnis!
Wer ich wirklich bin, darf ich Ihnen nicht sagen.
Alle Nachrichtendienste arbeiten so.

II

Der 24. Oktober 1982 war der letzte Tag in meinem Leben. Ein heller Frühlingstag. Die genaue Stunde meines Todes kennt niemand. Sie ist auch nirgendwo exakt festgehalten. Nur ich selbst kenne sie.

Wochen später nannte eine Anzeige in der Zeitung diesen 24. Oktober als meinen Todestag. Und dass Herr Friedrich Bechler in Folge eines tragischen Unfalls ums Leben gekommen sei.

Sie hatte es in kleineren Buchstaben über den Namen drucken lassen.

Man legte mir die Zeitung vor. Als ich die Anzeige gelesen hatte, war mir, als wäre ich selbst lieber tot gewesen. Das durfte ich mir keinesfalls anmerken lassen. Es fiel mir sehr schwer.

Einer könnte den Zeitpunkt meines Todes kennen: Der junge Bursche mit dem indianischen Gesicht und den glatten, tiefschwarzen Haaren. Abgewetzte Jeans, schmutziges T-Shirt, löchrige Sandalen. Gehört haben wird er von diesem Unfall oben in der Sierra. Er wird nachgedacht und sich des schweigsamen Mitfahrers erinnert haben, der an diesem Tag neben ihm in seinem klapprigen Pickup gesessen hatte. Nur mitnehmen sollte er ihn, nichts fragen und nichts erzählen. So lautete sein Auftrag. Und er wird sich gewundert haben, wo der hergekommen war, plötzlich, da, auf der Straße nach oben.

Wenn ihn jemand befragt haben sollte, wird er keine Auskunft gegeben haben.

Er sah mich hinter dem Felsvorsprung hervortreten, lächelte und hielt an. Er lächelte als ich einstieg, und er lächelte während er lenkte. Er beherrschte seinen alten Chevy und die Passstraße. Ein Saumpfad nur, der durch irgendeinen Beamten in den Rang einer Straße erhoben worden war, einfach so, indem der ihn mit blauer Farbe auf die Landkarte gemalt hatte. Für Gutgläubige.

Für mich nannte ich den draufgängerischen Jungen einfach Pedro. Mir fiel kein anderer Name ein. Mir ist sein wirklicher Name bis heute nicht bekannt, genauso wenig wie er den meinen kennt.

Zweimal habe ich ihn dann auch mit Pedro angesprochen, zweimal nur. »Gracias, Pedro!« als ich einstieg und »Gracias, Pedro!« als ich seine Camioneta in Uspallata wieder verließ. Er sagte »Bueno« als ich in sein Auto kletterte und »Bueno« als ich wieder ausstieg. Das war unser ganzes Gespräch.

Unsere gemeinsame Fahrt dauerte mehr als vier Stunden. Ungefähr eine Stunde fuhren wir noch bergauf, dann kam die Registrierstelle. Das Kennzeichen der Camioneta wurde festgehalten. Wie auch im Tale interessierte sich der Polizist nicht für die Insassen des Autos, wahrscheinlich hat er nicht einmal bemerkt, dass wir im Fahrerhaus zu zweit waren. Wir fuhren von nun an immer nur bergab. Der Weg war nun weniger steil, dafür umso länger. Er führte durch ein wildes und romantisches Tal, ganz anders als die öde Schlucht, in der ich eben mein Todesurteil über mich vollstreckt hatte. Mehr eine Hochebene, ein riesiger Teppich voll kleinwüchsiger grüner Pflanzen, zu beiden Seiten gesäumt von schneebedeckten Andengipfeln. Als ob die Natur mich von dem eben Geschehenen ablenken wollte, flutete sie Wogen hell leuchtenden Lichtes in das breite Tal.

Ich sah auf die Uhr. Es war schon nach drei. Fast zwei Stunden wurde ich bereits auf der wackligen Sitzbank der Camioneta hin und her geworfen. Wilde Wasserläufe kreuzen zu dieser Jahreszeit immer wieder die Erdstraße. Der, den ich Pedro nannte, sang, klopfte seinen Takt auf das Lenkrad. Oft bremste er unverhofft, lächelte, schaute mich ungläubig an und lächelte weiter.

Noch zwei Stunden bis Uspallata. Von dort ist es dann nur noch ein kleines Wegstück bis zur chilenischen Grenze.

Jetzt, im Frühling, bestreicht der kühle Südwind die Berge der Sierra. Er reinigt das Firmament über den felsigen Gipfeln und den kahlen Schluchten, drängt die Wolken nach Norden und lässt einen tiefblauen Himmel zurück. Ein seltsames, irgendwie ergreifendes Blau, das von der Unendlichkeit erzählt.

Blau ist auch die Lieblingsfarbe meiner Frau.

Als ich die Richtstätte in den Bergen zur Urteilsvollstreckung vorbereitet hatte, habe ich zum Himmel geschaut und auf den Kondor gewartet. Der Kondor zeigt den richtigen Weg, erzählen Sagen der Andinos. Hätte ich meinen Fahrer Pedro nach dem Riesenvogel gefragt, hätte der mir bestimmt erklärt, dass man auf den Kondor nicht einfach warten kann.

Das Todesurteil war gut überlegt und lange beraten, vieles war bedacht und erwogen worden. Aus meiner Sicht gab es keine vernünftigere Alternative. Ich habe es selbst vorgeschlagen.

Auch nach der Richtstätte habe ich lange gesucht.

Als ich die Passhöhe fast erreicht hatte, lag plötzlich ein gewaltiger Gesteinsbrocken vor dem Auto. Offensichtlich hatte der Winterregen ihn gelockert, und die Felswand hatte ihn nicht mehr festhalten können. Der Stein war größer als mein Wagen, kantig, vom Wind ungeschliffen. Hätte der Pfad ihn nicht aufgehalten, er wäre Hunderte von Metern in die Tiefe gestürzt.

Er war auf der Hangseite des Weges liegen geblieben. Wer den Berg hinauf fuhr, konnte ihn nicht gleich sehen. Linkskurven lösten einander ab. Direkt hinter einer spitzen Biegung lag er, der Weg verengte sich überraschend und drängte jeden Fahrer, der die Gefahrenstelle nicht kannte, unvorbereitet nah an den Abgrund. Bestimmt lag der Stein erst seit kurzem dort, denn ein Warnschild war noch nicht aufgestellt. Diese gefährliche Enge bot sich für mein Vorhaben an.

»Tragischer Unfall eines waghalsigen Ortsunkundigen«, so hatte ich schon vor Monaten die Art und Weise der Vollstreckung des Todesurteils beschrieben. Mit ein wenig Hoffnung, dass es vielleicht nicht vollstreckt werden müsste. Ein Trugschluss.

Die Schlucht war an dieser Stelle schwer einsehbar. So gut wie ausgeschlossen, dass zufällig jemand mein Tun hätte beobachten können. Von den Fahrern der wenigen Autos abgesehen, die die Strecke befuhren, kaum mehr als zwanzig am Tag, war die Gegend menschenleer. Dennoch wollte ich ganz sicher sein.

Wer in dem Wagen saß, interessierte den Polizisten nicht. Trotzdem hatte ich das Basecap, das ich mir am Vortag auf dem Markt gekauft hatte, weit in die Stirn gezogen. Die Gefahr, dem Polizisten jetzt aufzufallen, bestand durchaus. Welcher Tourist, der sich hierher verirrt, fährt diese Strecke schon am übernächsten Tag ein zweites Mal und noch dazu in einem anderen Auto?

Ab 12.00 Uhr hielt der Posten im Tal die Schranke zuverlässig geschlossen. So gehörte die Schlucht nur mir, und ich war mir sicher, die wenigen für meine Hinrichtung erforderlichen Dinge in Ruhe und unbeobachtet vorbereiten zu können.

Mit größter Vorsicht fuhr ich den Renault in Position. Ich blieb ganz ruhig sitzen, den Abgrund vor Augen. Der Gedanke, Bechler gleich allein in dem Wagen zurückzulassen, versetzte mich in Unruhe. Mein Kopf füllte sich mit Erinnerungen. Sie kreisten, drängten, stießen sich gegenseitig, wollten alle auf einmal in meinem Bewusstsein ganz nach vorne rücken. Die Zweifel schafften es.

Ich spürte, dass ich jetzt gleich etwas tat, was ich eigentlich auf keinen Fall tun wollte. Ich hatte es vorgeschlagen, vorbereitet und war nun dabei, den Auftrag zu vollenden. Doch eigentlich wollte ich es nicht. Es war ein mir unbekanntes Gefühl, zweifelsfrei zu wissen, dass ich tun würde, was ich nicht tun wollte. Noch nie hatte ich so empfunden.

Ich lehnte mich nach vorn, ganz weit, bis an die Frontscheibe, und schaute in die Tiefe.

Erst als ich mir wieder bewusst wurde, dass Umkehr zwei Leben zerstören würde, gab ich mir einen Ruck, schaute auf die Uhr und stieg aus. Gleich ein Uhr. Schon zu lange gezögert.

Am Morgen hatte ich mir selbst den Befehl erteilt, jetzt führte ich ihn aus. Um auszuschließen, dass der Wagen in Brand geriet und den Unfall vorzeitig sichtbar machen würde, ließ ich das restliche Benzin zuerst in ein mitgebrachtes, an den Rändern aufgebogenes und abgedichtetes Blech laufen, wie es für einen Ölwechsel benutzt wird. Zwanzig Meter hangaufwärts ließ ich den Treibstoff

Noch einmal trat ich an den Rand des Pfades und starrte in den Abgrund. Das schäumende Wasser weit unten auf der Sohle der Schlucht war das Ziel. Mit dem Fuß schob ich einen Stein von der Größe eines Fußballs an den Rand des Pfades und stieß ihn hinab. Dann lauschte ich. Sein Aufschlag war nicht zu hören.

Man wird nach Friedrich Bechler suchen, auch wenn das Auto von den erdfarbenen Fluten verschluckt werden sollte.

Im Hotel hatte er hinterlassen, dass er in Richtung Gebirge fahre. Und auch der dicke Uniformierte im Tal hatte sich die Nummer des Wagens aufgeschrieben. Bei der Autovermietung wird man den Namen des Mieters des roten Renault sofort ermitteln.

Wieder schaute ich in den Abgrund und stellte mir vor, wie die zur Suche Eingesetzten abwinken, wenn sie an den Unfallort kommen. Sie kennen die Schluchten hier und den Fluss. Auch wenn sie es nicht gleich sagen, sie werden nach einem Leichnam suchen. Ausgeschlossen, so einen Sturz zu überleben. Doch sie werden suchen. Und sie werden auf die Ausländer schimpfen, die sich so unvorsichtig in einem Gelände bewegen, das sie nicht kennen.

Ich lehnte mich wieder an den Stein.

Der Zentrale hatte ich mitgeteilt, dass das Urteil um 13.00 Uhr vollstreckt sein würde.

Jahre später hielt ich unerwartet den gesamten Schriftsatz des Urteils in meinen Händen. Nur die erste Seite interessierte mich. Den Inhalt der vielen anderen kannte ich ja, alles, Wort für Wort, schließlich hatte ich das Todesurteil selber vorgeschlagen und die Begründung dafür geschrieben. Auch die Art und Weise der Vollstreckung hatte ich ausgewählt. Ja, ich hatte ausdrücklich um die Erfüllung dieser Aufgabe gebeten.

Bis zur Weisung, das Urteil zu vollstrecken, war dann geraume Zeit vergangen. Schon hatte wieder Hoffnung in mir gekeimt. Doch dann der Funk, es waren nur wenige Zahlengruppen: Handeln, so wie vorgeschlagen!

So wie ich selbst vorgeschlagen hatte. Friedrich Bechler war zu einer zu großen Gefahr geworden.

»Einverstanden!« hatte rechts oben auf der ersten Seite der Vorlage gestanden. – Meist stand das Entscheidende rechts oben auf der ersten Seite. Ein Datum verzierte das bedeutsame Wort. Die Unterschrift konnte ich nicht entziffern, nur den hohen Dienstgrad des Unterzeichners. Das Schicksal des Friedrich Bechler musste wichtig gewesen sein.

Wieder schaute ich auf meine Uhr. Die Mittagssonne spiegelte sich im Glas. Zwei Runden verfolgte ich den hastenden Zeiger noch.

Zweiundzwanzig und ein halber Tag waren vergangen, seit ich Martina gestanden hatte: »Ich fahr nun los, nach dem Kondor zu schauen.«

Wind war aufgekommen. Mir schien, als wäre es der große Stein, der zu singen angefangen hatte, eine getragene, etwas traurige Melodie.

Ich schob das Auto an. Fast lautlos verschwand es in der Tiefe.

Ich erzähle aus meinem Leben, aus dem Leben des Frieder Gänsekiel vor seinem Tode ... und danach.

Maria

Es klingelte an der Tür. Beide hoben wir den Kopf, ein wenig nur, nicht erschrocken, auch nicht verschämt. Wir wünschten uns, dass es nicht geklingelt haben sollte. Doch dann richtete Maria ihre großen Augen fragend auf mich.

Ich war mir sicher, sie erwartete, dass ich abwinken und flüstern würde: »Lass es doch klingeln! Niemand zu Hause!«

Aber neben ihr lag Frieder Gänsekiel, und der legte seinen Kopf nicht auf das Kissen zurück. Frieder Gänsekiel zog langsam seine Hand von ihrem Schoß weg.

Maria kannte Frieder Gänsekiel.

Ihre Augen tadelten schon, und sie rief verärgert: »Nein, warte! Ich gehe!« Mit einem Ruck sprang sie auf und griff hastig, aber mit sicherer Hand nach ihrer Brille. Das sah nach Wut aus. Ihren Slip hatte sie schnell angezogen. Die Bluse musste sie suchen. Die war irgendwo hingefallen, zwischen Schreibtisch und Stuhl.

Schon klingelte es wieder.

»Ja, ja, langsam!« schimpfte sie abwehrend, als könne sie den Störenfried vor der Tür mit ihrer Zurückweisung beeindrucken.

Sie fand ihre Bluse nicht, warf sich mein kariertes Hemd über, das reichte ihr bis zu den Knien, in der Hast stieß sie sich irgendwo das Bein. Sie lächelte den Schmerz weg. In ihrer hektischen Unbeholfenheit fand ich sie begehrenswerter denn je. Dann stand sie da, ihre Augen sprühten. Bestimmt glaubte sie, die Situation belustige mich. Die Knöpfe des Hemdes standen offen, sie hielt den Stoff mit der Hand vor der Brust zusammen. Bevor sie nach der Türklinke griff, drehte sie sich um und sagte spitz: »Sollte es wieder dieser Freund von dir sein oder ein anderer deiner Kumpel, oder eine, die dich gerade mal wieder besuchen will! Diesmal, gleichgültig, wer da draußen steht! Keiner wird darauf bestehen, dass ich …«

»He, hol dich ein!« unterbrach ich sie, drohte ihr und musste doch lächeln. Es war nicht das erste Mal, dass wir gestört wurden, gerade als ich die Bettcouch ausgezogen und Maria das weiße Laken ausgebreitet und die Falten herausgeglättet hatte.

Die Tür zum Flur knallte laut. Als sie ins Schloss fiel, wusste ich nicht, ob diese Warnung mir galt oder dem, der eben zum drittenmal geklingelt hatte, ausdauernder als beim ersten und zweiten Versuch.

Als Maria ins Zimmer zurückkam, hielt ihre Hand das Hemd nicht mehr zusammen. Eine ruckartige Kopfbewegung zur Tür hin bedeutete, dass ich aufstehen und selbst vor die Tür gehen sollte. Ich reagierte nicht sofort.

»Da will dich einer sprechen!«

»Wer?«

»Weiß nicht! Blöd geguckt hat er. Als ob er noch nie …«

»Musst du auch so an die Tür gehen!« ermahnte ich Maria und beeilte mich, aufzustehen.

In meiner Studentenbude war es eng, vor allem wenn ich die Couch ausgezogen hatte. Als Doppelbett nahm die fast den ganzen Raum ein. Der Schrank, obwohl schmal wie ein Spind, ließ sich dann nur einen Spalt breit öffnen. Am Schreibtisch zu sitzen, war so fast unmöglich. Aber der Stuhl dort war, von einem Hocker in der Küche abgesehen, der einzige in meiner Hinterhofwohnung.

Ob wir wollten oder nicht, wir mussten uns sehr nahe gegenüberstehen. Maria setzte ihre Brille wieder ab und ließ mein Hemd animierend von ihren Schultern gleiten.

»Lass dir Zeit! Hab ihm klar gemacht, dass es dauern wird. Er wartet bestimmt. Amtlicher Blick, keine Ahnung! Ich glaub, ich hab ihm auch gefallen!«

»Und warum hast du ihn nicht weggeschickt?«

»Kann man bei dir wissen, was so ein amtlicher Blick hier will?« hielt sie mir entgegen und spielte auf meine gesellschaftlichen Funktionen an, die ich neben dem Studium übernommen hatte.

»Warte!« Maria trat nahe an mich heran.

Ich wollte nach meinem Hemd greifen. Maria aber legte ihre Arme um meinen Hals. Ihre Lippen glänzten feucht. Wir schauten uns an. Da war etwas, was sie mir sagen wollte, etwas Bedeutsames. Ich spürte es. Heute bin ich mir dessen ganz sicher. Damals aber, in jenem Moment, hielt ich alles für unwichtig, außer ... Das mit dem Amtsblick hätte sie mir nicht sagen sollen.

»Frieder, bitte!«

Maria gab mich nicht frei, sie presste ihre warmen Brüste an meinen Körper und hielt meine Augen mit ihrem bittenden Blick fest. Ich umarmte sie. Maria hatte weiche Brüste, und ich konnte mir noch lange Zeit nach unserer Trennung das Gefühl, sie zu berühren, ins Gedächtnis rufen, so, als würde sie sich gerade über mich beugen. Für ein Titelbild in heutigen Illustrierten wären Fotos von ihrem Busen nicht unbedingt ausgewählt worden. Ein Kunstfotograf aber hätte sich an Marias Körper und ihren Brüsten begeistert. Er hätte diese Brüste fotografiert, um Marias Wärme auf seinen Fotos einzufangen. Ich mochte Marias Brüste gern, und sie wusste das.

Ich befreite mich aus ihrer Umarmung, zog schnell meine Hose an und warf mir das Hemd über. Mit der Hand strich ich mir aus Gewohnheit durchs Haar, vollkommen unnötig, denn meine Locken waren in trockenem Zustand nicht zähmbar.

Es war der 24. November 1972. Damals maß ich dem Datum keinerlei Bedeutung bei. Später schon. Ich glich den Tag mit anderen Ereignissen ab. Dadurch bin ich mir sicher, dass es der 24. November war. Ein trüber, schon etwas frostiger Spätherbsttag.

Vormittags Vorlesung, für den Nachmittag konnte ich mich schwer entscheiden. Schreibtisch, Vokabeln pauken und übersetzen und wieder Vokabeln lernen. Die Wortlisten häuften sich. Oder Skat spielen gehen? Die Idee war in der Seminarpause aufgekommen. Einer kam immer auf die Idee. Ich hatte den Kopf geschüttelt und mir freiwillig den Status »Streber« zuerkennen lassen.

Ich wohnte nicht weit von einem der Wohnheime der hauptstädtischen Universität entfernt. Um meine Bude wurde ich beneidet, nicht ihrer Größe oder Ausstattung wegen. Nur wegen des Tatbestandes, dass ich eine Bude für mich allein besaß. Einer aus meinem Dorf, der mit dem Studium fertig geworden war, hatte sie mir »vererbt«.

Ungefähr auf der Mitte des Weges zwischen meinem Hinterhofreich und den Internaten duckte sich der »Bär«, eine Kneipe, halb im Souterrain, halb im Erdgeschoß eines alten Mietshauses gelegen.

Am Tresen standen die Stammkunden aus dem Kiez, an den hinteren Tischen der geräumigen Gaststube saßen die Studenten aus dem Wohnheim oder solche wie ich, die es aus ihren Studentenbuden dorthin zog.

Preisstufe I. Das gut gefüllte Glas Bier kostete achtundvierzig, fast jeder Schnaps fünfzig Pfennige. Oft spielten wir Skat bis Mitternacht. Nach zehn mussten wir uns das Bier auch mal selbst von der Theke holen. Jonny, der einzige Kellner, spielte mit uns Karten.

An diesem Tage wartete Maria am Tor der Universität auf mich. Wir studierten im gleichen Studienjahr, sie in der Sektion Biologie, ich bei den Anglisten. Sie winkte mir zu, so heftig, als befürchtete sie, ich könnte sie übersehen. Gleich behauptete sie, schon lange zu warten und zu frieren. Ich umarmte sie, wärmte sie, rieb ihren Rücken und ihre Arme, küsste sie, drückte sie fest an mich. Andere aus meinem Seminar, die an uns vorbeigingen, lästerten über uns.

Zu mir fuhren wir mit der U-Bahn, rannten die wenigen Meter zu meinem Haus und stiegen die vier Treppen im Quergebäude hinauf. Als sie mich außer Atem vor der Tür zu meiner Bude anschaute, wusste ich, dass wir unsere Bücher bald zuschlagen würden.

Wir schlugen sie nicht einmal auf.

»Gänsekiel, Frieder Gänsekiel? Sind Sie das?«

»Seh' ich nicht so aus, oder haben Sie etwas gegen meinen Namen?« Ohne selbst hinzuschauen, zeigte ich mit dem Finger auf das Namensschild neben der Klingel.

Vor mir stand ein Mann von etwa dreißig Jahren. Zwei, drei Jahre mehr können es gewesen sein. Von der Schroffheit meiner Antwort schien er überrascht. Sein Lächeln verunglückte, sein Amtsblick blieb standhafter.

»Da bin ich beim Richtigen. Du bist der FDJ-Sekretär deines Seminars? Stimmt doch?«

Ich nickte.

Der Amtsblick unterbrach mich, er erlaubte mir nicht, den flotten Spruch auszusprechen, der mir schon auf den Lippen lag. Offensichtlich war er nicht dazu aufgelegt, vor der Tür zu scherzen.

»Ich würde gern mit dir reden, Genosse Gänsekiel!«

Das klang in meinen Ohren gewohnt.

»Aber muss das gerade jetzt sein?«

Das dachte ich, sagte es aber nicht.

Auf der Couch lag Maria und wartete auf mich.

»Ja. Ich würde gerne mit dir reden, Genosse Gänsekiel!« wiederholte der Mann, wohl weil ich nicht gleich antwortete.

Ich war also wichtig für den Mann, und der hatte einen Amtsblick und führte das vertraute Du und Genosse in seiner Rede.

»Ich komme von der Kriminalpolizei«, sagte er leise, kaum hörbar, und fummelte in der Innentasche seines dunkelblauen Anoraks herum. Er suchte etwas, hatte es wohl auch schon in der Hand, doch es hatte sich im Stoff der Innentasche verheddert. Dass mir das auffiel, war ihm unangenehm. Ich hingegen war froh. So hatte er vielleicht nicht gemerkt, wie verblüfft ich war, als ich das Wort Kriminalpolizei vernommen hatte.

Schließlich förderte er einen grünen Ausweis zu Tage, klappte ihn auf und hielt mir die Innenseiten nahe ans Gesicht. Auf der linken Seite war ein Passbild befestigt. Ob es sein Foto war, erkannte ich in der Eile nicht, denn ein einziger Gedanke durchzuckte mein Gehirn: Klappausweis!

Klappausweise waren für mich sehr bedeutsam. Noch nie hatte ich einen Klappausweis aus der Nähe gesehen. Nur gehört hatte ich davon. Ja, ich war sogar bereits selbst einmal gefragt worden, ob ich einen solchen besäße.

Als ich mein Studium begonnen hatte, über ein Jahr war das damals her, wurde ich zu einer Beratung geschickt. Studenten aller Berliner Hochschulen waren da. Die Versammlung fand in einem Ministerium statt. Eine

Frage der Räumlichkeiten, wie ich später erfahren sollte, nichts anderes.

Ich, gerade vom Dorf gekommen, Olberdorf im Gebirge, ging nun zu einer Beratung in ein Ministerium.

Zum erstenmal in meinem Leben setzte ich meinen Fuß über die Schwelle eines mir derart wichtig erscheinenden Hauses. Ich war aufgeregt, aber ich wusste, dass ich am Abend einen Brief an meine Mutter schreiben würde. Sie musste wissen, dass ich in einem Ministerium zu tun hatte, gewissermaßen bei der Regierung.

Viel zu zeitig betrat ich die Eingangshalle. Der Mann vom Betriebsschutz in seiner vornehmen Kanzel aus dickem Glas musterte mich und fragte nach dem Wohin. Ich antwortete wahrheitsgemäß. Daraufhin schaute der Mann auf die Uhr, dann angestrengt in mein Gesicht. Ich wurde nervös.

»Haben Sie einen Klappausweis?«

Klappausweis, Klappausweis? – ging es mir durch den Kopf.

Ich wusste nichts mit dem Wort anzufangen. Der Mann hinter dem Glas hob die rechte Hand und bewegte seine Finger so eigenartig, drückte Daumen und Zeigefinger zusammen und spreizte sie gleich wieder. Weder kannte ich das Zeichen, noch verstand ich damals, was er meinte.

Selbstverständlich ließ sich jeder meiner Ausweise klappen. Ich konnte ihn aufschlagen, darin blättern, also aufklappen und wieder zuklappen natürlich auch. Auch mein Studentenausweis ließ sich auf- und zuklappen. Klappausweis? Für den Moment brauchte ich nicht weiter zu überlegen.

»Also, dann brauchen Sie einen Laufzettel. Geben Sie mir bitte ihren PA!«

Sein väterlicher Blick segnete mich mit Nachsicht.

Was ein PA war, wusste ich. Das war der Personalausweis. Laufzettel kannte ich auch, von der Einschreibung an der Uni zum Studienbeginn. Alles, was dafür Bedeutung hatte, war auf dem Zettel vermerkt gewesen, eine ziemlich lange Liste, und ich hatte pflichtgemäß jede Position mit dem unbedingten Ziel abzulaufen, mir dort eine Unterschrift geben zu lassen. So ähnlich wie beim Orientierungslauf, nur muss man da nach Zeit laufen und auf dem Zettel steht nicht so deutlich geschrieben, wo die Autogrammgeber zu finden sind. Es heißt ja Orientierungslauf, damit man sie sucht. Und die haben auch keine Sprech- oder Öffnungszeiten, wie an der Uni, was einen Orientierungslauf wiederum einfacher macht.

Nun sollte ich erneut einen Laufzettel kennenlernen und war froh, zeitig genug gekommen zu sein.

Zum Missfallen des Wachmanns steckte ich meine Hand mit dem Personalausweis durch das ovale Fensterchen, wie es auch die Fahrkartenschalter auf dem Bahnhof haben. Der Mann nahm ihn an sich, klappte ihn auf, sah das Bild an, es war aufgenommen worden als ich gerade vierzehn war, und lächelte mir zu. Dann zog er sich einen kleinen Formularblock heran, legte Kohlepapier unter die oberste Seite und schrieb langsam und mit steiler Schrift fast meinen gesamten Ausweis ab. Und dann noch einmal meinen Namen und die Anschrift in ein dickes Buch, in dem schon eine lange Reihe mit Namen stand. Zweimal schaute er auf die Uhr, erst auf die große Wanduhr, dann auf seine Armbanduhr. Minutengenau übertrug er die Uhrzeit auf den Zettel und in sein großes Buch.

»Nicht vergessen! Unterschrift!« ermahnte er mich und zeigte auf den Zettel, dorthin, wo eine Unterschrift geleistet werden sollte. Er legte das Papier und meinen Ausweis auf ein drehbares Tablett unterhalb der dicken

Glasscheibe, betätigte einen Hebel und beförderte es so zu mir auf die andere Seite der gläsernen Wand. Ich nahm an, ich solle unterschreiben und suchte nervös nach meinem Stift. Der Mann aber gestikulierte, er wunderte sich, weshalb ich nicht im Inneren des Gebäudes verschwand. Er hatte den elektrischen Öffner der riesigen Glastür schon bedient. Schließlich verstand ich und betrat das Ministerium, ohne etwas unterschrieben zu haben.

Während der Versammlung betrachtete ich ein paarmal heimlich den Zettel, den mir der Betriebsschutzmann überreicht hatte. Ich hatte mich geirrt. Dieser Schein war nicht mit dem von der Universität vergleichbar. Als dann alle aufstanden und den großen Raum verließen, unterschrieb ich meinen Laufzettel selbst, zugegeben nicht sehr deutlich, doch die Rubrik Uhrzeit füllte ich wahrheitsgemäß aus. Beim Verlassen des Ministeriums wollte ich das Papier dem Mann hinter der Glaswand auf die vorgeschriebene Weise zurückgeben, über dieses Drehtablett, es hieß Dokumentenschleuse, wie man mir später einmal erklärte. Doch er wehrte ab und ich musste eine Weile warten, denn eine Menge Klappausweisbesitzer kamen, hielten die aufgeklappten Ausweise meterweit entfernt von dem Mann in der Kanzel in die Höhe und verließen kopfnickend das Ministerium. Endlich nahm der Wachschutzmann mein Papierchen entgegen, besah sich Unterschrift und Uhrzeit, lächelte mir zu und nickte zustimmend, als ich einen zögernden Schritt zur Außentür tat.

Später erfuhr ich, dass man auf so einem Laufzettel gar nicht selbst unterschreiben darf. Aber wichtiger war: Ich hatte die türöffnende Bedeutung eines Klappausweises begriffen.

Und nun stand einer vor meiner Tür und ließ einen solchen Klappausweis wieder in der Tasche seines Anoraks verschwinden. Dieser Klappausweis war kleiner als mein Personalausweis. Auch stand nicht so viel darin. Zumindest soweit ich das eben gesehen hatte. Eigentlich hatte ich gar nichts deutlich gesehen. Er hatte ihn schnell wieder zugeklappt. Eben ein Klappausweis!

Für einen Moment bewegte mich die Frage, ob man sich einen Klappausweis ein zweites Mal zeigen lassen darf. Ich bat den Klappausweisbesitzer nicht darum, schließlich hatte der Mann Genosse zu mir gesagt, er wusste, wer ich war, er hatte einen amtlichen Blick und er sprach Worte, die meinen Ohren vertraut waren.

Da erhielt ich unerwartet einen Schubs von hinten. Ich musste die Tür freigeben und wäre dem Mann mit dem Amtsblick und dem Klappausweis fast in die Arme gefallen.

»Leb wohl!«

Es war Maria.

Ich war so überrascht, dass ich gar nicht reagieren konnte. Nicht einmal mein disziplinierendes »Maria!« brachte ich hervor.

Ihr Leb wohl! hatte einen unwiderruflichen Klang, und der sollte den Flur des alten Hauses nicht verlassen, solange ich dort wohnte.

Ich schaute Maria nach. Der Flur erschien mir noch dunkler als gewöhnlich. Sie drehte sich nicht um, nicht ein einziges Mal, nicht einmal von der Treppe aus.

Weiberlaune! dachte ich, war mir aber nicht ganz sicher. Dieses Leb wohl! hatte zu endgültig geklungen.

Verwirrt vergaß ich, den Mann mit dem Klappausweis in meine Bude zu bitten. Der wartete geduldig, schaute mich interessiert an, ohne dass sein Blick verriet, was er von der Situation hielt. Ich zögerte immer noch, ihm mit höflichen Worten die Tür freizugeben.

Es gab nur das eine Zimmer, in das ich ihn bitten konnte. Eigentlich wollte ich gerade das nicht. Nach ihrem dumpfen Abschied war ich mir nicht sicher, ob Maria die Couch in Ordnung gebracht, wenigstens das Bettlaken abgenommen hatte.

»Ich darf doch reinkommen, oder?«

Seine Frage lähmte meine Bedenken.

»Bitte, Genosse!« antwortete ich, lächelte und trat zur Seite.

Während mein Besucher im Flur ablegte, drängelte ich mich an ihm vorbei und öffnete schnell die Tür zum Zimmer. Ich erstarrte. Schon wollte ich die Tür wieder schließen, doch der Genosse Kriminalist stand hinter mir und hatte das Malheur bereits gesehen. Ich schaute ihn an. Sein Amtsblick war gewichen, er grinste, zurückhaltend zwar, aber verständnisvoll und kumpelhaft.

Ich wollte etwas sagen, doch ich fand keine Worte. Als ich merkte, wie meine Verlegenheit immer sichtbarer wurde, lachte ich los, um wenigstens den Anschein von Souveränität vorzutäuschen.

Maria hatte nichts im Zimmer verändert, fast nichts! Meine Couch war noch ausgezogen. Das Bettlaken zerknittert, ein Handtuch zerknäult am Fußende ... Mir stockte der Atem.

Ich wollte nicht glauben, was ich sah, schloss schnell für eine Sekunde die Augen, schaute ein zweites Mal hin, und begriff. Da konnte sich der Genosse Kriminalist schon nicht mehr beherrschen und lachte lauthals los.

»Bin wohl zu einer verdammt ungünstigen Zeit gekommen, was Frieder? Hallo, hallo, bei dir ist ja was los!«

Vom Bettlaken her blitzten mich Kondome an, eine Menge Kondome. Maria hatte sich meines gesamten Vorrates bemächtigt, hatte die Verpackung geöffnet, die

Kondome ausgerollt und auf das Bettlaken verteilt, so dass es aussah, als wären sie alle benutzt worden.

Ich begriff, dass dies kein Spaß war, den sich Maria da erlaubt hatte. Der Kriminalist sah mich nun fragend an.

»Weiber!« Mehr brachte ich nicht heraus. Es sollte verächtlich klingen, aber es klang kläglich.

Dem Kriminalisten war das Lachen vergangen, sein Amtsblick durchquerte nun mein Zimmer. Nur die Couch mieden seine Augen. Dann hielt er es für seine Pflicht, etwas zu sagen.

»Mach dir nichts draus!«

Ich wusste nicht, ob mich das trösten sollte.

Ein wenig später setzte er altklug nach: »Meist kommen sie wieder!«

Dieser Satz klang in mir genauso nach wie Marias schauriges Leb wohl! vor ein paar Minuten. Ich antwortete nicht und mühte mich stattdessen, Ordnung zu schaffen.

»Wer war denn das stürmische Mädchen? ... Deine Freundin?«

Mir schien, als wäre die Frage tatsächlich von Bedeutung, denn der Genosse schaute mich dabei eindringlich an. Sein Blick war wieder amtlich und passte nicht zur bloßen Neugier, die solchen Fragen gewöhnlich eigen ist. Ich antwortete nicht gleich, war verwundert, auch wie direkt er gefragt hatte, obwohl die Situation doch eindeutig war.

Er ließ meine Verwunderung nicht gelten. Auch nicht mein Zögern, ihm zu antworten. Sein Blick erklärte mir, er könne ewig warten, solange, bis ich ihn aufklären würde über meine Beziehung zu dem Mädchen, das unter so eigenartiger Hinterlassenschaft flüchtig geworden war.

»Freundin?« Ich versuchte locker zu wirken. »Je nachdem, es kommt darauf an, wie man das sieht ...«

Ich schämte mich sofort. Doch ich zuckte trotzdem mit den Schultern, denn ich war gewillt, dem Mann auf meinem einzigen Stuhl eine eindeutige Antwort zu verweigern.

Mir war es plötzlich egal, was er über mich dachte. Was machte es für einen Unterschied, ob Freundin, Verlobte, Bekannte oder Mitstudentin, der man sympathisch war und die beim Lernen eben auch Lust auf etwas nicht gar so Ungewöhnliches bekommen hatte. Was ging das den an! Außerdem sah der Genosse Kriminalist gar nicht so aus, als glaubte er, Studenten würden ununterbrochen nur über ihren Büchern hocken.

»Soweit uns bekannt ist, Frieder, hast du doch gar keine feste Freundin! ... Aber lassen wir das! Ich bin nicht deshalb zu dir gekommen!«

Seine Feststellung traf mich, jetzt wurde ich hellhörig. *Soweit uns bekannt ist.* Der Satz klang mir in den Ohren, und seine Worte bekamen immer mehr Gewicht. Ich hatte angenommen, er wollte mich zu irgendeiner Sache befragen. Es waren Taschendiebstähle in den Garderoben der Uni vorgekommen. Auch von ähnlichen Problemen in den Bibliotheksräumen hatte ich erfahren, wo sich der Bestand an bestimmten Büchern ohne Zutun der Bibliothekare immer wieder reduzierte.

Du hast doch gar keine feste Freundin. Sollte es etwa um mich gehen?

Auch nach unserem Gespräch, mein Besucher war erst nach fast drei Stunden wieder gegangen, wusste ich darauf noch keine genaue Antwort.

Eine Weile lenkte mich der Gedanke an Maria ab. Ihr »Frieder, bitte!« fiel mir ein, und ich spürte die Wärme ihres nackten Körpers. Doch dann traf mich wieder der Stoß in den Rücken, und ich hörte ihr »Leb wohl!«

Ich hatte beide Fensterflügel weit geöffnet. Wolken von Zigarettendunst zogen ins Freie. Der Kriminalist und ich hatten um die Wette geraucht. Maria mochte den Qualm nicht, und ich wartete auf sie.

Das Licht im Hof ging an. Ich rannte zum Fenster. Zu spät, die Person war schon im Quergebäude verschwunden. Maria! dachte ich. Bestimmt Maria!

Ich lauschte hinter der Tür. Jemand kam die Treppe hoch, doch die Schritte verliefen sich im Haus.

Es wurde mir in meiner Bude zu eng, ich wollte mich anziehen und wenigstens auf ein, zwei Bier zum »Bären« hinüberschlendern. Aber ich ließ die Absicht wieder fallen.

Ich zog stattdessen meinen »Kühlschrank« am Küchenfenster herein. Das war ein Einkaufsnetz, in dem ich alle kühl zu lagernden Lebensmittel aufbewahrte. Das Netz war am Fensterkreuz fest verknotet und zur Kühlung seines Inhalts nach außen gehängt.

Ich schnitt mir eine Scheibe Brot ab und ein dickes Stück Jagdwurst und schlang beides im Stehen hinunter. Hungrig, doch ohne Appetit. Mir Tee zu brühen, war ich zu träge.

Eine eigenartige Unlust überkam mich. Das Laken fiel mir ein. Wie ich es zu fassen bekommen hatte, so hatte ich es zusammengerafft und in den Schrank gestopft. Ich nahm es heraus und zählte elf Kondome. Mich über Marias Hinterlassenschaft nachträglich zu amüsieren, gelang mir nicht.

Ich zog die eine Hälfte der Couch wieder aus und legte mich hin, ohne mich auszuziehen. Die Tür zum Flur ließ ich offen. Kein Geräusch, das mir Marias Kommen ankündigen könnte, sollte mir entgehen. Ich wartete.

Maria und ich. Und überhaupt, ich verstand nicht, dass mir immer wieder ihr Bild erschien, während mein Kopf damit befasst war, darüber nachzudenken, was es eigentlich bedeutete, von einem Mann mit Amtsblick und Klappausweis in den eigenen vier Wänden besucht worden zu sein.

Im Verlaufe des Abends war der Kriminalist auf meine Beziehungen zu Maria nicht wieder zurückgekommen. Über vieles andere hatten wir uns unterhalten, ein überaus interessantes Gespräch. Und wie offen und direkt der Genosse Kriminalist diskutierte, das hatte mich überrascht. Keine Tabus, kein Zurückhalten von Problemen, keine Vorsicht, Realitäten wurden als Realitäten behandelt. Meine Ansichten hatte er offensichtlich ernst genommen.

Mit der üblichen Begründung, man sei ja schließlich in der gleichen Partei, hatte er mich bald zum Du aufgefordert. Ich opferte meine beiden Flaschen Bier, und als wir uns verabschiedeten, fehlte eigentlich nur ein Schlag auf die Schulter des anderen und unser Verhältnis hätte sich kaum noch von dem zwischen langjährigen Bekannten unterschieden. Umso mehr viel mir wieder auf, dass er mit keinem Wort auf das zurückgekommen war, was er vor Stunden mit seinem Besuch angerichtet hatte.

Soweit uns bekannt ist, Frieder, hast du gar keine feste Freundin. Der Satz ging mir nicht aus dem Kopf.

Ich wartete auf Maria.

Kein kurzer Pfiff vom Hof her, mit dem sie sich gewöhnlich ankündigte, wenn sie mein offenes Fenster sah.

Bald wird sie kommen, dachte ich. Ich werde die Tür öffnen, sie einen Moment fragend ansehen und ihr zeigen, wie überrascht ich bin, so als hätte ich heute nie und nimmer mehr mit ihrer Rückkehr gerechnet.

Und dann? Ich werde sie förmlich hereinbitten. Und dann zärtlich sein, klar!

Aber eine Weile soll sie ruhig zappeln, keinesfalls werde ich etwas tun, das verrät, wie sehr ich gewartet habe.

Es klingelte noch immer nicht.

Mein erstes Studienjahr hatte mit dem obligatorischen dreiwöchigen Ernteeinsatz begonnen. Kartoffellesen in einem mecklenburgischen Dorf. Maria stand plötzlich an dem Wagen, auf den die gesammelten Kartoffeln geschüttet wurden, wir sahen uns an, ich hob ihren vollen Korb hoch, wir sahen uns immer noch an, ich schüttete die Kartoffeln auf den Wagen, irgendwohin, wir sahen uns immer noch an, ich setzte den leeren Korb vor ihren Füßen ab, da hatten wir uns ineinander verliebt. Eine wunderbare Zeit. Viele waren froh, als die drei Wochen vorbei waren, an denen wir Tag für Tag gebückt über den Acker zogen und Kartoffeln sammelten. Maria und ich nicht.

»Unsere Strohzeit!« nannte Maria die Herbsttage. Wegen der Scheune, die bis unters Dach mit Stroh gefüllt war. Platz nur für uns beide. Abend für Abend redeten wir uns das ein. Die anderen beachteten wir nicht. Die Strohzeit ging vorbei. Wir wollten zusammenbleiben.

Für mich gab es nur noch Maria.

Eigentlich hatten wir seitdem nur einmal Probleme miteinander gehabt, und richtig betrachtet waren das gar nicht unsere Probleme, nicht von uns verursacht.

Die Sache mit der Partei. Ich war schon zu Beginn des Studiums Mitglied der SED geworden. Man hatte mich nicht drängen müssen. Ohne Vater aufgewachsen war bald ein alter Lehrer für mich so etwas wie ein väterlicher Freund geworden. Ein wunderbarer Mensch, dem zuzuhören für mich stets ein tiefes Erlebnis war. Schon vor dem Krieg war er politisch aktiv gewesen, und der hatte mir zu meinem achtzehnten Geburtstag gesagt: »Nun kannst du ganz zu uns kommen. Ich bürge für dich!«

Darauf war ich sehr stolz gewesen.

Maria hingegen wollte man erst zum Ende des ersten Studienjahres für die Partei gewinnen. In dieser Zeit gab es Vorgaben, die auch innerhalb der Parteiorganisation der Universität in sogenannten Kandidatengewinnungsplänen festgehalten waren. Man hatte Maria angesprochen, nicht nur einmal, doch sie hatte abgelehnt.

»Lasst mich in Ruhe studieren, während des Studiums interessieren mich andere Dinge mehr. Das ist nun einmal so! Ich fühle das so! Soll ich lügen? Es ist wahr, also kann ich noch gar nicht reif für die Partei sein!« so hatte sie entsprechende Fragen immer wieder zurückgewiesen.

Auf kulturellem Gebiet engagierte sie sich sehr, sie organisierte dies und das, nahm an allen möglichen Zirkeln teil und war rege, wenn es galt, für ihr Seminar Karten fürs Theater oder eine Lesung zu beschaffen. Man musste sie nicht damit beauftragen. Kandidat der Partei aber wollte sie damals nicht werden. Doch man hatte sie im Auge und wollte sie in der Partei haben.

Unsere intensive Beziehung war bekannt, und man rief mich in die Parteileitung, um mir den Auftrag zu erteilen, Maria zu werben.

Ich ahnte das Ergebnis, dennoch versuchte auch ich es. Zunächst fragte ich Maria, wie sie sich ihre persönliche Zukunft vorstelle. Allein diese Frage reichte aus. »Nun kommst auch du noch!« Sie wies mich zurück und war ehrlich gekränkt. »Wofür haltet ihr mich? Und du? Meinst du, ich habe mir für dich eine andere Meinung zurechtgelegt?«

Dann wurde sie ärgerlich. »Oder willst du mich im Bett überzeugen, dann bitte, bitte! Wetten, du hast deine Vorgaben schneller vergessen als ich meine Bedenken!« So war Maria.

Ich wartete auf ein Geräusch, dass ihre Rückkehr ankündigen würde.

Nach zehn stand ich mißmutig auf, zog meine Winterjacke über und schlenderte zum »Bären«.

Wie immer um diese Zeit war die Kneipe voller Gäste. Ich versuchte die dichten Qualmwolken zu durchdringen und sah zu den Stammtischen der Studenten hinüber. Als einziges Mädchen saß Maria in einer heftig gestikulierenden Gruppe, die aufgeregt über irgendetwas zu diskutieren schien.

Maria drehte sich um, es war mir, als ob sie mich genau in diesem Moment erwartet hätte. Unsere Blicke trafen sich. Ich tat überrascht. Keinesfalls sollte sie auf die Idee kommen, ich würde sie suchen. Oder ihr gar zeigen, wie sehr ich mich freute, sie heute noch zu sehen. Ein wenig zögerte ich, ging dann zu der Runde hin und klopfte die übliche Kneipenbegrüßung auf den Tisch.

Ich spürte Marias gespannten Blick. Sie schien zu erwarten, dass ich mich neben sie setzte.

Ich hätte kein Wort sagen müssen, einfach mich zu ihr setzen und ein wenig später vielleicht meinen Arm um ihre Schulter legen sollen. Bestimmt hätten wir uns dann angeschaut, dann hätten wir losgelacht und die anderen hätten sich über uns gewundert, weil sie keine Ahnung davon gehabt hätten, dass wir uns über elf unbenutzt gebliebene Kondome amüsierten.

Doch ich suchte mir einen Platz als Kiebitz bei den Skatspielern am Tisch nebenan. Angst, Feigheit, unangebrachter Stolz. Ich weiß es nicht.

Maria stand auf und verließ den »Bären«.
Ich schaute ihr nach.

Volker

Der Mann mit dem Amtsblick und dem Klappausweis hieß Volker. Sein Amtsblick schwand, je öfter wir uns sahen. Einen Klappausweis trug er wohl immer bei sich, denn er war stets darauf bedacht, seine Jacke im Blickfeld zu behalten.

Ansonsten wäre er ein ganz normaler Mensch gewesen, hätte er sich nicht durch eine ungewöhnliche und spezielle Eigenart ausgezeichnet. Er verwandelte sich. Maria, die Biologin, hätte vielleicht von Mutationen gesprochen.

An jenem 24. November war mir das natürlich noch nicht aufgefallen. Da war er der Kriminalist, zwar anders als die, die ich aus dem Fernsehen oder aus Büchern kannte, aber schließlich hatte er gesagt, dass er von der Kriminalpolizei käme, er hatte mir einen Klappausweis gezeigt und in einem mir vertrauten Jargon gesprochen. Bald hatte er mich dazu aufgefordert, ihn Volker zu nennen und Du zu ihm zu sagen. Gut, geredet hatten wir über vieles, drei Stunden lang. Später hatte ich auf Fragen zu einem konkreten Fall gewartet. So war mein Verständnis von einem Kriminalisten, der jemanden aufsucht. Was hätte er sonst für einen Grund haben sollen, mich zu besuchen? Er hätte mich doch einfach in die Abteilung Studentenangelegenheiten rufen lassen können. Dorthin waren schon manchmal Mitstudenten ohne vorherige Angabe von Gründen bestellt worden.

Um Gänsekiels Welt weitschweifig zu analysieren, die kleine, in der er lebte, und die große, nach der er sich sehnte, dazu war der Mann sicher nicht gekommen. Dass er mir keine Fragen nach Diebstählen in meiner Umgebung stellte, auch keine anderen, die auf Ermittlung in kriminalistischen Fällen hinwiesen, war dieser Mutation zuzuschreiben, die bei Volker bald einsetzte. Für ihn schien es selbstverständlich zu sein, bei jemandem an der Wohnungstür zu klingeln, um ein Gespräch zu bitten, mit ihm zusammen die Bude voll zu qualmen und dennoch nicht zu sagen, was ihn veranlasste, gerade in diese Wohnung gekommen zu sein. Ich dagegen hatte mit ehrfurchtsvollem Blick auf der Kante meiner Couch gesessen und ihm zugehört.

Bevor Volker sich verabschiedete, stimmte ich zu, das Gespräch in der darauffolgenden Woche fortzusetzen. Meine Zusage erfreute ihn in einem Maße, das ich nicht verstand. Bevor er jedoch an diesem Abend meine Wohnung endgültig verließ, begann er davon zu reden, dass unser Kontakt und unsere Gespräche vertraulich behandelt werden müssten, und ich verpflichtet sei, dritten Personen gegenüber strengstes Stillschweigen zu bewahren.

Ich gab mein Einverständnis, obwohl ich dabei an Maria dachte. Ich war überzeugt, sie würde bald klingeln, und dann würde sie mich nach dem Amtsblick fragen. Wer war Maria von nun an? Etwa eine solche »dritte Person«? Mit diesem Gedanken wollte ich nicht vertraut werden, er war mir unheimlich, auch wenn sie Leb wohl gerufen hatte und die beiden Worte so schaurig klangen.

Volker und ich trafen uns in einer Gaststätte wieder, die ihrer Preisstufe wegen normalerweise von Studenten nicht aufgesucht wurde. Ich fragte ihn, in welcher konkreten Sache er mich eigentlich habe sprechen wollen. Die Mutation begann.

Aus dem Kriminalisten Volker wurde der besondere Kriminalist Volker. Nicht um Diebstahl von Karnickeln, auch nicht um Bücher, die aus der Universitätsbibliothek verschwunden waren, kümmere er sich, auch wenn ein diesbezüglicher Hinweis von mir interessant wäre. Meine Frage ließ er unbeantwortet und widmete sich stattdessen wieder der Analyse der internationalen Situation. Ich fragte nicht mehr nach.

Wir diskutierten. Ich nahm mir vor, die Zeitung künftig noch genauer zu lesen. Der besondere Kriminalist Volker wartete mit Kenntnissen auf, Details, Zusammenhängen und Betrachtungsweisen, die ich überlesen haben musste. Schließlich, ich war mir sicher, lasen wir doch die gleichen Zeitungen.

Mein Interesse an solchen Gesprächen war ehrlich. Auch er schien dafür Zeit zu haben. Er bestellte zum Bier noch einen Weinbrand der Marke »Edel«, der mir bis dahin nur vom Hörensagen bekannt war, und wir tranken darauf, dass wir in Kontakt gekommen waren.

Eigentlich wartete ich immer, dass Volker nach dem Mädchen mit den außergewöhnlichen Einfällen fragen würde, kein Wort, keine Andeutung, eher vermittelte er mir das Gefühl, sie habe für ihn gar nicht existiert.

Bevor wir uns bei unserem zweiten Gespräch nach fast vier Stunden verabschiedeten, bat er mich, einen ausführlichen Lebenslauf zu schreiben, gewissermaßen eine Darstellung meiner Entwicklung, sowie eine Aufstellung all meiner Verwandten und Bekannten anzufertigen. Dazu gab er mir eine Art Vordruck, wohl um alles formgerecht ablegen zu können. Dies sei zur Sicherung unseres weiteren Kontaktes notwendig, begründete er. Ich verstand das nicht einzuordnen, doch eindringlicher zu fragen, schien mir nicht angebracht.

Seiner Bitte nachzukommen, bereitete mir keine Schwierigkeiten. Mein bisheriges Leben war normal verlaufen, keine Besonderheiten. Ich war ein Kind meiner Welt, und es gab kaum etwas, das ich erläutern musste. Und der Umfang meiner Verwandtschaft war erträglich, zumindest die Anzahl derjenigen, zu denen ich Kontakt unterhielt. Und um die ging es. Einzig eine Rubrik bereitete mir Kopfzerbrechen, die Rubrik: Freundin/Freund.

Maria? – Ich dachte lange darüber nach, ob ich ihren Namen eintragen sollte. Seit ihrem »Leb wohl« ging sie mir aus dem Weg und schien jedes Privatgespräch mit mir ablehnen zu wollen. Auch der spontane, spätabendliche Besuch, auf den ich meine größte Hoffnung setzte, blieb aus.

Ich schrieb weder ihren Namen ein, noch erklärte ich die Frage mittels eines Querstriches für nicht zutreffend. Doch lange starrte ich auf das leere Tabellenfeld, und mir war dabei nicht besonders wohl.

Bei meinem nächsten Zusammentreffen mit dem besonderen Kriminalisten Volker, es fand in meiner Bude statt, fragte ich ihn, wie denn unser Kontakt mit so einer Namensliste abgesichert werden würde. Da wandelte er sich erneut. Aus dem besonderen Kriminalisten Volker wurde Volker, der spezielle Kriminalist unter den besonderen Kriminalisten. Und sein Schreibtisch stünde auch nicht in irgendeinem Kommissariat, sondern direkt im Ministerium des Innern.

Er und seine Genossen seien zuständig für die Absicherung von Kadern, die perspektivisch in wichtigen Funktionen des Staatsapparates zum Einsatz kommen sollten. Ich wäre für eine solche Aufgabe vorgesehen, und dies wäre eine besondere Ehre und Auszeichnung.

Das klang gut. Auch wenn bis zum Ende meines Studiums noch fast drei Jahre ins Land gehen würden, so wusste ich doch, wie die zentrale Absolventenvermittlung bei vielen Mitstudenten die Freude über die bestandenen Prüfungen trüben konnte. Auch ich wollte möglichst nicht wieder aus Berlin weg.

Und Volker baute meine Phantasie aus, sprach von Nomenklatur und Reisekader, so als kenne er meine geheimsten Wünsche. Nun leuchtete mir ein, wofür die Sammlung der Personendaten meines Umfeldes gebraucht wurden.

Viel wichtiger aber war: An diesem Tag, nach diesem Gespräch wurden die Vorstellungen, die der Student Frieder Gänsekiel für sein zukünftiges Leben entwickelt hatte, mit rasanter Geschwindigkeit und ungebremst in unbekannte Höhen emporgeschleudert. Wohl deshalb übersah ich zunächst, dass Volker meinen Einwand, dafür wären doch aber Genossen anderer Staatsorgane zuständig, lediglich mit einem spitzen Lächeln quittierte.

Volker und ich, wir trafen uns mal in kürzeren, mal in längeren Abständen, meist zum politischen Gespräch beim Bier. Noch keine Mutation. Erst ein paar Monate später erfolgte sie. Er lobte mich. Pfiffig wie ich sei, wäre ich natürlich längst dahinter gekommen. Er käme natürlich nicht von der Kriminalpolizei, erklärte er mir lächelnd. Dies zu behaupten, wäre eine Legende, ein wichtiges und notwendiges Instrument seiner Arbeit. Gewissermaßen unserer Arbeit, korrigierte er und legte erhöhte Bedeutung in seinen Blick. Er sei zwar Kriminalist vom Studium her, aber seine eigentliche Dienststelle sei das Ministerium für Staatssicherheit. Wieder zeigte er mir für einen kurzen Moment einen Klappausweis.

Ich war trotzdem überrascht, was ihm offensichtlich gefiel. An diesem Tag verpflichtete ich mich mündlich, das Ministerium in seiner speziellen Arbeit zu unterstützen.

Wie dies geschehen sollte, davon hatte ich vage, jedoch keineswegs gesicherte Vorstellungen. Auch Volker äußerte sich dazu nicht gerade freigiebig. Natürlich musste er mir eine Hauptaufgabe benennen, denn von Hauptaufgaben redeten wir allerorts in diesen Jahren. Meine Spannung brach nach seinen ersten Worten zusammen.

Mein Studium in all seiner Komplexität und Vielfalt mit bestem Erfolg zu absolvieren, das wäre es, was man in erster Linie von mir erwarte. Meine Hauptaufgabe, mein Kampfauftrag.

Als er das sagte, erinnerte er mich für einen Moment an meinen Onkel Artur. »Also, Frieder! Was macht das Studium? Du weißt, deine wichtigste Aufgabe! Sonst, nein, sonst ist es nichts mit einer Arbeit bei der UNO!«

Der Onkel hänselte mich mit diesem Spruch bei jedem meiner Besuche und erinnerte mich an ein Berufsziel, das ich mir angeblich schon als Vierzehnjähriger vorgenommen hatte.

Onkel Artur war Klempnermeister und mir zugetan. Er bewies dies mit der regelmäßigen Übergabe von Scheinen, auf denen die obersten Klassiker des Marxismus-Leninismus dargestellt waren.

»Nimm nur, Junge! Wer Marx in der Brieftasche trägt, der braucht ihn nicht zu studieren!« war einer seiner ständigen Aussprüche. Auch wenn er es sicher anders meinte, in einem gewissen Sinne hatte er Recht. Der Onkel war stolz darauf, mir die Scheine zustecken zu können. Meist tat er es unter vier Augen, doch kaum getan, sprachen auch andere darüber. Mir war das egal, Hauptsache, er tat es regelmäßig. Zum Abschied schlussfolgerte er stets, dass ich schon eines Tages alles einsehen und in seine Handwerkerfirma kommen würde.

Nun hoffte ich, Volker würde es dem Onkel nicht nachtun und bei jedem persönlichen Zusammentreffen nach den Studienergebnissen fragen, mir vielleicht auch die Hand auf die Schulter legen und einen interessierten Blick hervorkehren, väterlich streng und vergebend zugleich, um mir die ehrliche Antwort leichter zu machen.

Wieder traf ich mich mit Volker, und der mutierte noch einmal. Diesmal für mich wirklich überraschend.

Er mutierte zum Aufklärer.

»Aufklärung ... für Begriffsstutzige: Auslandsspionage!« erklärte er, weil er mein Erstaunen wohl mißverstanden hatte, und er warnte mich: »Kundschafterromantik à la Richard Sorge vergeht schnell, und den Namen Bond, James Bond, lassen wir gleich bei den albernen Filmkomödien!«

Ich tat, wie er mir geheißen. So gut es ging.

Bald flitzten meine Gedanken jedoch durch die weite Welt, ganz geheim natürlich, getrieben von dem Besonderen, auserwählt zu sein, und es machte mir nichts aus, dass ich vom Anfang und auch vom Ende meiner phantastischen Reisen keine Ahnung hatte.

Willy

Eines Tages holte Volker mich mit seinem Dienstwagen ab, zum ersten Mal kam er mit einem Auto. Ich war enttäuscht, als ich den »Moskwitsch« bestieg. Sehr Vertrauen erweckend klang der Motor nicht. Aber über den Zustand seines Autos wollte Volker, mein Führungsoffizier, wie ich nun wusste, an diesem Tag nicht reden. Eher gab er sich geheimnisvoll, so als wolle er mich überraschen.

Wir fuhren an den nördlichen Stadtrand von Berlin. Der Wagen hielt vor einem Siedlungshaus. Es unterschied sich nicht von den anderen Einfamilienhäusern an der Ausfallstraße. Auf dem Hof war ein Mann mit Pflanzarbeiten beschäftigt. Er nickte uns freundlich zu, als wir ins Haus gingen. Es war der Besitzer des Hauses, wie ich später erfuhr.

Wir betraten ein Zimmer, es war eingerichtet wie ein Wohnzimmer, doch nichts wies auf familiäre Nutzung hin. Dort begrüßte mich ein Mann, um die fünfzig Jahre alt, nicht sehr groß, schlank, eher sportlich als hager, der Ansatz seines Resthaares schon viele Zentimeter dem Hinterkopf zugeschoben. Der Genosse Willy, Volkers Chef. Nachdem er mich eindringlich gemustert hatte, lächelte er ein wenig und begrüßte mich mit kurzem, derbem Händedruck. Mein Führungsoffizier stellte uns vor. Er hätte die Rangordnung, nicht hervorheben müssen, denn Volker benahm sich von diesem Moment an wie verwandelt. Er verfolgte Willys Erklärungen angespannt und aufs höchste interessiert. Obwohl er selbst gern diskutierte, ließ er Willy ausreden, wartete geduldig, bis er nach seiner Meinung gefragt wurde, holte Getränke heran, und war eines guten Oberkellners ebenbürtig, wenn es darum ging, Willy nicht in eine leere Tasse oder in ein leeres Glas starren zu lassen.

Der Genosse Willy behauptete eingangs, neugierig auf mich zu sein. Das war geschwindelt, zumindest zum großen Teil. Er fragte mich nichts, was auf besondere Neugier schließen ließ. Umso ausführlicher zeigte er mir, wie intensiv er die Beschlüsse des letzten Plenums des Zentralkomitees der Partei studiert hatte. Dann sprach er über die Arbeit des Ministeriums. Dann mischte sich Eile in seine Ausführungen. Schließlich berief er sich auf Volker. Der habe ihm bereits berichtet, dass ich mich entschieden hätte, im Kampf um die Erhaltung des Friedens auf der

Welt einen besonderen Beitrag leisten zu wollen. Obwohl mich dies ehrte, suchte ich in meinem Gedächtnis nach Ort und Zeitpunkt, wann ich Volker diesen Wunsch so konkret oder gar wörtlich, angetragen hatte. Willy ließ mich nicht zu Ende denken, sondern lobte mich weiter.

»Die Voraussetzungen sind da«, hob er hervor, und dann, als trüge er aus einer Beurteilung vor: »Im Kopf klar, das Wesen der illegalen Arbeit begriffen, verschwiegen auch, Sprachkenntnisse vorhanden, frei und ungebunden.«

Er brach den Satz ab, lachte los und polterte: »Letzteres hast du wohl Volker zu verdanken! Der hat damals gerade noch rechtzeitig an deiner Tür geklingelt, Frieder? Stimmt's?!« Wieder lachte er vergnügt und viel vertrauter, als er bisher mit mir gesprochen hatte.

»Na, sagen wir, womit man den Mädchen den Klapperstorch vom Leibe hält, das sollst du besonders genau wissen.«

Mein Lächeln über diese Bemerkung muss ziemlich säuerlich gewesen sein, denn Willy setzte in weitaus schlichterem Ton fort: »Stimmt doch, Volker? Natürlich, also, was die Frauen anbetrifft, auch in Zukunft keine Abstinenz, Frieder! Keine Angst! Wir planen da schon mit! ... Keine Angst, Frauen sind, wie überall, auch in unserer Arbeit ein wichtiger Faktor.«

Ich schaute erst Volker an, weil mir seine Worte vorkamen, als wolle er mich in eine andere Welt übersiedeln, nickte dann zustimmend, legte ein süffisantes Grinsen auf und erwiderte dem Genossen Willy: »Was der Bischof nicht weiß, macht den Bischof nicht heiß! – Priestersprichwort!«

Willy zog die Lippen breit, zu lächeln gelang ihm nicht, verlegen strich er sich über den blanken Teil seines

Hauptes. Volker erwartete den Blick seines Chefs und schaute mich mahnend an.

Willy aber wechselte das Thema und resümierte dann: »Wenn es keine Fragen mehr gibt, so steht einer weiteren, viel, viel engeren Zusammenarbeit also nichts mehr im Wege, Genosse Frieder!«

Ohne meine Antwort abzuwarten, stand er auf und gratulierte mir. Ich schaute ihn an, fragend, überrascht, ich weiß es nicht mehr. Willy schlug mir ein paarmal kurz auf die Schultern, während ich rätselte, welcher Anlass für diese unerwartete Gratulation bestand.

Volker hingegen muss gewusst haben, wann Willy diesen Satz sagt, denn er kam schon mit einer Flasche Rotkäppchensekt, öffnete geübt und goss ein. Willy forderte mich auf, Du zu ihm zu sagen, trank ein Glas mit und nickte Volker dabei ein paarmal anerkennend zu. Wir sollten uns ruhig Zeit lassen, noch etwas trinken, Volker solle das Auto stehen lassen, und wir sollten versuchen, ein Taxi zu bekommen. Er müsse sich verabschieden, leider, lieber würde er natürlich mit mir ...

Er erhob sich, ging ein paar Schritte zur Tür, zögerte, den Raum zu verlassen, überlegte, als habe er etwas Wichtiges vergessen, dann kam er zum Tisch zurück und sagte in einem ganz vertrauten Tonfall: »Eine ganz andere Frage, Frieder, ... könnte ja sein ... also ... Dachpappe, Frieder? Kennst du jemanden ...? Dachpappe, Frieder, und wenn es nur eine Rolle ist? Die Datsche ... man wird und wird nicht fertig!«

Natürlich dachte ich gleich an Onkel Artur, der so gut wie alles beschaffen konnte, sagte aber nichts, sondern verlieh meinem Gesicht den Ausdruck tiefen Nachdenkens und schüttelte dann meinen Kopf.

»Hätte ja sein können! Hätte ja ... der Zufall!«

Volker nickte. Willy sah ich an, wie er bereute, weil er nicht hatte an sich halten können, mich gleich bei unserer ersten Begegnung nach dieser verdammten Dachpappe zu fragen.

»Erst einmal trinken!« stöhnte Volker erleichtert, schaute zur Tür, durch die Willy gerade verschwunden war, zog sein Sakko aus und warf es lässig über eine Lehne, ließ sich in einen anderen Sessel plumpsen, murmelte etwas von Klassenkampf und Datsche, dass ich es kaum verstand, und erklärte schließlich: »Jetzt haben wir Zeit und Ruhe.«

Wir tranken.

Dann schob er mir einen Schreibblock neben das nachgefüllte Sektglas, dazu eine Textvorlage, eine Seite etwa, mit Maschine geschrieben.

Ich schrieb die Seite ab und verpflichtete mich so, für den Frieden zu kämpfen, den Sozialismus zu schützen ... und Stillschweigen gegenüber jedermann zu wahren.

Über einen Decknamen konnten wir uns nicht gleich einigen. Ich schlug »Fidel« vor. Derartige Revolutionsromantik ließ Volker aber mit dem Hinweis, andere könnten meine Namenswahl mißverstehen, nicht zu. Er taufte mich deshalb »Fidelius«.

Budenkoller

Ein paar Jahre später. Sie waren schnell vergangen. Neues hatte die Zeit für mich vorangetrieben, und Außergewöhnliches. Bis es zur Gewohnheit wurde.

Ein Donnerstag im Mai. Ich erwachte sehr früh.

Maria kam mir in den Sinn. Ich dachte immer noch an sie, häufiger sogar, obwohl wir uns schon lange nicht mehr gesehen hatten.

»Hast du mich verstanden, Maria? Dein Frieder, dem du einmal voller Wut seinen Terminkalender ins Bett gelegt hast, wo er nach seiner eigenen Terminplanung eigentlich selbst hätte liegen sollen, weil wir so verabredet waren, der gleiche Frieder freut sich heute schon am Morgen, dass wieder Donnerstag ist! Warum? Na, donnerstags kommt der Genosse Volker. Ja, der Amtsblick, genau der. Aber das willst du nicht verstehen. Kannst du auch nicht!«

Maria antwortete nicht.

»Übrigens, Maria, vielleicht interessiert es dich: Viel hat sich seit damals in meiner Bude nicht geändert. Die Bücher stapeln sich höher, und ich habe jetzt einen richtigen Kühlschrank ... Dir hat meine Bude nie gefallen, ich weiß. Einmal hast du hinausgeschaut, mit dem Kopf geschüttelt und laut zu dir selbst gesagt: ›Hier fürs ganze Leben: nie!‹ Du hast vom Dorf geschwärmt, weil dort jeder jeden kennt. Das wiederum gefiel mir nicht so gut.

Auch auf dem Hinterhof hat sich wenig verändert. Der Ahorn ist gewachsen, nicht viel, aber auch er streckt sich nach dem Licht. Zumindest ist er nun so hoch, dass sich am Morgen ganz früh ein schwarzer Vogel in seinem Geäst niederlässt. Manchmal schaukelt er auf einem Ast und singt. Ich glaube, es ist eine Amsel.

Um die Speckitonne kreist noch immer unablässig ein Schwarm dicker Fliegen, manche schimmern grünlich.

Die Kommunale Wohnungsverwaltung hat den hölzernen Klodeckel, über den du dich immer beschwert hast, gegen einem moderneren aus Plaste ausgewechselt.

Am Seitenflügel ist der Putz nun bis zum zweiten Stock hoch vollkommen abgeblättert. Nach jedem Regen verfärbt sich der Hof grau, und die Abdrücke der Schuhe sind bis zu mir in den vierten Stock hinauf zu sehen. Vielleicht pflanzen die Leute gerade deshalb Geranien in ihre

Blumenkästen. Bis zur dritten Etage abwärts stehen sie auf den Fenstersimsen. Ich habe keine Blumen im Fenster, auch nicht in der Wohnung. Doch. Drei Kakteen. Die sind mir nicht böse, wenn ich länger auf Reisen bin. Über zwei Jahre reise ich nun schon kreuz und quer durch Europa. Da staunst du, was! Aber nein, das darfst du ja nicht wissen, du bist ja eine »dritte Person«.

Die keifende Alte schräg überm Hof? Man hört sie nicht mehr. Du hast damals immer deren Mann bedauert, hast behauptet, er müsse seinen Ärger zum Fenster rauswerfen, doch der ganze Hof wäre schon voll davon. Auf dem Lande könnte er, wenn seine Frau ihn nicht in Ruhe lässt, in den Garten gehen und umgraben, Holz hacken, oder etwas anderes Nützliches tun, hast du damals immer gesagt. Ob er sie rausgeschmissen hat? Glaub ich nicht! Sie wird wohl gestorben sein. Aber ich weiß es nicht. Ich kümmere mich um niemanden im Haus, damit sich keiner um mich kümmert. Der Mann der keifenden Alten schaut noch immer stundenlang raus. Manchmal rückt er sich jetzt einen Stuhl heran, ganz nahe an das offene Fenster, dann neigt er den Kopf zur Seite und schaut zum Himmel. Der Zug der Wolken und der Flug der Taubenpärchen scheinen ihn zu interessieren. Manche Tauben sitzen auf der defekten Regenrinne über ihm und beschmutzen sein Fensterbrett. Doch ich glaube, er kann sie trotzdem leiden. Er wischt das Fensterbrett sauber und schaut wieder zum Himmel, bis er ihr Gurren hört. Der Alte und ich, wir haben noch nie miteinander gesprochen, doch irgendwie verstehen wir uns. Wenn sich unsere Blicke in der Mitte des Hofes treffen, nickt er manchmal, so, als wolle er doch reden.

Ohne einen gewichtigen Grund dafür zu haben, stand ich auf. Kein Gedanke daran, wieder in die Kissen zurück zu fallen. Auch kein magischer Zwang. Uninteressant die Zeiger auf meinem Wecker, ich schaute zum klaren Himmel, um die Uhrzeit zu schätzen.

»Zehn Uhr ist das jetzt bei mir, Maria!«

Erschrocken bemerkte ich, dass ich mir angewöhnt hatte, Selbstgespräche zu führen. Anzeichen für ein wahres Einsiedlerdasein, konstatierte ich. Doch der Schreck war schnell vergessen.

»Volker wird um drei kommen. Mit ihm kann ich mich unterhalten, so, wie es uns gefällt. Verstehst du mich Maria? So wie es mir gefällt. – Aber eigentlich darf ich dir das ja gar nicht erzählen.«

Der Tag zog sich hin, das Warten nagte an mir. Volker kam nicht. Um halb fünf ging ich zur Telefonzelle am S-Bahnhof. Der Münzautomat war defekt. Zur nächsten Zelle. Heute störte mich das nicht. Ich hatte Zeit! Ich kannte alle öffentlichen Telefone in der näheren und ferneren Umgebung meiner Wohnung.

Natürlich hätte ich auch in den »Bären« gehen können, um zu telefonieren. Früher hätte ich das getan. Der »Bär« hatte aber einen neuen Wirt, und der stellte den Telefonapparat auf die Theke und seine Ohren hoch.

An diesem Donnerstag hatte ich Glück. Der nächste Münzfernsprecher funktionierte. Die Rufnummer hatte ich natürlich im Kopf. Es meldete sich die mir bekannte Stimme einer Frau. Ich grüßte freundlich, brauchte die Zahl nicht zu nennen, die mich gewöhnlich zu Volker führte, auch meinen Decknamen nicht. Sie hatte mich an der Stimme erkannt.

»Gut, dass Sie anrufen! Ich hab hier eine Mitteilung für Sie. Er lässt ausrichten, dass er heute nicht kommen kann. Nächsten Donnerstag wieder. Aber Sie können ihn anrufen. Morgen früh ist er erreichbar. Und viele Grüße!«

Ich ließ mir meine Enttäuschung nicht anmerken und bedankte mich höflich. Auch gut, tröstete ich mich und verließ die enge Telefonzelle. Morgen früh weiß ich, welcher Münzfernsprecher funktioniert, wenn sich das über Nacht nicht ändert.

Ein eigenes Telefon? Einmal hatte ich bei Volker angefragt.

Kein Problem. Im Prinzip kein Problem, aber es geht trotzdem nicht. Wem ein Telefon in so einem Haus hier installiert wird, der muss wichtiger als wichtig sein. Hinterhof, vier Treppen, ein Telefon, du würdest sofort auffallen. Die Mäuler würden sie sich zerreißen. Eine glatte Dekonspiration käme dabei raus. Ist der junge Mann aus der Vierten eigentlich schon mit dem Studium fertig? imitierte er den Haustratsch. Oder was macht der überhaupt? Student, nein, bestimmt ist der kein Student mehr! Komisch, mal sitzt er tagelang in seiner Bude, mal sieht man ihn wochenlang nicht! Und jetzt bekommt der einen Telefonanschluss! Na, wenn der mal nicht! Man weiß ja nie! – Andererseits, so einer. In dieser Bude im Hinterhof? Doch man weiß ja wirklich nie!

Volker entschärfte jede ihm unangenehme Frage mit seinem kabarettistischen Talent. Also erklärte auch ich mit reumütigem Blick und ergebener Stimme: »Ich sehe ein, Genosse, es ist doch besser, wenn man kein Telefon hat. Kein Telefon, das fördert die Disziplin und die Pünktlichkeit. Ein eigenes Telefon, das verwöhnt sehr und macht bequem. In fünf Jahren ... vielleicht.«

»Gut so, Genosse Frieder!« Volker belobigte mich und imitierte Willys Stimme.

Ich nahm den Ton grinsend auf: »Und außerdem, Genosse Fidelius, sag mir, wann je in der Geschichte war die Arbeiterklasse in ihrem revolutionären Kampf auf Telefone angewiesen und vor allem, Genosse Frieder, auf welchem Plenum wurde in letzter Zeit zur Diskussion um die Telefonfrage aufgerufen. Ich kann mich nicht erinnern!« – Volker und ich, eigentlich verstanden wir uns ganz gut.

Ich schlenderte von der Telefonzelle nach Hause. Nun hatte ich Zeit. Ein schöner Sommerabend brach an. Ich lief einen Umweg. Ein Zeitungsverkäufer stand wie jeden Abend an der Ecke des Platzes. Ich kramte in meiner Tasche, suchte einen Groschen. Der Mann trug den Zeitungspacken über den Arm. Kaum hatte ich ihm das Zehn-Pfennig-Stück in die eine Hand gelegt, zog der eine Zeitung von dem Stapel auf seinem linken Arm und riss die Hand dabei so ruckartig hoch, dass sich das dünne Abendblättchen durch die schnelle Bewegung wie von allein faltete. Wie ein Zauberkünstler. »BZAaaa, BZ am Aaabend, BZAaaa!« Er hätte nicht rufen müssen, die Leute kauften die Zeitung auch so. Ich erinnerte mich an Zeitungsverkäufer in anderen Ländern, dort riefen sie die Schlagzeilen aus, um die Leute neugierig zu machen. Der hier rief nur die Abkürzung des Zeitungsnamens, und es gab auch nur ein einziges Abendblatt.

Ich ging zu dem großen Brunnen mit den von Blumenrabatten eingerahmten steinernen Stieren. Die weißen Bänke zwischen den Beeten waren alle besetzt. Vom angrenzenden Spielplatz her lief mir ein kleiner Junge entgegen. Es war Florian, er wohnte bei uns im Vorderhaus. Seine Mutter war mir schon seit längerem aufgefallen. Nicht ohne Neugier waren sich unsere Blicke begegnet und von Mal zu Mal hatte sie mir mehr von ihrem sonderbaren Lächeln zukommen lassen. Sie tat verlegen, das machte sie für einen Moment interessant. Vielleicht war das die Ursache dafür, dass sie ein Kind, aber keinen Mann dazu hatte. Siebzehn, vielleicht achtzehn, älter wird sie nicht gewesen sein, als sie den Jungen zur Welt brachte, ging mir durch den Kopf. Florian fragte mich, ob ich mit ihm spielen wollte und fasste vertrauensvoll nach meiner Hand. Ich ließ es geschehen. Das hätte ich nicht tun sollen.

Er zog mich zu der Bank, auf der seine Mutter saß, gelangweilt oder in Gedanken. Als sie uns kommen sah, hellte sich ihr Gesicht auf, und sie zog ihre Bluse glatt, ermahnte dabei den Jungen, dass er nicht so an mir herumzerren solle, schaute aber nicht ihn, sondern mich dabei an. Ihre Ermahnung schien den Knirps nur zu ermuntern.

Dann kam der Blick, die Aufforderung, auf der Bank Platz zu nehmen. Ich blieb vor ihr stehen. Sie rückte ein Stück zur Seite. Dabei rutschte ihr Rock ein wenig nach oben. Ich lächelte. Sie lächelte zurück, zögerte und versuchte dann doch, den Saum ihres Minirockes ein wenig gerade zu ziehen. Sie lächelte immer noch, ein wenig anders, ein wenig ernster. »Setz dich doch! Deine Zeitung kannst du doch auch hier lesen!« Ich sah ihr in die Augen. Sie wich meinem Blick nicht aus, nur ihre Finger zupften noch immer verlegen am Rocksaum.

Mir schien, als ob sich meine Gedanken in ihren Augen spiegelten, und die warnten mich: Wenn du dich jetzt setzt, dann wirst du auf der Bank sitzen bleiben, bis sie mit dem Jungen nach Hause geht. Der Junge wird dich an die Hand nehmen, die andere seiner Mutter hinstrecken, und er wird hopsen wollen. An der Haustür werden uns Mitmieter besonders freundlich grüßen und verstehend lächeln, zumindest werden sie uns erstaunt und neugierig nachschauen, wenn wir gemeinsam ins Haus gehen. Der

Junge wird fragen, ob du oben mit ihm noch weiterspielen willst. Seine Mutter wird dich anschauen, verlegen, doch ihre Augen werden die Einladung des Sohnes unterstützen und wenn wir allein im Hausflur stehen, wird sie sagen: »Wenn du Zeit hast, bitte, komm mit!« Und etwas leiser: »Auch ich würde mich freuen!« Dann wirst du dich gegen das Kreuzworträtsel in der Zeitung entscheiden und mitgehen. Am nächsten Tag wird sie dann bei dir klingeln und sagen, dass sie vom Mittag noch übrig hat, und sie wird drängen: »Kommst du? Es war doch so schön gestern! Und der Flori erst, der wird sich freuen! Ich hab ihm gesagt, dass ich dich holen gehe!« Und eines Tages wird sie zufällig klingeln, wenn Volker da ist. Später wird der zu dir sagen: »Uns ist gar nicht bekannt, dass du eine Beziehung zu einer Person anderen Geschlechts in deinem Haus unterhältst!«

Ich setzte mich nicht auf die Bank, warf dem kleinen Flori ein paarmal den Ball zu, wechselte mit seiner Mutter ein paar Blicke, die davon sprachen, dass wir ähnlichen Gedanken nachhingen. Dann entschied ich mich für das Kreuzworträtsel und wanderte allein nach Hause.

Am Freitag gegen 9.00 Uhr rief ich Volker an.

Gestern wäre ihm etwas Wichtiges dazwischen gekommen. Er bat um Verständnis und sprüchelte auf seine gewohnte Art: »Der Soldat denkt und plant, der General aber lenkt und mahnt!« Es läge nichts Gewaltiges an, und Zeit wäre Geld, wie man so schön sagt, und wer hätte das schon. Er war eben ein Freund von Sprüchen.

Ich erkundigte mich, was ich mit dem Bericht zu meiner letzten Reise machen sollte, auf dessen Fertigstellung er so gedrängt hatte, so dass ich noch die halbe Nacht nach meiner Rückkehr daran gearbeitet hatte.

»Ach ja, dein Reisebericht«, er erinnerte sich nun auch. »Na ja, schau ihn dir noch einmal genau an! Vielleicht komme ich zwischenzeitlich vorbei, du bist ja auf alle Fälle zu Hause, ansonsten wieder wie immer, Donnerstag.«

Also nicht zwischenzeitlich, dachte ich, und der Bericht ist auch nicht so wichtig, eher wohl die Fotos, die hat er gleich mitgenommen.

Ich ahnte bereits, es würde wieder einmal Leerlaufzeiten geben, aus welchem Grund auch immer. Ich hasste solche Tage, doch mit Volker darüber zu diskutieren, hatte ich mir abgewöhnt. Und tatsächlich erklärte mir Volker, die nächsten zwei Wochen könne ich selbst planen, auch gegen Urlaub habe er nichts einzuwenden. Und die neuesten Dokumente der Partei solle ich studieren.

Also warten.

Auf Reisen gehen, zurückkehren, und warten bis zur nächsten Reise. So war mein Leben. Noch vor ein paar Jahren hätte ich jeden um ein solches Leben beneidet.

Letzten Montag war ich aus Mailand zurückgekommen, wo ich zehn Tage zugebracht hatte. Ein ganz dringender Auftrag, hatte Volker mir vor der Reise gesagt. Ein wichtiges Objekt, ein kleines Firmengebäude, in Wirklichkeit, es gab Gründe zu vermuten … Er brauche schnellstens Fotos, Lagebeschreibung, Einschätzung zum Besucherverkehr, Nummern ein- und ausfahrender Fahrzeuge, Personenbeschreibung von Mitarbeitern. Das Firmenschild an der Einfahrt war vermutlich nur Tarnung.

»Wozu?« fragte ich.

»Nicht deine Sache, Frieder! Auch nicht meine! Die Zuständigen nehmen sich schon, was sie davon brauchen. Nur eilig ist es eben, dringend, von Bedeutung!«

Er spreizte seinen Daumen senkrecht von den anderen zu Faust gekrümmten Fingern weg und hob den Arm ein wenig an, das Zeichen für: Ganz oben angebunden.

»Selbstverständlich! Fidelius ist immer bereit. Wann soll's losgehen, heute noch, morgen, gleich?« Die üblichen Instruktionen zur Sicherheitslage, und was zu tun sei, wenn etwas schief ginge, dann Ausschleusung und ab.

Nicht, dass ich nicht gern auf Reisen gegangen wäre, nein, es mangelte mir keineswegs an Reiselust, doch manchmal fiel es mir auch schwer. Immer allein, immer auf der Durchreise. Irgendwann nimmt das Alleinsein der schönsten Stadt ihren Reiz.

Erst zwei Tage Rom, so war es festgelegt worden, dann mit dem Zug nach Mailand. Jeden Tag trieb ich mich in der Nähe dieser Villa herum, die zu beobachten mein Auftrag war. In einer Kneipe in ausreichender Entfernung wurde ich zum ständigen Gast. Ein paar der Ladeninhaber in der Nähe grüßten mich, obwohl ich außer einer wohlschmeckenden Sorte Bonbons nie etwas gekauft, dafür aber mehrmals täglich die Auslagen in den Fenstern studiert hatte. Kein gutes Zeichen, doch was sollte ich tun. Unmittelbar vor der Villa konnte ich nicht ständig herumlungern. Und die Stunden zwischen meinen Beobachtungen mussten auch vergehen.

Am Schaufenster einer Wein- und Spirituosenhandlung trainierte ich mein Gedächtnis. Nach Tagen beherrschte ich die Reihenfolge, in der die Flaschen im Fenster ausgestellt waren, alle Marken mit ihren italienischen Namen. Als ich wieder nach Hause fuhr, glaubte ich, die Preise zuordnen zu können.

Eine Menge Aufnahmen hatte ich gemacht. Was der Zentrale wichtig war, schien auf den Fotos zu sein. Volker wäre sonst längst bei mir gewesen und hätte meinen Bericht verlangt.

Nun war nichts mehr eilig.

Ich ging langsam von dem Telefonhäuschen zurück zu meiner Hinterhofklause, ein wenig verärgert, auch ein wenig trotzig, vor allem aber lustlos, so dass ich nicht einmal richtig überlegen wollte, was ich mit der nun freien Zeit anstellen könnte. Ein deprimierendes Gefühl und die Erwartung, mich bald selbst nicht mehr recht leiden zu können.

Wenn man keine Zeit hat, wünscht man sich, dieses und jenes zu tun, kommt die Zeit im Überfluss daher, unerwartet dazu, verblassen die Wünsche, manche im Dunst der Misslaunigkeit.

Die Freude am Tag hatte mich heute schon am frühen Morgen verlassen.

Wäre ich jetzt der jungen Mutter von gestern begegnet, bestimmt hätte ich sie gefragt, ob ich mit zu ihr nach oben kommen könnte, und hätte ihr versprochen, danach auch mit ihrem Sohn Flori zu spielen. Aber ich begegnete ihr nicht.

Zum wer weiß wievielten Male sehnte ich mich danach, doch lieber morgens regelmäßig zur Arbeit zu gehen, mich am allgemeinen Klatsch zu beteiligen, den Kollegen Witze zu erzählen, mit den Sekretärinnen zu flirten, mich mit dem Chef zu streiten, zu Dolmetschereinsätzen zu hasten, hektisch die letzten Seiten eines Dokumentes zu übersetzen, für den Erfolg gelobt, für den Mißerfolg kritisiert zu werden, in richtigen Versammlungen über Politik zu diskutieren, mich abends mit Kumpels zum Bier zu verabreden: alles so, wie ich es am Ende des Studiums in einem Praktikum erlebt hatte. Stattdessen hatte ich an diesem Vormittag plötzlich Lust, mit der Blonden zu schlafen. Ich war mir sicher, auch sie würde es wollen. Ihre Augen hatten mir das schon oft gesagt. Und ich stellte mir vor, wir könnten es tun, wann und wo wir wollten, ohne vorher ihr bisheriges Leben zu ermitteln, alles aufzuschreiben, die Formulierungen noch einmal gewissenhaft nachzuglätten und beim Genossen Volker einzureichen.

Beinahe wäre ich ohne bestimmten Anlass wieder nach unten gegangen, auf eine zufällige Begegnung hoffend.

Dann malte ich mir aus, wie es sein würde, vor ihrer Wohnungstür zu stehen und einfach zu klingeln. Um etwas Salz zu bitten, dachte, das würde wohl ausreichen, eingelassen zu werden.

Die Gedanken verließen mich nicht.

Später stand ich ihr in ihrem Schlafzimmer gegenüber. Eigentlich hatte ich erwartet, wir würden übereinander herfallen, aber wir schauten uns nur an, eine ganze Weile. Da wusste ich, was mich davon abhielt, bei ihr zu klingeln.

Ich wischte die Bilder weg. Ganz einfach, für den Moment zumindest. Ich brauchte nur an Willy und seine Erklärung zu denken: »Sexuelle Begierde, ... so einfach so, so spontan eben, das gefährdet die revolutionäre Wachsamkeit, also die Sicherheit. Ist also gefährlich. Alles einfach im Zusammenhang sehen, verstehst du, Frieder? Die Zusammenhänge, Du verstehst doch!«

Ich lächelte darüber. Meine Unruhe blieb. Der Tag wucherte ziellos.

Ich las, schlief, las wieder, döste, dachte immer wieder an die junge Frau, aß pünktlich um 12.00 Uhr zwei Spiegeleier, dann nahm ich mir den restlichen Teil der Tageszeitung vor, die ich mir am Morgen vom Kiosk mitgebracht hatte, sah mir danach in meinem neu erworbenen Fernseher die nachmittägliche Kindersendung an, schlief dabei ein und wachte aus meinem Traum auf, als der kleine Flori gerade in mahnendem Ton »Aber Papa!« rief, während ich den Schoß seiner Mutter streichelte.

Ich sprang auf, warf ein paar Sachen durchs Zimmer und brachte die gewohnte unordentliche Ordnung in meiner Wohnung durcheinander. Aber ich achtete darauf, dass nichts kaputt ging. Dann schaute ich auf die Uhr und lachte über mich, und ich lachte noch einmal, als mir die Vorstellung kam, Volker noch einmal anzurufen, mich krank zu melden und ihm als diagnostizierte Krankheit Budenkoller zu nennen.

Das Lachen half ein wenig.

Am Abend war ich von meiner eigenen Diagnose völlig überzeugt. Eine Therapie musste her. Eine Therapie gegen Budenkoller eines fast Mittdreißigers. Selbsttherapie? Natürlich! Was sonst, wenn sie schnell wirken sollte!

Andere Bilder erschienen mir, bedrängten mich und vertrieben die junge blonde Frau aus meinen Vorstellungen. Dafür kam Willy daher, um mir zu helfen.

Für Willy war alles einfach und erklärbar, alles vor allem eine Frage der Beschlüsse. Zu allem gab es einen Beschluss, wenn auch nicht direkt, doch Willy fand immer einen, der zur Lage passte. So löste er alle Probleme, immer in den Zusammenhängen.

Nur eben das mit der Dachpappe nicht …

Ich lächelte. Dennoch, auch ich war ein disziplinierter Mensch. Deshalb beschloss ich, zuerst das zu tun, wozu ich verpflichtet war: Volker und Willy um ein Gespräch zu bitten. In so einer Sache würde sich schnell ein Termin finden. Willy war für Aussprachen dieser Art immer zu haben.

Als wäre der Termin bereits für den nächsten Tag vereinbart, nahm ich einen Schreibblock und schrieb Frage für Frage auf, alle, die mein Privatleben betrafen und die ich im Gespräch mit den beiden beantwortet haben wollte. Dies zu tun, war ein gutes Gefühl. Ich schrieb und schrieb. Ich hatte viele Fragen.

Ich sah Volker vor mir, verlegen, was sollte er mir denn nun wirklich sagen? Willys Verhalten kannte ich hingegen genau. Er würde eine solche Unterredung an sich ziehen, und ausführliche Monologe sprechen, auf nachhaltige erzieherische Wirkung ausgerichtet.

Ich zerriss die Seite bis nur kleinste Schnipsel blieben und imitierte Willys Stimme: »Jeder hat hin und wieder mal ein paar Schwächen, Genosse Fidelius. Auch so ein gestandener Einzelkämpfer wie du. Also, alle Achtung, du hast ja bisher ... Wir sind stolz auf dich! Ich schätze ein, und nicht nur ich ... wir gehen davon aus, du wirst dir doch nicht von so einer, nun übertreiben wir nicht, von so einer ... einem Tagesgefühl, mehr ist es doch nicht, Frieder, keinesfalls mehr, davon wirst du dir doch nicht die gesamten Ergebnisse deiner operativen Arbeit und die vieler anderen mit dir verbundener Genossen, also ... kaputtmachen lassen. Das geht vorbei, Frieder! Bedenke die Kraft unseres spezifischen Kollektivs! Bestimmt, Genosse! Wir helfen dir! Es geht vorbei, Frieder, bestimmt! Muss es auch, muss auch vorbeigehen, denn ... also, Genosse Fidelius ... die Aufgaben, die auf dich warten ... keine geringen, ich will jetzt nicht ... du verstehst ... ein bisschen Geduld noch. Denk an die Kämpfer von damals, im illegalen Kampf ... genau, genau, das ist es, was ich sagen wollte: Geduld gehört zu den wichtigsten Eigenschaften eines Revolutionärs ... Übrigens, da gibt es eine Menge interessanter Literatur, Genosse Frieder. Nimm dir ruhig die Zeit, lies mehr darüber. Volker wird dir etwas mitbringen, wenn ihr euch das nächste Mal seht. Das stärkt dich! Also!«

Ich glaubte zu spüren, wie Willy mir auf die Schulter schlug.

Meine Unruhe blieb.

»Falsch therapiert!« rief ich laut, ging zum Fenster und sah über den Hof. Der alte Mann von gegenüber starrte zu den Mülltonnen hin.

Sylvi

Kein langes Abwägen, kein ermüdendes Zögern mehr. Tatendrang. Ich trank einen Schluck Leitungswasser, dann realisierte ich in einer großen Schüssel aus blauer Plaste eine von mir so genannte Vollkörperstandwäsche. Das einer Kinderbadewanne ähnliche Gefäß hatte ich mir mangels einer Badewanne oder Dusche eigens zu diesem Zweck angeschafft. Nachdem ich mich kräftig abgerubbelt hatte, war ich restlos vom unbedingten Erfolg meiner mir nun auferlegten Therapie überzeugt.

Ich holte die Klamotten aus dem Schrank, die ich sonst nur in den Koffer legte, wenn ich auf Reisen in westlicher Richtung ging: Dunkler Anzug, modisch kariert, blütenweißes Nylonhemd, das im Licht fluoreszierend schillerte, ein Binder, den es auch im »Exquisit« nicht zu kaufen gab.

Vor dem Spiegel stellte ich fest: »Kein Zweifel, Frieder Gänsekiel, auch das bist du!« Das zu wissen war wichtig für mich, wenn ich sonst dieses Jackett überwarf, hatte ich immer einen anderen Namen.

Ich wollte die Wohnung verlassen, kehrte aber noch einmal um und zog ein frisches Bettlaken auf. Maria kam mir in den Sinn.

Gegen neun war ich im »Stadt Berlin« und fand im Grillrestaurant einen Tisch in der Nähe der Speisebar. Ich bestellte mir ein Bier und ein Steak. Das erste Bier trank ich auf Ex, zwei weitere folgten. Das saftig gebratene Fleisch schmeckte ausgezeichnet und belebte meine Gedanken.

Zwei junge Frauen saßen wie zur Ansicht an der Speisebar und saugten an einem Trinkröhrchen, im Glas ein schmutzig-blaues, unbestimmbares Getränk. Die beiden hatten meine Blicke bemerkt, flüsterten und sahen sich ein paarmal auffällig zu mir um. Sie schienen über mich zu witzeln.

Ich spürte wie meine Therapie anzuschlagen begann. Ein wunderbares Gefühl.

Unsere Blicke trafen sich erneut, mutig prostete ich den beiden zu.

Als ich im 37. Stock ankam, war die Nachtbar ziemlich leer. Jazzmusik in gedämpfter Lautstärke. Ich setzte mich nicht an einen der im Halbdunkel stehenden Tische, sondern auf einen hohen Hocker an der Bar. Eigentlich gehörte ich sonst nicht zu den Nachtschwärmern, und hier war ich zum erstenmal. Ich wunderte mich über die wenigen Besucher. Der Barmann tröstete mich. Es würde nicht mehr lange dauern, dann wäre es hier voll. Ohne die Gepflogenheiten zu kennen, wäre hier kein Platz zu bekommen. In Ostberlin mit seinen wenigen Nachtbars wäre das eben so, erklärte er mir in einem Ton, als wolle er für seine Stadt um Nachsicht bitten.

Seine eigenartige Entschuldigung bewirkte bei mir ein Gefühl der Fremde, bis mir klar wurde, für wen er mich hielt.

»Zigaretten?« unterbrach ich ihn lässig.

In meiner Jackettasche fühlte ich eine Schachtel F6, die hatte ich mir zu Hause noch schnell eingesteckt, doch die Marke hätte mich jetzt verraten.

Der Mann hinter der Bar nickte. Er fragte leise und in schmeichelhaft unterwürfigem Ton: »HB, Lux oder Peer, wenn es recht ist?«

»Ja, Peer Export, die Langen, wären gut!«

»Drei«, sagte der nur und schob mir die Schachtel über den Tresen.

Offensichtlich sollte ich gleich bezahlen. Ich wunderte mich über den Preis, er sich über mein Zögern. »Drei Mark West!« ergänzte er.

Darauf war ich nicht eingestellt.

Nervös fummelte ich in meinen Taschen. In diesem Anzug steckte immer ein Rest Westgeld, ein paar Mark, nicht viel, notwendiges Wechselgeld. Wenn ich auf Reisen ging und Volker mich mit notwendigen finanziellen Mitteln ausstattete, übergab er mir meist Hunderter-Scheine. Mit so großen Scheinen wollte ich natürlich nicht die Zeitung bezahlen, die ich mir gewöhnlich kurz nach dem Grenzübertritt kaufte.

Außer ein paar Pfennigen fand ich nur einen Zehner und sagte deshalb: »Zwei Schachteln, bitte!«

Großzügig schob ich den Schein über den Tresen. Der Barmann bedankte sich, legte lächelnd die zweite Schachtel dazu und wandte sich der anderen Seite seines Tresens zu.

Ich sah, dass die beiden Mädchen vom Grillrestaurant ebenfalls in die Tanzbar gewechselt waren. Irgendetwas an ihnen fiel mir auf, an ihrem Benehmen, ihrem Verhalten, dem Umgang mit dem Barmann. Es dauerte eine Weile, dann verstand ich: Die beiden fühlten sich im Unterschied zu mir an der Bar heimisch. Als ich wieder zu ihnen hinsah, begegneten sich unsere Blicke erneut. Wieder steckten sie die Köpfe zusammen, flüsterten und lächelten mir zu. Später begriff ich, sie waren wohl dabei gewesen, ihre Reviere abzugrenzen, denn bald spürte ich, wie mich nur noch der interessierte Blick der kleineren Blonden abtastete, intensiv und nachdrücklich, als müsse sie letzte Zweifel an meiner tatsächlichen Existenz beseitigen. Ich machte ihrer Musterung ein Ende und lächelte ihr unverhohlen einladend zu.

Der Keeper hatte mir einen zweiten Kognak hingeschoben, ich trank und schaute mich um. Der Barraum füllte sich jetzt tatsächlich ziemlich schnell. Die Musiker ersetzten die leisen Jazzrhythmen nun durch seichtere Tanzmelodien. Ich zweifelte, ob mir diese Musik bei meiner Therapie hilfreich sein würde. Da stand die Blonde neben mir. Sie schlug die Augen nieder und bat darum, ihr doch bitte zu erklären, wie sie mit mir tanzen könne, wenn ich nur Blicke tauschen würde. Ich bin Sylvia, alle nennen mich Sylvi, und wenn ich mich nicht trauen würde – sie jedenfalls wolle mit mir tanzen. Ich war überrascht. Das ließ keinen echten Widerstand aufkommen, nur ein wenig Bedauern. Ausgerechnet die Dünnere von beiden, dachte ich, als ich ihre Taille umfasste und wir uns um die ersten Schrittfolgen bemühten. Ich sah in ihrem Ausschnitt Ansätze von Weiblichkeit. Maria kam mir in den Sinn.

Sylvia konnte sich bewegen. Das musste ich ihr zugestehen. Sie schaffte es, auch mich, einen wirklich ungeübten Tänzer, in Tanzlaune zu versetzen. Wir tranken und tanzten und tanzten und tranken, ich Kognak, sie Sekt.

Für einen Augenblick war mir die Idee gekommen, doch zu testen, was ich alles an diesem einen Abend über ihre Person herausbekäme. Aber ich verwarf den

Gedanken, schließlich hatte ich mir auf eigene Faust eine Art »Fronturlaub« genommen und wollte nicht den ganzen Abend mit ihr nur reden. Ich amüsierte mich über ihre Bemühungen, mich durch Schmeicheleien für sie zu begeistern. Innerhalb von wenigen Minuten war ich nicht nur ein temperamentvoller und doch auch gefühlvoller Tänzer, nein, ich war von allen Männern in der Bar der am modischsten gekleidete, hatte einen markanten und überaus interessanten Gesichtsausdruck, der sie bereits in der Grillbar irgendwie und unerklärlich fasziniert hatte. Dann gingen Sylvia die Details aus, und ich war schlicht nur noch ein Gentleman.

Sie vermutete in mir einen Hotelgast und wollte unbedingt wissen, wo ich herkam. Ich ließ sie raten. Dass ich in Berlin wohnen könnte, schloss sie aus, zumindest nicht in der Hauptstadt, aber auch Westberlin war für sie eher unwahrscheinlich. Ich wusste schon: Hätte ich ihr gesagt, ich bin der Frieder vom Prenzlauer Berg, es wäre unser letzter Tanz gewesen.

Mit gespreizter Stimme nannte ich meinen Namen, abgewandelt in Friederich, und ich verwies ausdrücklich auf das unbedingte E nach dem D, was ich mit der langen Tradition in meiner sehr alten Familie begründete.

Es dauerte eine Weile, bis sie das bedeutsame E hinter dem D in Position gebracht hatte, dann erklärte sie mir, ein Name, so alt und ehrwürdig, sei doch einfach Klasse. Wieder versuchte sie, meinen Wohnort zu erraten und nannte ein paar Städte. Immer schüttelte ich lächelnd den Kopf. Da ihr bald nichts mehr einfiel, kehrte sie zu Schmeicheleien zurück. Dieses Städteraten sei entzückend und so interessant. Abwechselnd glänzten und funkelten ihre Augen. Ich wisse eben, wie man eine Frau unterhält, lobte sie mich und mühte sich erneut, meinen Wohnort zu erraten. Alle Städte, die sie nannte, große und kleine, lagen in Westdeutschland. Als sie fragte, ob ich aus Wien sei, da gleich hinter Frankfurt, brach ich das Spiel in gegenseitigem Einvernehmen ab, inzwischen verbanden uns deutlich spürbar andere als geographische Interessen.

Sylvia rückte ihren Hocker immer näher zu mir heran, bat mich, sie doch auch, wie alle ihre Freunde, Sylvi zu nennen und lächelte, wenn sich unsere Beine berührten und ich den Druck ihrer Schenkel erwiderte.

Nach dem nächsten Glas Kognak fand ich sie nicht mehr so mager, hübsch war sie ja und biegsam und anschmiegsam. Wenn sie sprach, ernüchterte sie mich allerdings jedesmal für Augenblicke: »Der Sekt, Friedeeerisch, der ist süfflisch«, stellte sie fest.

Mitternacht kam und ging vorüber. Das Licht auf der Tanzfläche wurde immer spärlicher. Ich ließ mir von Sylvi den Erfolg meiner Therapie versprechen. Bald drängte sie, die Bar zu verlassen. Der Sekt schmeckt nicht nur auf den unbequemen Barhockern süfflisch, erklärte sie mir.

Der Alkohol zog seine Bahnen auch in meinem Körper, erheiterte meinen Geist und machte ihn gefällig für Überraschungen. Einen Moment lang war das sehr notwendig. Ich hätte sonst nicht gewusst, wie ich dem Barkeeper hätte auf die Rechnung antworten sollen, die er mir auf einem Tellerchen zugeschoben hatte.

»Mein Herr, Sie können auch in DM … wenn Sie wollen, dann die Zahl am Rand, wenn Sie bitte verstehen«, schmeichelte er leise und doch ein wenig unsicher.

Ich schaute noch einmal auf den Rechnungsbetrag unter der weißen Serviette. Obwohl ich mich plötzlich nüchtern fühlte, traute ich meinen Augen nicht. Wahrscheinlich war die Zahl, die dort stand, eine Art Schocktherapie, um einen nicht mehr gewünschten Gast von weiteren

Bestellungen abzuhalten und zum Verschwinden zu veranlassen. Dazu die Aufforderung: Zahl lieber in West. Es ist zwar nicht korrekt, aber wie ich überschlug, vorteilhafter!

Ich trotzte, etwas anderes hätte ich auch nicht tun können. Ich zog die Scheine mit dem bärtigen Karl Marx darauf aus meiner Brieftasche und zählte »eins, zwei, dreihundert«. Für diesen Moment war mein Blick sehr nüchtern.

Ich sah, wie die Augen des Barmenschen protestierten. Bedächtig schob ich die blauen Hunderter näher zu ihm hin und erklärte entschieden: »Nein, nein, tut mir leid! Ich bekomme die Hälfte meines Honorars in Ost! Ich muss das Ostgeld hier aufbrauchen!«

Das hätte ich nicht sagen sollen, zumindest nicht so laut. Es stiftete hinter dem Tresen ebenso Verwirrung wie bei dem Mädchen neben mir. Erst staunte mich der Barkeeper an, dann seine Kollegen, dann Sylvia mit erschrockenen Augen.

Alle suchten mein Gesicht ab. Einer hinter der Bar sagte, davon gehört zu haben, dass Künstler aus dem Westen für ihre Auftritte in der DDR anteilig in beiden Währungen bezahlt würden. Er nickte zustimmend, als erkenne er mich als einen solchen. Sylvia nickte auch, alle nickten. Bei dem Mädchen kehrte das Lächeln vorsichtig zurück, bis mir das nächste Mißgeschick passierte.

Ich wollte den Barkeeper trösten und wenigstens das Trinkgeld vom »anderen Teil meines Honorars« bezahlen. Nochmals durchsuchte ich meine Taschen, griff trunken, was mir in die Finger kam, und legte es zu den Scheinen mit dem Bildnis von Karl Marx. Aber aus Versehen hatte ich zusammen mit dem andersfarbigen Schein ein Westkondom auf den Tresen gelegt. Sylvias

Augen begannen wieder zu leuchten. Sie rieb ihre linke Hand an meinem Oberschenkel, doch ganz hatte sie ihre Skepsis noch nicht überwunden: »Der Sekt ist süfflisch, Friedeerisch, wirklich ... sag mal, also wie ist das, Friedeerisch? Wenn man Gage halb und halb bekommt, da gibt es wohl im Osten nur das Ostgeld und erst, wenn du wieder drüben bist, das Westgeld?«

Wir brachen auf. Ich stellte mich jetzt wesentlich betrunkener, als ich war und antwortete auf ihre ständigen Fragen immer nur mit Ja, ja und Nein, nein.

Sylvia wunderte sich, als ich den Fahrstuhl betrat, der nicht auf den Zimmeretagen des Hotels hielt, sondern direkt hinunter in die Empfangshalle fuhr. Sie nahm wohl an, ich wollte zur Hallenbar und zog mich dorthin. Doch da wurden gerade die letzten Gäste abgefertigt.

Als ich zum Ausgang des Hotels drängte, stutzte sie. Sie konnte ihr Mißtrauen nicht mehr verbergen. Sie zögerte einen Moment lang, mich zu begleiten. Ich spielte den Betrunkenen, um einer vernünftigen Antwort auf ihre Fragen leichter ausweichen zu können. Doch plötzlich folgte sie mir und schwatzte drauflos, als hätte es diese Unentschlossenheit eben nicht gegeben.

Wie um diese Nachtzeit üblich, mussten wir lange auf ein Taxi warten. Sie schwärmte. Wie galant und weltmännisch doch Männer aus dem Westen wären. Ich wäre das beste Beispiel dafür. Zum drittenmal hörte ich sie das sagen. Sie begann mir meinen selbsterteilten »Fronturlaub« ernsthaft zu vermiesen und meine Therapie drohte zu misslingen.

»Ja, ja«, murmelte ich, als sie fragte, ob ich in einem anderen Hotel wohne. Als sie allerdings bemerkte, dass wir nach Prenzlauer Berg fuhren, musterte sie mich, als befürchte sie ein großes Unheil. Schnell bat ich sie, mir nicht böse zu sein, weil ich sie belogen hatte. Sie erschrak.

»Vorhin, als du geraten hast, woher ich komme, habe ich nicht zugegeben, dass du recht hattest. Hamburg ist richtig gewesen!«

»Ach, duuu!« stöhnte sie erleichtert, kuschelte sich noch enger unter meine Schulter und begann mit der linken Hand, die Knöpfe meines Hemdes zu öffnen.

»Welches Hotel?« flüsterte sie.

Ich zeigte auf den Fahrer, legte meinen Zeigefinger vor meine Lippen und antwortete ganz leise.

»Kein Hotel ... zu einem Freund. Viel gemütlicher, große Altbauwohnung, Künstler! Atelier! Doppelliege! Aber ...«

Mit dem Zeigefinger verschloss ich ihren Mund. Schon wieder hatte sie zu einer Frage angesetzt. Das amüsierte Lächeln des Taxichauffeurs bemerkte sie nicht.

Das Licht im Durchgang zum Hinterhaus flammte auf. Ich sah Sylvias ängstlichen Blick und stellte mir vor, wie einem Mädchen zumute sein muss, wenn es, wo möglich noch fremd in der Stadt, bei Nacht allein durch die Durchgänge und Höfe einer Berliner Mietskaserne gehen muss.

Sylvias Zittern ließ ein wenig nach, als ich meinen Arm um ihre Schulter legte. Ich tat dies weniger in der Art eines Beschützers, sondern eher wie ein vollkommen Betrunkener, der sich aufstützen musste. Wir tasteten uns über den ersten Hinterhof. Ich schaltete absichtlich das Licht nicht ein. Wie ich erwartet hatte, raschelte es bei den Mülltonnen. Sylvia presste sich an mich. Sie sprach kein Wort.

Wir traten in das dunkle Treppenhaus des Seitenflügels. Im Hochparterre begann die Holztreppe. Die Stufen knarrten in der nächtlichen Stille.

Wenn jetzt der Hund im zweiten Stock anschlägt, erleidet sie einen Herzinfarkt, dachte ich und schaltete im ersten Stock zur Vorsicht doch die Treppenbeleuchtung an. Der Hund blieb still. Obwohl ich selbst Probleme hatte, die Treppen in würdiger Haltung zu erklimmen, spürte ich, wie es sie grauste.

Ich schwankte den Flur entlang zu meiner Wohnungstür.

»Geschafft!« stöhnte ich leise und steckte umständlich den Schlüssel ins Schloss. Erleichtert und dankbar schaute ich Sylvia an. In ihren Augen erkannte ich ihre Furcht vor dieser Umgebung. Auch sprach Fassungslosigkeit aus ihrem Blick. Mir schien, dass sie zu begreifen begann, dass sie hier keineswegs eine komfortable Künstlerwohnung erwartete. Ich ermahnte sie, ja nicht zu sprechen, doch sie konnte es nicht lassen, mir Komplimente zu machen. Mit einem von hier wäre sie niemals in dieses Haus gegangen, doch mit so einem weltmännischen Hamburger …

Die Nacht war verdorben. Die Therapie unwirksam, bevor ich sie richtig begonnen hatte. Nicht einmal das Spiel machte mir mehr Spaß. Also überspitzte ich meine Trunkenheit, wankte hin und her, stützte mich am Türrahmen ab und bemühte mich, Wärme in meine Worte zu legen, als ich ihr erklärte: »Vielen Dank, Sylvi, danke! … Schöner Abend, ganz schön. Du bist so gut, hast den armen Friederich gebracht, sonst … Danke, Sylvi … allein, der Kognak … danke, Sylvi! – Der Kognak! Und der Sekt, so süfflisch, süfflisch!« Sie schaute mich entgeistert an. »Adieu, schöne Frau, alles hat ein Ende, alles!« lallte ich und verdrehte meine Augen.

Ich gestehe, von einer Frau noch nie mit so einer Mischung aus Angst und Verachtung betrachtet worden zu sein. Jetzt tat sie mir leid. Zu spät. Ich hatte mich entschieden.

Ich schloss die Wohnungstür auf, küsste sie in theatralischer Art auf die Wange, bedankte mich noch einmal lallend für die Begleitung, betrat den kleinen Flur meiner Wohnung und zog die Tür hinter mir zu. Eine Weile verharrte ich und fühlte mich plötzlich wirklich elend. Da ich keine Schritte hörte, die sich entfernten, öffnete ich die Tür noch einmal, nur einen Spalt.

Sylvia stand da und buchstabierte den Namen auf dem Pappschildchen unter meiner Klingel.

Mit trunkener Stimme riet ich ihr: »Die Lichtschalter sind immer rechts, Sylvi!«

Es dauerte noch einen Moment, dann hörte ich das Knacken des Relais. Das Hauslicht war erloschen. Wieder spitzte ich die Ohren und hörte, wie sie sich zur Treppe tastete. Etwas später war mir so, als ob der Hund im zweiten Stock angeschlagen hatte.

Aber das könnte ich auch schon geträumt haben.

Johannes

Ein hartnäckiges Klingeln an der Tür weckte mich. Schlaftrunken öffnete ich, unrasiert und ungekämmt, und eigentlich in der Absicht, meine Nachbarin zu erschrecken. Die klingelte seit einiger Zeit aus unterschiedlichsten Anlässen bei mir, die mir manchmal vorgeschoben, manchmal auch glaubhaft erschienen, und sie tat das auch zu ungewöhnlichen Zeiten. Zumindest für jemanden, dessen Arbeitszeit nicht um 7.00 Uhr morgens beginnt.

Vor der Tür stand Volker. Sein Gesicht ein einziger Amtsblick.

»Was machst du denn für eine Scheiße?!« schoss er sich sofort auf mich ein, kaum dass er eingetreten war und ich die Tür hinter ihm geschlossen hatte.

Um Zeit zum Wachwerden und Nachdenken zu finden, erkundigte ich mich lässig, ob er etwas zum Frühstück mitgebracht hätte.

Er fand das überhaupt nicht spaßig und griff sich an die Stirn. Sein strenger Blick veränderte sich nicht, doch mein unsachlicher Einwurf hatte wohl seine innere Erregung ein wenig besänftigt. Er wählte nicht die dienstliche Sprache, um mir sein unerwartetes Kommen zu begründen, sondern polterte weiter: »Bist du bescheuert, oder welcher Teufel hat dich geritten?«

Entschärfen, Frieder, entschärfen! befahl ich mir und schob zu meiner Überraschung reichlich dümmliches Unverständnis in meinen Blick. Ich ahnte wirklich nicht, was Volker von mir wollte. Zweifellos musste der Anblick meines dummen Gesichtes sein Mitleid erweckt haben.

»Musste das sein?« klang seine Stimme schon ruhiger.

Dann nahm er unaufgefordert auf meinem einzigen Stuhl Platz. Ich zog mir etwas über und fragte: »Kaffee?«

»Dein blöder Pulverkaffee! ... Na, mach schon! ... Dann aber erklärst du mir ...!«

Ich ging in die Küche, ließ Wasser in den Pfeifkessel laufen und setzte ihn auf meinen Gaskocher. Dabei ließ ich mir Zeit. Meine Gedanken rasten durch die Tage meines letzten Einsatzes, suchten nach etwas, was ich vielleicht nicht korrekt erledigt hatte.

»Was verdirbt dir denn die Morgenstunde?« fragte ich, als ich zurückkehrte.

»Wo bist du Freitag gewesen, am Abend?«

Mir fiel ein Stein vom Herzen, sogar ein Lächeln drängte sich in mein Gesicht, dass ich mich abwenden musste, um meinen Führungsoffizier nicht zu sehr zu provozieren. Es gelang nicht. Deshalb spaßte ich:

»Im Bett.«

»Du lügst.«

»Nein!«

»Natürlich!«

»Nein!«

»Doch ... du bist gesehen worden.«

»Man wird oft gesehen, wenn man sich nicht versteckt!« witzelte ich, wie es sonst Volkers Art war. »Kommt immer darauf an, wann, wo, von wem ....«

»Was weiß ich!« unterbrach er mich, aber noch nicht bereit, den Amtsblick abzulegen. »Spät abends, vielleicht auch nachts! Ich nehme an, es war schon in der Nacht!«

Seine Fragerei amüsierte mich immer mehr. Seitdem ich für die Aufklärung arbeitete, war ich gewohnt zu erfahren, wie nahe tolerante Weltoffenheit und kleinkarierter Provinzialismus beieinander liegen konnten. Ich ahnte, meine diesbezüglichen Erfahrungen würden nun bereichert.

»Das stimmt. Um diese Zeit war ich schon wieder aufgestanden. Aber ich habe nicht gelogen. Bis 20.00 Uhr habe ich geschlafen ... hier in diesem Bett.«

Ich zeigte demonstrativ auf die eben verlassene Couch und begann, das Bettzeug zu entfernen.

»Und wer bitte hat mich wo gesehen?«

»Das spielt doch keine Rolle, jedenfalls hast du Blödsinn gemacht und das Ansehen unserer ...« Er brach ab. Sicher hielt er es für nicht angebracht, unser Vieraugengespräch mit Phrasen zu belegen.

»Also, was war los an dem Abend oder in der Nacht?«

»Nichts, zumindest ist nichts Ungewöhnliches passiert. Ich hatte Durst und hab einen getrunken. Zugegeben, es hat geschmeckt. ... Du trinkst doch auch ab und zu und nicht schlecht, oder?« provozierte ich.

Volker ging nicht darauf ein.

»Was noch?« Sein Blick entschärfte sich nicht weiter.

Eigentlich kannten wir uns schon zu gut, dass es ungewöhnlich war, ein Missfallen so lange und mit offizieller Miene vorzutragen, zumal wir unter uns waren. Willy hatte ihn scharf gemacht, dessen war ich mir sicher. Jetzt stieg doch so etwas wie Zorn in mir auf. Deshalb erwiderte ich unsachlich.

»Wegen der Therapie, Mensch!«

Volker stutzte. In seinem Blick vermischte sich Neugier, Vorsicht, Befürchtung, etwas nicht bedacht zu haben. Er schwieg.

»Ja, ich fühlte mich schlapp. In den Beinen vor allem, hier an den Oberschenkeln, hier ganz oben, mein Allerwertester, weißt du!«

Nach einigen Augenblicken des Zögerns fragte er:

»Was heißt das ... schlapp in den Beinen? Bist du krank? Erkältet, mitten im Sommer? Oder Muskelkater? – Du? Wovon solltest du Muskelkater haben?«

»Nur so schlapp in den Beinen, weißt du, die Muskeln so komisch lasch!«

»Na und, was soll das. Irgendwann ist es nicht mehr lustig. Schließlich bist du nicht irgendwer! Hast du vielleicht mal daran gedacht, dass ...?«

»Ja, ich brauchte eine rasch wirkende Therapie. Verstehst du?«

Ich unterbrach ihn.

»Und da erinnerte ich mich einer alten Volksweisheit aus meiner gebirgigen Heimat. Wenn du verstehst!

Wirklich, alte und bewährte Weisheit, auch als Therapie anwendbar, weißt du! Wenn du mal ... gegen Budenkoller zum Beispiel ...«

»Und? Und!« drängte Volker nun, obwohl er sich des Unsinns meiner Worte sicher war.

»Nur Ficken und Holzhacken macht stramme Arschbacken! Kennst du das nicht? ... Ich habe keinen Hackklotz und auch kein Holz! Verstehst du das? ... Aber eben Budenkoller! Wenn du weißt, was das ist!«

Es klang nicht besonders spaßig.

»Idiot!« entgegnete Volker trocken, »Holzhacken wäre wirklich besser gewesen, viel besser!«

Ein Pfeifen aus der Küche erinnerte mich an das Wasser für den Kaffee.

Als ich mit den zwei Bechern ins Zimmer zurückbalancierte, lächelte Volker.

»Du hast dich dekonspiriert und deine Wohnung dazu!«

»Quatsch!« platzte ich heraus.

Meine Überraschung war echt. Anfangs hatte ich angenommen, einer aus der Zentrale hätte mich zufällig gesehen und mein nicht ganz nüchterner Zustand hätte Anstoß erregt. Einigen war ich durch die Ausbildung vom Angesicht her bekannt. Dann hatte ich den Barkeeper oder einen seiner Kollegen in Verdacht. Aber am Ende konnte ich mir denken, wessen Herzchen ich da im dunklen Treppenhaus in ängstliches Rasen versetzt hatte.

»Verstehe ich nicht! Tut mir leid! Nachts? Alle Katzen sind grau!« provozierte ich nun selbstbewusst.

Und tatsächlich, Volker rückte mit der Sprache heraus.

»Gestern, Sonntag, abends! Ich wurde zu Willy gerufen. Er hatte Dienst im Haus. Wir beide zum Alten, zum Genossen Johannes, ziemlich weit oben. Bedeutet nie was

Gutes, so ganz und gar außer der Reihe zitiert zu werden, und gleich gemeinsam, und zu dieser Zeit, ... und ohne Aufforderung, uns zu setzen, als wir das Zimmer betreten hatten!

›Heißt euer Fidelius nicht Gänsekiel?‹ Mir fiel ein Stein vom Herzen, denn ich wusste ja: du bist zu Hause, in Berlin und nicht im Einsatz. Wenn der Alte sich in dieser Art nach jemandem erkundigt, und der ist gerade unterwegs. Danke, sag ich dir, da kommt kein berauschendes Gefühl auf. Und weiter. Originalton Johannes: Euer Gänsekiel vermietet seine Wohnung an Leute von drüben, illegal, konspirativ! – Als wir beide ungläubig lächelten, fügte er hinzu: Das behauptet die Truppe hier! Bitte! Spitzenmeldung! Durfte ich mir gerade abholen! Er schmiss uns einen Bericht zu, quer über den Konferenztisch, und der ist ziemlich lang. Während Willy las, nahm ich den Überprüfungszettel. Ich las die Nummer der anfragenden Diensteinheit. Dann las ich den Bericht. Willy schien unentschlossen und wusste wohl nicht, ob er lachen oder Maßnahmen zur Klärung des Vorfalles vortragen sollte. Das will bei Willy etwas bedeuten. Trotzdem peinlich! – Die Personenbeschreibung ... ich wusste sofort, dass du da beschrieben worden bist. Ach was, ich lese sie dir vor! Geben darf ich dir den Bericht nicht. Geht auch schneller, wenn ich vorlese! Der Alte will, dass wir bis morgen früh Stellung beziehen.«

»Oh Gott!« dachte ich. »Stellungnahme!« Volker sagte immer Stellung beziehen.

Gegen das Wort Stellungnahme hatte ich eine sonderbare Aversion. Es ging ja nicht darum, eine Stellung zu beziehen, sondern darum, eine Stellung aufzugeben. Das aber war gar nicht so einfach. Die Gefahr war groß, sich durch eine unbefriedigende Stellungnahme mehr zu belasten, als es durch den zu behandelnden Vorfall selbst geschehen war. Die Auswirkungen konnten weitgreifender sein, wenn der Reuebericht nicht so abgefaßt war, dass damit die Angelegenheit schnell und endgültig zu den Akten und ins Archiv gelegt werden konnte. Von Volker wusste ich, dass ein mehrmaliger Marsch einer Stellungnahme durch die Leitungsebenen zerfleischend, ja tödlich für jede Beförderung sein konnte. Da war es schon besser, so zu schreiben, dass man ein Lob dafür erhielt, wie parteilich man doch mit sich ins Gericht gegangen war. Wichtig war auch, diejenigen abzusichern, die das Dokument zuerst lesen und weitergeben mussten.

Ein Bild erschien vor meinen Augen: Ich stand auf dem Hof, nackt, und Asche rieselte mir aufs Haupt.

Mein Vorfall war aber ein besonderer, und ich war mir sicher, alle, die davon erfahren, werden denken: Mein Gott, ist der doof. Sylvia, niedlich und anschmiegsam? Ich hätte die wenigstens mal richtig rangenommen, die Kleine! Sagen würde das natürlich keiner. Höchstens Volker, irgendwann mal, wenn offiziell Gras über die Sache gewachsen war.

Jetzt kramte der in seiner Aktentasche, holte drei Seiten heraus und las sie mir vor: »Bla, bla, bla … alles die Personenbeschreibung zu einem ›westdeutschen Künstler‹, Zeit und Ort des Kontaktes usw. Jetzt aber … hör zu … jetzt wird es interessant: Im Gespräch erfuhr ich, dass es sich bei dem Zielobjekt – das wärest dann du – um einen Honorarempfänger handelt. Er trinkt Kognak. Sagte aber auch, dass er gern Sekt trinkt. Und er legt Wert darauf, dass sein Name Friederich richtig ausgesprochen wird. Ich hielt es deshalb für angebracht, das Objekt auch außerhalb des Hotels unter Kontrolle zu halten. Trinkgeld hat er in DM-West gegeben. Schon beim Tanzen merkte ich, dass er vorhatte, recht schnell zur Sache zu kommen. Was das Reden betraf, war er misstrauischer. Er sagte nicht einmal, woher er kommt. Immer sollte ich das erraten. Erst im Auto (Taxi) konnte ich ihn überlisten. Er kommt aus Hamburg. Dann fuhren wir zur Wohnung des bekannten Künstlers F. Gänsekiel. Den Namen entnahm ich dem Namensschild. Das Objekt tat sehr geheimnisvoll. Nicht einmal der Taxifahrer sollte wissen, wo er übernachtet. Alles Anzeichen, dass er hier illegal wohnt.

Welche Kunst der Honorarempfänger selbst betreibt, hat er nicht verraten oder eben nicht so genau. Die Gegend und das Haus waren gefährlich. Ich folgte ihm trotzdem. Er verschwand im vierten oder fünften Stock und besaß einen eigenen Schlüssel zur Wohnung des Künstlers F. Gänsekiel. Mehr konnte ich über ihn nicht in Erfahrung bringen. Je später es wurde, umso betrunkener war dieser Friederich. Die Lichtschalter in Treppenflur des Hauses sind rechts.

Geld oder Geschenke habe ich keine erhalten. Ich habe mich bemüht, aber eine richtige neue Verabredung ist nicht entstanden. Bla, bla, bla! Nachsatz: Dass es sich um einen BRD-Bürger handelte, konnte ich der Tatsache entnehmen, dass er öffentlich ein Westkondom vorzeigte.«

Wir konnten uns beide das Lachen nicht verkneifen.

Doch dann mahnte Volker: »Trotzdem, Frieder ... irgendetwas braucht der Alte, ein paar Sätze, eine Seite wenigstens! Stellungnahme, parteilich! ... Und ... also ... nicht ausgeschlossen, dass dein Junggesellendasein bald zum Sicherheitsrisiko erklärt wird!«

Zwei Wochen später lernte ich den Genossen Johannes im Haus am Stadtrand kennen. Die Tür zum

Beratungszimmer, in dem Willy, Volker und ich saßen, öffnete sich, ohne dass angeklopft worden war. Ein Mann, groß gewachsen, dass er sich intuitiv unter jeder Tür bückte, von schwergewichtiger Figur, füllte den Türrahmen aus. Volles, durchgehend ergrautes Haar. Sein Blick traf mich, ein ehrlicher, neugieriger Blick, der nicht verhehlte, dass er auf der Stelle alles über mich erfahren wollte, was er noch nicht wusste. Etwas Seltsames ging in mir vor. Seine lächelnden Augen boten Vertrauen an, eine Art sofortiges Vertrauen, dem nur schwer zu widerstehen war.

Willy und Volker hatten sich erhoben und standen unbeweglich vor ihren Sesseln, ich tat es ihnen nach, irgendwie automatisiert.

Der große Mann schritt auf mich zu und sagte mit seiner markanten, tiefen Stimme: »Unser Frieder also!« Mehr nicht. Er musterte mich noch immer, ganz unverhohlen und wohl überzeugt, dass es ihm zustehe, mit aller Ruhe und Gewissenhaftigkeit im Gesicht anderer zu lesen. Er nahm ganz selbstverständlich an, dass ich wissen müsste, wer er war, denn er stellte sich nicht vor. Dennoch – ich hatte sofort Vertrauen zu ihm.

Missmutig über die ausdauernde Förmlichkeit forderte er mit einer Handbewegung auf, dass wir uns doch setzen sollten. Willy folgte der Aufforderung, während es Volker, nervöser als gewöhnlich, vorzog, Kaffee einzugießen. Ich wartete, bis die forschenden Blicke meines Gegenübers mein Gesicht verlassen hatten, und nahm ebenfalls Platz.

Auf der Fahrt zum Stadtrand hatte ich noch die Befürchtung gehabt, die Beratung habe den Zweck, meine Stellungnahme zum Vorkommnis »Sylvia«, wie Volker meine nächtliche Begegnung ins Dienstdeutsch übersetzt hatte, zu analysieren. Natürlich auch, um Willy die

Möglichkeit zu geben, mein tadelnswertes Handeln in die sich verschärfende Klassenkampfsituation einzupassen.

Mit seinen drei Worten »Unser Frieder also!« hatte Johannes diese Sorge einfach in Luft aufgelöst. Auch meine Unzufriedenheit in den letzten Wochen, über deren Gründe in der Beratung zu sprechen ich mir vorgenommen hatte, war wie weggeblasen. Und noch etwas geschah mit mir. Ich hatte plötzlich das Gefühl, meine Arbeit im Nachrichtendienst beginne nun erst richtig. Dieses Gefühl sollte mich nicht betrügen.

Ich glaubte, mich verhört zu haben, aber Johannes hatte tatsächlich ohne jegliche Einleitung gesagt: »Dein nächster Einsatz wird dich für mehr als sechs Monate nach Australien führen.«

Er hatte das so gesagt, dass es für mich unumstößlich war. Ich fragte nichts. Ich spürte seinen Blick. »Australien! Australien! Australien!« ging es mir durch den Kopf.

Eine richtige Aufgabe würde mich erwarten, dazu eine, bei der sich einer meiner Jugendträume erfüllen sollte. Australien, ich hätte nicht mehr zählen können, wie oft ich in Gedanken schon dort gewesen war. »Endlich eine richtige Aufgabe! ... Und dazu Australien!« raste es immer wieder durch meinen Kopf.

Drei Monate später, im September, sollte es losgehen. Im australischen Frühling, dachte ich, und meine Gedanken wanderten davon.

Einmal hatte ich während einer Reise in die Schweiz einen Bericht über Australien gelesen. Ein Mann beschrieb seine Fahrt mit dem Landrover von Sydney nach Adelaide. Sein Bericht hatte mich begeistert. Nun saß ich in Gedanken selbst hinter dem Steuer des Geländewagens, hatte mich an den Linksverkehr gewöhnt, und die

Weite lag vor mir, ich fuhr zuerst ein Stück nach Norden in die Blue Mountains, dann westwärts. Zwar sagte mir die Erfahrung aus meinen bisherigen Reisen, dass es ja doch anders kommen würde, in meinen Gedanken fuhr ich immer weiter. Auch als mein Auftrag präzisiert wurde, hörte ich nicht auf zu träumen. Wichtig war jetzt vor allem, mich mit Land und Leuten zu befassen. Also ließ ich meine Gedanken auch durch Sydneys Woolloomooloo schweifen und durch die Outbacks touren.

In den folgenden Wochen studierte ich alles, was ich über Australien auftreiben konnte. Offiziell schrieb ich eine Ausarbeitung über die Ansiedlung von Deutschen auf diesem Kontinent.

Ich träumte, obwohl ich genau wusste, es würde anders werden, schon bei der Beratung des exakten Reiseplans, träumte, als wäre ich allein derjenige, der zu bestimmen hätte, wie diese Reise verlief. Ein wunderbares Gefühl. Jedes Flugzeuggeräusch am Himmel zog meinen Blick an. Ich war froh darüber. Mein Fernweh war zurück, frisch, als wäre nie etwas davon verbraucht gewesen. Die Zeit roch nach Abenteuer, ganz wunderbar nach Abenteuer.

Tage voller Begeisterung für die Aufgabe. Kein Gedanke mehr an schnell wirkende Therapien gegen Budenkoller. Auch die junge Frau mit den blonden Haaren und ihrem Söhnchen konnten meinem Arbeitseifer nichts anhaben. Es gab nur ein Problem: Die Zeit bis zur vorgesehenen Abreise kam mir jeden Tag länger vor, statt dass sie sich verkürzte.

Gut acht Wochen vor dem ersehnten Termin jedoch trat ein Ereignis ein, das meine Reise plötzlich in ein ganz anderes Licht tauchte.

Auf der Fahrt zum konspirativen Objekt blieb Volker ungewöhnlich schweigsam. Also hatte Willy ihm ausdrücklich verboten, mir im Voraus zu sagen, was mich erwartete. Gewöhnlich stimmte Volker mich auf die Begegnungen mit ihm ein. Das war nützlich für uns beide, denn mein Ansehen bei Willy war bedeutsam auch für Volkers Ansehen bei ihm.

»Sag bloß, aus dem Einsatz in Australien wird nichts?« bedrängte ich ihn.

Volker beruhigte mich, dann schwieg er grinsend. Erst als wir auf das Grundstück fuhren, murmelte er etwas vor sich hin, wovon ich nur verstand, dass wir nicht allein sein würden.

»Da ist er ja, unser Eroberer des fünften Kontinentes!« rief Willy aus, als ich in der Tür zum Besprechungszimmer stand. Seine Stimme klang heiter, gekünstelt heiter. Noch nie hatte der sonst so überaus sachliche und nüchterne Willy mich auf so scherzhafte Weise begrüßt. Der offensichtliche Grund dafür saß neben ihm auf der Couch: eine junge Frau.

Ich sah sie an. Und auch ihre schwarzen Augen begannen sofort an mir herumzusuchen. Sie verwirrte mich. Ihr Lächeln, die Eleganz ihrer Kleidung, der Stolz in ihrer Haltung. Sie verstand es, sich zu präsentieren. Alles an ihr harmonierte, selbst die moderne Sonnenbrille, die sie über der Stirn ins Haar geschoben hatte, obwohl es dafür an diesem Nachmittag keinen Bedarf gab. Die Frau erinnerte mich an die Nobelboutiquen in Rom und Mailand. In den Straßen dort hatte ich Frauen gesehen, bei denen von der Kleidung über die Frisur bis zur Kosmetik, ja sogar bis zum Auto alles perfekt aufeinander abgestimmt war. Die junge Frau, die da so eng neben Willy saß, passte auch ganz und gar nicht in dieses höchst zweckmäßig eingerichtete Zimmer, auch nicht recht zu dem fremden Mann, der in dem Sessel neben ihr saß, und noch weniger zu Willy mit seinem längst aus der Mode gekommenen schmalen Lederschlips und seinem Alltagsblouson.

Ihr Alter schätzte ich beim ersten Anblick ohne schmeichelndes Wohlwollen auf fünfundzwanzig. Später korrigierte ich mich. Ihre Sprache, ihre Gesten, ihr Lächeln, die Souveränität ihres Auftretens und ihre Kleidung machten es fast unmöglich, ihr Alter zu schätzen. Sie gehörte zu jenem Typ Frau, dessen exaktes Alter man besser einem offiziellen Dokument entnimmt. Bald hatte ich Gelegenheit dazu und erfuhr: Nur wenige Tage bevor wir uns kennenlernten, war sie dreiunddreißig geworden.

Ich muss wohl für einen Augenblicke überrascht an der Tür stehen geblieben sein, ein wenig hilflos auch.

Die junge Frau stand auf und kam auf mich zu, zur Verwunderung aller Anwesenden. Im Zimmer war es plötzlich still, so still, dass man trotz des dicken Teppichbodens den Klang ihrer Absatzschuhe hörte. Wir standen uns gegenüber. Sie war sehr nah an mich herangetreten, als wolle sie sich gleich vorbeugen und mir etwas zuflüstern oder mich mit einem Kuss auf die Wange begrüßen, wie ich es in südeuropäischen Ländern öfters beobachtet hatte.

Wir schauten uns in die Augen. Seit diesem Moment weiß ich mehr über die Dauer des Bruchteiles einer Sekunde. Unendlich lang kann der sein und sehr bedeutsam.

»Ich bin Cornelia«, sagte sie schließlich und errötete ein wenig. Dessen war ich mir sicher. »Frieder«, murmelte ich.

Wie unter Konspirativen üblich, gab ich nur meinen Vornamen preis. Jeder von uns wusste, dass der andere in Wirklichkeit nicht den Familiennamen hätte, den er jetzt sagen würde. Und sie musste in diesem Kreis logischerweise in die Konspiration einbezogen sein.

Ihre Augen fragten etwas. Ich verstand die Frage nicht, antwortete nicht. Überhaupt wusste ich mit der Situation nichts anzufangen. Sie präsentierte sich, das war gewiss. Ihre forschenden Augen drangen weiter in mich ein, erwarteten eine Erklärung. Doch ihr Blick verwirrte mich nur.

Willy nahm der Situation die anwachsende Spannung.

»Der neuzeitliche Eroberer des fünften Kontinents!« wiederholte er seine lockere Begrüßung von eben.

Cornelia schaute mich noch immer an, dann setzte sie sich auf die Couch zurück. Mir schien, sie war enttäuscht. Ich begrüßte die anderen Anwesenden und setzte mich ihr gegenüber. Plötzlich kam sie mir irgendwie bekannt vor. Irgendwo hatte ich das Gesicht schon einmal gesehen. Sicher war ich mir nicht.

»Wir sprechen gerade über Australien. So weite Reisen müssen gut vorbereitet sein!«

Willys Stimme holte mich in das Zimmer zurück.

Volker und der andere Mann, der sich als »Bernd« vorgestellt hatte, bestätigten Willys simple Ansicht kopfnickend. Cornelia aber musterte mich immer noch. Ganz ungehemmt tasteten ihre Blicke mich ab.

Ich schaute interessiert zu Willy, in Wirklichkeit aber versuchte ich mich zu erinnern, wo ich diese Frau schon einmal gesehen hatte. Vergeblich. Ich schaute zu ihr hin, sah ihre schlanken Beine, ihren schmalen Oberkörper mit den mädchenhaften Brüsten. Ihr dunkles Haar war am Hinterkopf zu einem Knoten gelegt, den eine große

Spange aus Holz zusammenhielt. Nur ein paar dünne Löckchen fielen heraus. Schließlich das schmale Gesicht mit den dunklen, fast schwarzen Augen, die alles aufzusaugen schienen, worauf sie schauten.

Ich begann mich in diese Frau zu verlieben.

Willy hatte begonnen, die internationale Lage zu erörtern. Ob Australien in seinen Ausführungen eine Rolle spielte, weiß ich nicht. Ich hörte nicht zu. Ich durchforstete meine Erinnerungen und starrte Cornelia an. Wo nur hatte ich diese Frau schon einmal gesehen?

Später, als das Rätsel gelöst war, habe ich mir vorgestellt, wie gespannt die anderen im Zimmer gewesen sein mussten. Die hatten dort gesessen, hatten Kenntnis von Zusammenhängen gehabt, die ich nicht einmal hätte vermuten können, und hatten uns genau beobachtet.

Ich aber war ungeduldig. Am liebsten hätte ich Willy unterbrochen und ihn gefragt, was diese Cornelia und der Mann in dem Sessel mit meiner bevorstehenden Reise zu tun hätten.

Meine Aufgabe kannte ich. Dort in Australien sollte ich eine komplette Personaldokumentation erarbeiten, mit der ein Kundschafterehepaar während eines langjährigen Aufenthaltes in der Bundesrepublik leben konnte. Oder, wie Willy es ausdrückte, ich sollte zwei deutschen Namen Stück für Stück australisches Leben einhauchen, und zwar so umfassend, dass niemand je an der Herkunft der beiden zweifeln würde, wenn sie diese Dokumentation für ihre Einschleusung und ihren Aufenthalt im Operationsgebiet Bundesrepublik nutzen würden.

Natürlich hatte ich gefragt, warum das Ehepaar das nicht selbst erledigen würde. Damals hatte Willy meinen logischen Einwand zurückgewiesen. Diese Leute dürften unter keinen Umständen der Gefahr einer vorzeitigen Dekonspiration ausgesetzt werden.

Ich vermutete nun, Cornelia und dieser Bernd wären dieses Ehepaar und begann darauf zu achten, wie sie sich zueinander verhielten. Das Ergebnis stand schnell fest. Nein, die beiden gehörten so nicht zusammen. Keine Spur von Intimität, nicht in Gesten, nicht in Blicken, nicht in Worten.

Irgendwie freute mich das.

Cornelia lächelte, als sich unsere Blicke trafen.

Willy war in seinem Element, er erläuterte immer noch das Weltgeschehen, umso eindringlicher, je mehr Volker und Bernd zustimmend nickten.

Ich bot Cornelia eine Zigarette an. Eigentlich hatte ich erwartet, sie würde sich zur Nichtraucherin erklären, ihrer Gesundheit und ihres Teints wegen. Doch sie zögerte, bewegte ein paarmal ihre schlanken Finger unschlüssig über der Zigarettendose und schaute mich erneut so fragend an, ehe sie bedauernd den Kopf schüttelte. Auch Bernd lehnte ab. Ich brannte mir eine Zigarette an. Cornelia kramte in ihrer Tasche und zog eine Schachtel mit dünnen Zigarillos heraus. Sie bat lächelnd um Verständnis, dass sie ihre gewohnte Sorte rauchen wollte. Eilfertig griff ich nach den Streichhölzern, erhob mich, beugte mich ein wenig zu ihr hin, wohl etwas ungeschickt, sie fasste mit beiden Händen nach meiner Hand, hielt sie fest, schaute mir in die Augen, dann brachte sie die züngelnde Flamme in die richtige Stellung und entzündete ihr Zigarillo. Ich bildete mir ein, dass sie meine Hand länger festhielt, als es nötig war.

Wieder fragte ich mich, wo ich diese Augen schon einmal gesehen hatte.

Also beobachtete ich sie weiter. Sie merkte es, schien nichts dagegen zu haben. Erneut führten mich meine Gedanken nach Rom und Mailand. Oft hatte ich mich dort in den vornehmen Geschäftsgegenden aufgehalten, um die offenen Zeiten während meiner Aufenthalte zu überbrücken. Die Auslagen hatten mich kaum interessiert, die Menschen umso mehr. Irgendwie fühlte ich: Dort würde sie hinpassen.

Willy redete und redete. Gerade zählte er Mittelstreckenraketen und strategische Bomber auf beiden Seiten der Grenze ab. Volker kam seiner Aufgabe als Kellner nach. Da bemerkte ich, wie vertraut er mit Bernd umging und wie verstohlen und neugierig er Cornelia musterte, wenn es die Situation erlaubte. Nun schlussfolgerte ich und war mir dabei fast sicher: Cornelia musste eine konspirative Mitarbeiterin unseres Dienstes sein. Bernd war ihr Führungsoffizier, wie Volker der meine war.

»Die Genossin Cornelia ist trotz ihrer Jugend eine anerkannte Australienexpertin«, hörte ich Willy sagen und zuckte zusammen. »Sie wird dir helfen, Frieder, deinen Einsatz vorzubereiten.«

Ich traute meinen Ohren nicht. Und endlich kam mir die Erinnerung.

»Stadtbibliothek Breite Straße?« rief ich, schlug mir gegen die Stirn, schaute Cornelia an, und deutete lachend mit den Finger auf sie.

Sie nickte, lächelte und antwortete: »Endlich! Ich dachte schon ...«

Jetzt schickte mir mein Gedächtnis die richtigen Bilder. Natürlich, zuerst war sie mir unter den Studentinnen aufgefallen, die dort im Lesesaal gearbeitet hatten. Dann war sie ungewöhnlich oft an mir vorbei zu den Regalen der Handausleihe gegangen.

Doch etwas war heute anders an ihr. Natürlich, die Frisur. Es fehlte die Locke, die auf ihrer Stirn gependelt hatte. Heute war die Stirn frei, und der geflochtene Zopf war zu einem Knoten hochgesteckt. Aus der kessen Studentin war eine strenge, wenn auch sehr attraktive Geschäftsfrau geworden.

Nicht nur an dem einen Tag hatte ich sie in der Bibliothek gesehen. Einmal waren sich unsere Blicke sogar begegnet. Der Bücherstapel, den sie auf ihren Armen trug, war ins Rutschen gekommen, gerade als sie an meinem Tisch vorbeiging. Ein Buch war herabgefallen, ich war aufgesprungen, hatte es aufgehoben und auf den Stapel zurückgelegt. Ihren Dank hatte ich gar nicht abgewartet, und mich sofort wieder zu meinen Büchern gesetzt.

»Ihr kennt euch?« rief Willy mit gespielter Überraschung, lächelte zustimmend zu seiner Nachbarin hin, informierte dann aber weiter in sachlichem Ton über den Grund unseres Zusammentreffens.

Cornelia werde im persönlichen Verbindungswesen eingesetzt, gewissermaßen als Instrukteur der Zentrale. Sollte ich in Australien, aus welchen Gründen auch immer, Hilfe benötigen, würde sie reisen und dort mit mir Kontakt aufnehmen. Aus diesem Grunde sollten wir meinen Einsatz weiter gemeinsam vorbereiten.

Schon am nächsten Tag trafen wir uns wieder. Cornelia hielt sich streng an die Regeln der Konspiration. Zu ihrer Person und aus ihrem Leben erfuhr ich kaum etwas. Ich spürte ihre Sympathie. Jeden Vorschlag aber, uns außerdienstlich zu treffen, lehnte sie ebenso charmant ab, wie sie meinen vagen Versuchen, ihr körperlich näher zu kommen, lächelnd auswich.

Mir fiel es schwer, meine Verliebtheit zu verbergen. Einmal gestand ich ihr, mich gar nicht mehr so richtig auf den Beginn des Einsatzes zu freuen. Sie ahnte meinen Grund und ließ mich nicht ausreden, sondern tröstete mich. Das werde sich bestimmt bald wieder ändern.

Ich fasste den Entschluss, mich ihr zwei, drei Tage vor meiner Abreise ganz offen zu erklären und mir bis dahin Mühe zu geben, sie nur als Mitstreiterin und frei von jeglichen persönlichen Gefühlen zu behandeln.

Etwa zehn Tage vor Reisebeginn musste ich nach Westberlin fahren, um meinen Flug zu buchen. Nicht Volker, sondern Willy kam und übergab mir die notwendigen Unterlagen. Er schmunzelte, war gut gelaunt und machte es spannend. Jedes Dokument, das ich für die Fahrt nach Westberlin und die Buchung des Ticket benötigte, schob er mir einzeln über den Tisch, noch dazu in eigenartiger Reihenfolge: Zuerst die Nummer des Decktelefons in Westberlin für eventuelle Rückfragen des Reisebüros. Ich prägte mir die Nummer ein. Dann das Geld. Ich zählte nach, wunderte mich über die unerwartet hohe Summe, quittierte jedoch kommentarlos. Danach übergab er mir das Dokument für die Grenzschleusung. Ich ordnete alles wie gewohnt. Zum Schluss schob er mir zwei Reisepässe über den Tisch.

Ich zuckte, aber wohl kaum merklich, und ich bin mir nicht sicher, ob Willy das registrierte. Obwohl er mich beobachtete und offensichtlich erwartete, dass ich für den zweiten Pass eine Erklärung fordern würde. Auch sonst ließ er keinen Blick von mir.

In diesen Moment wusste ich, meine in den vergangenen Wochen als unwahrscheinlich verworfene Vorahnung würde doch Wirklichkeit. Ich musste meine ganze

Kraft einsetzen, um meine Gefühle zu verstecken. Also schaute ich Willy an und wie das Selbstverständlichste auf der Welt legte ich den zweiten Pass auf den ersten, ohne ihn anzusehen.

»Es sind zwei Pässe!« erklärte Willy.

Ich zuckte mit den Schultern, tat, als würde ich ganz und gar nicht verstehen, warum er zu Selbstverständlichen nachfragt.

»Willst du nicht hineinschauen?«

»Warum?«

»Zwei Pässe, Geld für zwei Tickets! Interessiert dich nicht, wer da noch ...?«

»Ja, warum?«

»Also, Frieder! Möchtest du nicht wissen ...?«

»Wieso? Ich versteh nicht, Conny soll doch sicher nicht mit dem Schiff fahren?« pokerte ich.

Willy schaute mich zunächst prüfend an, dann erwiderte er langsam: »Na ... wenn ihr euch schon einig seid, dann ist ja alles gut!«

Ich spürte, dass er gerne Fragen gestellt hätte. Doch das verkniff er sich.

»Buch die Flüge! Dann reden wir ausführlich! Und bedenkt: Die Dokumentation dieses Ehepaares ...«, er tippte mit dem Finger auf die beiden grünen Pässe, »ist nicht ganz ohne. Goldstaub, wenn du so willst. Dir brauche ich nicht zu sagen, wie kompliziert es ist, saubere und belastbare Personaldokumente zu beschaffen.«

Für Willy schienen die mit der gemeinsamen Reise verbundenen Probleme zunächst erledigt. Für mich keinesfalls. Es sollte also so sein. Cornelia und ich gemeinsam für sechs Monate unterwegs, am anderen Ende der Welt.

In mir begann es zu brodeln.

Als Willy aus dem Zimmer gegangen war, schlug ich die Pässe auf. Der erste war auf mein Reisepseudonym ausgestellt: Nicolaus Schneider. Der zweite Pass auf Elisabeth Schneider.

Als Ehepaar!

Ich lehnte mich zurück und atmete tief durch.

Als Eheleute also ...!

Ich schlug Cornelias Pass noch einmal auf. Natürlich, sie hatte ihn bereits unterschrieben. Musste sie ja.

Ernüchtert stellte ich in Gedanken fest: Also hat sie das alles schon längere Zeit gewusst, wahrscheinlich schon bei unserer ersten Begegnung! ... Ich bin ihr also zugeordnet worden!

In diesem Moment wusste ich nicht recht damit umzugehen. Heute glaube ich, für einen Moment war ich sogar beleidigt. Doch dann befriedete eine andere Einsicht den Wirrwarr meiner Gedanken. Sie hatte ja zugestimmt! Sie hatte sich dafür entschieden. Auch sie wollte ein halbes Jahr mit mir nach Australien reisen, als Ehemann und Ehefrau. Auch wenn Namen und Familienstand vom echten Ehepaar Schneider nur geliehen waren. Ohne deren Wissen und Zustimmung.

Willy kam zurück. Ich war mir sicher, er hatte mit dem Genossen Johannes telefoniert und ihm mitgeteilt, dass ich keine Einwände hatte, mit der Genossin Cornelia zu reisen.

»Und wie nun weiter?« provozierte ich, um ihm die Initiative zu nehmen und ihn an seine Moralpredigt zu erinnern, die er mir vor nicht allzu langer Zeit, nach meinem Versuch, mich selbst zu therapieren, gehalten hatte.

»Was weiter?« fragte er zurück.

»Wenn ich die Tickets geholt habe?«

Er überlegte ungewöhnlich lange, suchte eine unverfängliche Formulierung. Er wusste genau, was ich wissen wollte, aber auch, dass er mir in diesem Moment nicht mit Phrasen kommen durfte.

»Also, wenn man es so nimmt ... es ist doch ... ich will mal sagen ... dann ist es doch nur natürlich, dass sich zwei junge Leute, die ihr nun mal seid ... also ... und unterschiedlichen Geschlechts, also, zwei junge Leute ... dass die sich näher kommen, wenn sie so lange gemeinsam auf Reise sind ... Also, davon gehen wir aus!«

Willy hatte richtig gemutmaßt. Unser Einsatz verlief nach seiner Planung. Cornelia und ich fanden in jeder Beziehung schnell zu einander und in einer unkomplizierten Selbstverständlichkeit, so als wären wir schon jahrelang in einander verliebt und nur die Einhaltung strenger moralischer Normen hätte uns bisher davon abgehalten, einander ganz zu finden. Das junge Ehepaar auf seiner ersten gemeinsamen großen Reise, das spielten wir perfekt und ohne Mühe. Und wir fühlten uns so. Auch unsere umfangreiche, wenn auch nicht sehr komplizierte Aufgabe lösten wir Stück für Stück erfolgreich. Ich war glücklich.

Etwa nach der Hälfte der vorgesehenen Zeit reisten wir für zwei Wochen nach Neuseeland. Das war notwendig, da wir für Australien nur in Besitz von Touristenvisa mit dreimonatiger Gültigkeit waren.

Dort fragte mich Conny, ob ich mir vorstellen könne, auch nach diesem Einsatz weiter mit ihr als Ehepaar zu leben.

Wir beschlossen, noch im gleichen Jahr zu heiraten.

Wiedersehen mit Maria

Maria hatte nie mehr an meiner Tür geklingelt. Auch unsere zufälligen Begegnungen in der Universität waren seltener geworden und nach Monaten ganz ausgeblieben. Ich fragte nach und erfuhr von ihrer Exmatrikulation. Sie erwartete ein Kind. Mit dem Vater, einem angehenden Zahnarzt, war sie in ein Dorf in die weitere Umgebung von Berlin gezogen.

Es vergingen acht Jahre bis wir uns wiedersahen.

Ein paar Wochen nach unserer Rückkehr aus Australien, Conny bereitete eifrig unsere Hochzeit vor, verspürte ich ein so starkes Bedürfnis, mit Maria zu sprechen, dass ich eine gemeinsame Bekannte bat, sich mit Maria zu verabreden und das vereinbarte Treffen dann mir zu überlassen.

Ich war sehr aufgeregt, als ich die Friedrichstraße entlang ging, hin zum Restaurant »Sofia«, wo Maria nichtsahnend auf unsere gemeinsame Bekannte wartete.

Bevor ich das Restaurant betrat, sah ich durch die großen Fensterscheiben. Ich entdeckte sie sofort. Maria saß allein am Tisch, hatte ein aufgeschlagenes Buch vor sich, gelegentlich hob sie den Kopf und beobachtete für einen Moment die Eingangstür.

Ich setzte einen angestrengten Blick auf, wollte einen sehr geschäftigen Eindruck erwecken, als ich das Lokal betrat. An der Tür blieb ich stehen, schaute mich um, so als könne ich mich nicht recht für einen mir angenehmen Platz entscheiden, und wartete, bis Maria wieder den Kopf hob. Unsere Blicke trafen sich, sie erkannte mich sofort und erschrak. Doch gleich gestikulierte sie, als könne ich sie übersehen und mich an einen anderen Tisch setzen oder das Restaurant wieder verlassen. Ich ging auf sie zu, tat überrascht, sie lächelte und schüttelte den Kopf, als könne sie den Zufall nicht fassen. Ihre Freude war ehrlich, das spürte ich, und ich war glücklich darüber. Wir umarmten uns. Maria drückte mich so fest an sich, dass wir anderen Gästen auffielen. Sie sah mich immer wieder ungläubig an und fiel mir noch einmal um den Hals.

Als die erwartete Bekannte nicht kam, schaute sie mich erst skeptisch, dann prüfend an, als ob sie das Spiel durchschaut hätte.

Nun saß ich also »meiner Maria« wieder gegenüber. Die Wiedersehensfreude wollte nicht aus unseren Gesichtern weichen. Wir schwiegen lange und holten nach, was wir vor Jahren versäumt hatten. Wir würdigten das kleine Stück gemeinsamer Vergangenheit, ohne etwas davon zu beschädigen. Ich war froh, die Begegnung mit ihr gesucht zu haben.

Maria hatte sich äußerlich sehr verändert, sie war jetzt viel mehr lebenstüchtige Frau und viel weniger die schüchtern wirkende Studentin von einst. Ich schaute auf ihre gepflegten Hände. Damals, als wir uns verliebt hatten, hatte sie geschimpft, weil die Haut ihrer Hände vom Kartoffellesen so rau geworden war. Die strenge Frisur von damals war glattem, lang über die Schulter fallendem Haar gewichen, und es schien ihr nichts auszumachen, dass manche Strähne nicht so lag, wie sie sie am Morgen gekämmt hatte. Ihr Blick war mir vom ersten Moment unserer Begegnung an wieder vertraut. Maria war gesprächiger geworden.

Sie erzählte von ihren vier Kindern, die sie in den letzten Jahren geboren hatte, von dem Dorf, in dem sie lebte, ihrer Arbeit in einer Bibliothek, von ihren Zukunftsplänen, ihrem Fernstudium. Ihren Mann erwähnte sie mehr beiläufig, so als müsse sie mich mit diesem Thema verschonen.

Maria war glücklich. Sie hätte nichts erzählen müssen, man sah ihr an, wie sie das Leben bejahte, und sie nutzte unsere Begegnung nach Kräften aus, mir das zu zeigen. Ich hingegen kam seit Wochen nicht aus dem Grübeln heraus, dachte nach über mich, über meine Arbeit, meine Art zu leben, meine Vorstellungen von der Zukunft – und ob ich Cornelia wirklich heiraten sollte.

»Dir fehlt die Freude am Tag!« hätte meine Mutter gesagt.

Seit dem Abschluss meines Studiums waren mehr als sechs Jahre vergangen. Eine viel zu erlebnisreiche Zeit, als dass es mir in den Sinn gekommen wäre, sie zu bilanzieren.

Maria erzählte und erzählte. Sie erzählte mir nichts als gewöhnliches Leben, und es interessierte mich. Nicht nur, weil es meine Maria erzählte. Sie sprach von ihrem Glück und ihrem Unglück. Und sie teilte sich einfach mit, ohne Bedenken, sich etwas zu vergeben. Und sie ließ mich spüren, dass sie mich für würdig hielt, ihr Leben zu erfahren, vor allem ihr Glück.

Maria, das junge Mädchen, das sich gern bei dem erfolgreichen, durch Lob und Anerkennung verwöhnten Studenten Gänsekiel angelehnt hatte, schien jetzt die Schwierigkeiten des Lebens zu lieben, ja sogar zu brauchen, um daraus ihr Glück zu formen. Ich verstand: sie wollte einfach leben, nach ihrer Art und ihren Vorstellungen. Ich begann sie zu beneiden. Jede Alltäglichkeit hatte für sie Bedeutung. Hätte nicht sie es gesagt, ich hätte vielleicht darüber gelacht: Welch ein Erfolg! In ihrer Dorfbibliothek war unter ihrer Leitung die Zahl der Kinder, die regelmäßig Bücher ausliehen, fast um die Hälfte gestiegen. Zwei Drittel der Dorfkinder kamen zu ihr und fragten sie bei der Buchauswahl um Rat. Mein Gott, hast du Probleme, hätte ich über jeden anderen abschätzig geurteilt.

Ich suchte nach etwas, womit ich das Gefühl aufkommenden Neides hätte ersticken können.

Ich musterte verstohlen ihre Figur. Meine Augen suchten ihre Brüste, die ich so oft liebkost hatte. Sie spürte meine Blicke und schaute mich an. Ich wurde verlegen.

Maria schwieg. Ich wusste nicht, wie ich das Gespräch fortsetzen sollte.

Sie aber rückte ihre Brille nach oben und sagte lachend: »Deine Blicke brauchen dir nicht peinlich zu sein, Frieder! Ich bin dicker geworden, ich weiß. Jeder zahlt einen anderen Preis für sein Glück! Unbedeutend für mich, wirklich! – Nein, jetzt habe ich geschwindelt. Aber es macht mir immer weniger aus.«

»Entschuldige, Maria, aber ich fand es eben immer so schön, wenn wir zusammen ...« Ich versuchte, ehrlich zu sein, vermied es aber, den Satz zu beenden. Sie sagte offen heraus: »Ich hab auch gerne mit dir geschlafen, es war schön.«

»Aber?«

»Nein, Frieder! Bitte kein Aber, kein: Was wäre, wenn wir beide? Ich mag solche Reden nicht.«

Maria hielt den Blick gesenkt. Sie schaute auf den Tisch. Ihre Hände drehten die Kaffeetasse. Dann hob sie den Kopf und sagte: »Mein bescheidenes Resümee, Frieder: Lass dem Leben sein Leben! Es weiß, was es will! Versteh mich. Jedem, wie er es will! Ich weiß, Frieder, du kannst dem nicht zustimmen. Bitte keinen Protest! Heute nicht! Auch keine philosophische Predigt, oder eine ideologische gar!«

Natürlich schwieg ich.

Nur einen Moment schaute Maria nachdenklich zum Fenster, dann kehrte ihr Blick zurück und öffnete sich weit.

»Weißt du was, Frieder ...« Sie überlegte, ob sie mir anvertrauen sollte, was ihr im Kopf herumging.

»Du sollst es zuerst erfahren! Ich war heute Morgen beim Arzt. Du musst wissen, bei meiner vierten Schwangerschaft hatte es Probleme gegeben. Aber mein Fünftes«, sie zeigte auf ihren Bauch, »das kann ich zur Welt bringen, ohne Probleme befürchten zu müssen.«

Ich dachte: Wahnsinn, fünf Kinder! Und war mit diesem Gedanken überfordert. Aber ich spürte plötzlich, wie jämmerlich meine Ansicht war und wie er Maria beleidigte.

»Freust du dich?«

»Na, hör mal!« protestierte sie. »Hast du etwas dagegen? Nimm dich in acht! Ich habe den Status »kinderreich«. Du darfst nichts dagegen haben. Deine Partei fördert so etwas. Wir Kinderreichen reden nicht nur, wir erfüllen wenigstens unseren Teil der Parteiprogramme. Wenn das alle ... nein, ich hör schon auf!« Sie lachte und fügte hinzu: »So Ledige und Kinderlose, wie du wahrscheinlich einer bist ... oder?«

Ich schüttelte den Kopf.

»Solche, die halten sich nicht an die Beschlüsse, obwohl es die eigenen sind. Oder, sie lesen eben nur den außenpolitischen Teil der Parteireden, oder haben nach der nächsten Versammlung vergessen, was sie gelesen haben.« Sie lächelte vieldeutig. »Na, du weißt es ja nun. Vier und eins sind fünf. Hoffentlich wird es ein Mädchen. Vier Jungen sind genug. Ein bisschen sieht man es schon. Schau her!«

Sie schob den Stuhl zurück, stellte sich hin, strich ihr Kleid vorn glatt und präsentierte ihren Bauch. Maria wurde mir unheimlich.

»Und ich?« ging es mir durch den Kopf. Ich wurde plötzlich unsicher. In wenigen Augenblicken würde ich sie belügen müssen. Gleich würde sie mich fragen, was ich denn so täte. Beruflich, und überhaupt. Und warum ich nicht ... Familie und so!

Alles in mir sträubte sich, Maria meine Legende vorzutragen. Ich wollte sie nicht belügen. Was da zusammen mit Volker unter der Rubrik »Verhalten gegenüber dritten Personen« festgelegt worden war, hatte sich bisher als tauglich erwiesen. Das dachte ich zumindest. Mir war jedenfalls niemand bekannt, der daran zweifelte, dass ich als vielbeschäftigter Dolmetscher und Übersetzer von Termin zu Termin jagte, eine Auslandsreise die andere ablöste, und ich kaum Zeit fand, mich mit alten Freunden zu treffen.

Dritte Person! schoss es mir in den Kopf. Volker, Willy und der Genosse Johannes teilten sich die erste Stelle, ich war die zweite, und schon kamen die dritten Personen.

Ich wollte wie damals nicht, dass Maria eine »Dritte Person« sei. Ausgerechnet sie sollte ich belügen, eine, die mir gegenüber zugab, mit fünf Kindern glücklich zu sein. Sollte ich ihr die Wahrheit sagen? Und dann mit Idealen argumentieren, denen ich mich verpflichtet fühlte. Gesellschaftlichen Fortschritt, Friedenskampf ... Mit Maria könnte ich reden. Sie würde schweigen, wenn ich sie darum bäte. Dessen war ich mir sicher. Doch war mir überhaupt erlaubt, jemandem zu vertrauen?

»Und du Frieder? Wie geht es dir? Eine Frau ... ich glaube nicht, dass sich eine bei dir festhalten konnte ... oder wollte? ... Oder? Wenn ja, dann muss ich sie jetzt bedauern, stimmt's?«

Maria lachte, doch ich spürte ihre Neugier. Sie wartete nicht auf eine Antwort, weil sie die gar nicht erwartete.

»Ich weiß, ich weiß ... die Ideale! Du hast es mir ja ein paarmal ausführlich erläutert. Die Ideale sind das Höchste, dann kommt eine Weile nichts ... stimmt's, Frieder? ... Und deine Arbeit, macht sie dir Spaß? ... Bitte, Frieder, wenn du darüber sprechen willst und darüber sprechen darfst! Bestimmt macht sie dir Freude. Nicht einfach, glaub ich ... da muss man schon ... aber es muss wohl doch sein!«

Von Cornelia und meiner bevorstehenden Hochzeit erzählte ich Maria damals nichts, so als hätte ich bereits gewusst, dass ich sie ein paar Tage später absagen würde.

Das Foto

»Termin: 10 Uhr, im ›Tempel‹!« So lautete die Weisung, die mir Volker überbrachte, als er am Morgen unangemeldet an meiner Wohnungstür klingelte.

»Endlich!« dachte ich.

Für den ersten Moment war mir vollkommen egal, was mir der Treff bringen würde. Allein die Beratung war wichtig. Hauptsache, es würde gesprochen werden, und entschieden. Egal wie. Im ›Tempel‹, das versprach ein hochrangiges Gespräch und damit Festlegungen. Seit Wochen wartete ich auf eine Entscheidung zu meiner Perspektive.

Über sechs Monate waren bereits vergangen, seit Cornelia und ich den Genossen mitgeteilt hatten, dass die geplante Hochzeit nicht stattfinden werde. Alle hatten erklärt, uns zu verstehen, doch in ihren Gesichtern war die Enttäuschung zu lesen gewesen. Auch, dass sie wohl nachhaltig sein würde. Unser Vorschlag, dennoch gemeinsam einen langfristigen Einsatz zu übernehmen und im Operationsgebiet eben nur als Ehepaar aufzutreten, nach außen eine mehrjährig verbundene kinderlose Familie zu spielen, ohne wirklich verheiratet zu sein, war abgelehnt, ja nicht einmal ernsthaft erörtert worden.

Nach einigen Kilometern Fahrt plagte mich erwartungsvolle Neugier. Ich ließ die Möglichkeiten in meinem Kopf ablaufen, die mir verkündet werden könnten: Das Ende meiner operativen Einsätze, eine Versetzung vielleicht, eine andere Aufgabe ohne Reisetätigkeit. Auch die Eingliederung in den Apparat des Dienstes wäre möglich. Oder ein Einsatz in einer zivilen Behörde. Natürlich war das schon entschieden. Erörtert werden würde der Weg, die Festlegungen umzusetzen.

Wäre ich auf der Fahrt zum »Tempel« nach meinen Wünschen gefragt worden, ich hätte nicht antworten können.

Volker sprach über die Vorzüge seines neuen Dienstwagens. Er fuhr nun einen »Wartburg«. Mir kam Cornelia in den Sinn.

Wir hatten uns in den ersten Wochen nach der abgesagten Hochzeit gelegentlich getroffen, auch wieder miteinander geschlafen. Vielleicht hatten wir uns auch aus diesem Grunde immer öfter gesucht und uns zunehmend besser verstanden. Ja, wir hatten sogar vereinbart, den beiden Führungsoffizieren unsere wiederbelebte Beziehung nicht zu melden.

Getrennt, endgültig getrennt, hatten wir uns an einem Sonntag. Ich hatte die Nacht bei ihr verbracht, morgens dann, noch im Bett, da machte ich ihr so etwas wie einen Heiratsantrag. Nein, keine spontane Reaktion nach einer Liebesnacht. Schon eine Weile, eigentlich seit meinem Treffen mit Maria, beschäftigte mich der Gedanke.

An diesem Morgen hatte ich den Mut, mich Conny anzuvertrauen.

Ich sprach davon, wieviel uns inzwischen verbinden würde. Und dass wir darum bitten sollten, eine andere Aufgabe übernehmen zu dürfen, hier zu Hause. Wir würden heiraten und wie eine richtige Familie leben. Ich beschrieb das Bild eines Häuschens und eines Hofes, auf dem unsere Kinder toben. Conny vertrieb dieses Bild schnell und unbarmherzig. Entgeistert starrte sie mich an und schwieg. Solch einen Vorschlag schien sie nicht erwartet zu haben.

»Und wie stellst du dir das Leben deiner richtigen Familie vor? Frieder, bitte! ... Richtige Familie ... doch nicht etwa so: Du arbeitest als Dolmetscher, darfst womöglich weiter durch die Welt fahren, und ich sitze hier und wische deinen Kindern den Hintern?«

Ich antwortete nicht gleich, und so ergänzte sie: »Ich will leben, Frieder ... leben! Da muss es knistern, verstehst du, auf allen Gebieten. Ich will nicht Masse sein! Und kann es auch nicht. Unmöglich, wie andere ... zwanzig Jahre in den gleichen Betrieb ... . Was glaubst du, warum mich gerade unsere Arbeit so fasziniert ...«

Ich hörte nicht mehr zu. Mir fielen die Worte jenes Mannes ein, der fast mein Schwiegervater geworden wäre, ein alter Kämpfer, wie der Lehrer in meinem Dorf, der mich zur Partei gebracht hatte. Vor der geplanten Heirat hatte ich mit Connys Vater ein langes Gespräch gehabt, unter vier Augen, bis tief in die Nacht hinein. Zum Schluss hatte er mir viel Glück gewünscht, und dann in einem Ton hinzugefügt, der verriet, dass es ihm Überwindung kostete, sich so zu erklären: »Sei vorsichtig, Junge! Pass gut auf sie auf! Schon manchmal hab ich mir eine weniger komplizierte Tochter gewünscht.«

Noch immer redete Cornelia auf mich ein. Ich dachte an Maria. Dann hatte Cornelia aufgehört zu sprechen. Sie lag neben mir und starrte zur Zimmerdecke. Sie hatte sich zugedeckt. Die Minuten schlichen sich davon. Mir fiel nichts ein, was ich hätte sagen sollen. Ihre unerwartete Ehrlichkeit hatte mich getroffen. Vielleicht war sie von der Offenheit ihrer Worte selbst überrascht.

Ohne noch etwas zu sagen, erhob sie sich und zog ihren Morgenmantel über. Das hatte sie bisher nie getan, wenn wir allein im Haus waren.

Ich war ihr in die Küche gefolgt, hatte noch weiter mit ihr reden wollen, über uns. Ihr Blick verbot es mir. Beim Frühstück hatten wir uns nichts zu sagen, oder wir trauten uns nicht mehr, miteinander zu sprechen, fast bis zum Abschied. Schon an der Tür, begann sie noch einmal auf mich einzureden. Vielmehr ermahnte sie mich, doch endlich einmal nachzudenken. Ich versprach es und erklärte ihr, dass ich nicht mehr käme.

Seit diesem Morgen haben wir uns nicht mehr gesehen.

Wochen später, ich weiß nicht, ob es Absicht gewesen war oder ob Volker sich verplappert hatte, erfuhr ich von ihm, dass die Zentrale über jeden Abschnitt der »heimlichen« Beziehung zwischen Cornelia und mir informiert gewesen war.

Nun sollte sich im »Tempel« meine Zukunft entscheiden.

»Johannes?« fragte ich, nun doch entschlossen, aus Volker etwas von dem herauszukitzeln, was mich gleich erwarten würde.

Volker nickte nur. Kein Kommentar dazu. Das schien mir nicht so gut.

Aber diesmal täuschte ich mich. Ich brauchte nicht weiter zu fragen. Volker erzählte von allein, wenn auch nicht ohne Unterbrechungen.

»Die Wellen haben sich gelegt.«

Pause.

»Vielleicht noch nicht bei Willy, aber den kennst du ja.«

Pause.

»Doch … warte ab, also, Willy, wenn er mit einem neuen Erfolg von dir nach oben gehen kann, dann bist du wieder sein bester Mann.«

Pause.

»Beim Big Boss scheinst du einen Stein im Brett zu haben. Unter uns, der hat sogar unseren Willy gestutzt. Weißt du, was er dem gesagt hat?«

Pause.

»›Wenn der Fidelius sie nun partout nicht heiraten will … hättest dir eben vorher besser überlegen müssen, ob die zusammenpassen! … Nicht nur mal so, für eine Reise. Wir arbeiten mit Menschen, nicht mit Schachfiguren! Was nicht geht, das geht nicht!‹ So hat er Willy zurechtgebogen. – Heute will Johannes selbst mit dir reden. Wirst ja sehen!« Volker hob die Schultern, um mich davon abzuhalten, weitere Fragen zu stellen.

Der Genosse Johannes empfing mich wie immer herzlich. Er freute sich ehrlich, mich wieder zu sehen. Kein Wort fiel über die Probleme, die Willy und mich vor Monaten wochenlang beschäftigt und unser Verhältnis bis zum Äußersten gespannt hatten. Johannes erwähnte Cornelia während der Beratung nicht ein einziges Mal. Auch Willy verkniff sich jede Anspielung. Überhaupt saß er ungewohnt zurückhaltend am Tisch.

Ich nahm an, Johannes würde zunächst allgemein über meine Perspektive reden, beginnend mit Anforderungen und Notwendigkeiten, Vielfältigkeit unserer Aufgaben und ähnlichen Dinge, dem ideologischen Ansatz also.

Doch er kam sofort zum Thema, so als wäre in der Sache, die es zu beraten galt, keine Zeit mehr zu verlieren.

»Gute Arbeit, eine wirklich gute Arbeit, die du da aus Australien mitgebracht hast!« lobte er mich zu meiner Überraschung.

»Diese Dokumentation, die Existenz des Frieder Bechler, also ich muss sagen, damit kann man da drüben schon was anstellen, eigentlich fast alles, wenn man nicht gerade Bundeskanzler werden will ... oder dessen Referent.« Johannes feixte. »Da muss schon etwas ganz Dummes passieren, um diesen Bechler als fiktiv zu enttarnen. Da bleibt wenig offen, vorausgesetzt der Richtige ... außerdem eine hervorragende Dokumentation, die alle Möglichkeiten bietet, ihren Besitzer dem Strom der Zeit anzupassen.«

Er überlegte, wie er zum eigentlichen Thema kommen sollte. Ich korrigierte leise den Vornamen. »Friedrich Bechler, nicht Frieder!«

»Ach so, und ich dachte ... aber Frieder Bechler klingt doch auch ganz gut!« Er lächelte. Auch Willy und Volker verzogen angemessen ihr Gesicht über das Wortspiel mit den Vornamen.

Ich begann zu verstehen.

»Gut, also Friedrich. Friedrich Bechler! Sag mir, Frieder, was machen wir mit ihm? ›Goldstaub‹, wie Willy immer zu sagen pflegt. Eigentlich ist er mehr, sagen wir, ein Nugget, dazu selbst geschürft und gewaschen, geschliffen und poliert. Von dir. Wertvoller geht's kaum! Auch, was den Preis betrifft! Nicht nur in Geld ausgedrückt! – Aber das weißt du ja selbst! Also, ein Doppelgängerdokument, wie wir viele bräuchten, aber nur wenige haben.«

Selbstverständlich hatte ich nach unserer Rückkehr aus Australien und der zunächst geplanten Eheschließung zwischen Cornelia und mir erkannt: all die Arbeit, um die Bechler-Dokumentation anzufertigen, war auf ein langfristiges Ziel gerichtet. Wir beide, Conny und ich, sollten als Ehepaar in die Bundesrepublik eingeschleust und dort für einen mehrjährigen Einsatz legalisiert werden.

»Arbeitet so, als würdet ihr diese Dokumente einmal selbst nutzen müssen!« hatte Johannes damals bei unserer Verabschiedung gesagt. Ein allgemein gültiger Spruch, dahingesagt, um zu unterstreichen, dass man sich für seine Arbeit verbürgen soll. Doch Johannes hatte ihn im Wortsinn gemeint.

Wie mir Volker später eingestand, hatte Willy uns in seinem vorauseilenden Erfolgsstreben als gefestigtes Paar charakterisiert, einem Paar, dem lediglich der Trauschein fehlte. Geeignet also für einen mehrjährigen Einsatz. Das hatte sich zerschlagen.

Plötzlich wurde mir die neue Situation in all ihrer Konsequenz bewusst: Es standen keine Einsatzkader zur Verfügung, die die Bechler-Dokumentation erfolgversprechend nutzen konnten. Aktuell nicht. Kein geeignetes Ehepaar und sicher auch keine Einzelperson. Verfügbar und passend war nur ich. Um mich ging es also bei der von Johannes aufgeworfenen Frage. Natürlich um mich, sonst wäre der Name Bechler sicher mir gegenüber nie mehr erwähnt worden. Daher also das monatelange Warten auf eine Entscheidung über meine weitere Arbeit.

Alle schauten mich erwartungsvoll an. Ich musste antworten. Nicht irgendetwas.

Ich dachte an Conny. Mit ihr dennoch die Ehe einzugehen und ein normales ziviles Familienleben zu führen, war an ihren anderen Lebensvorstellungen gescheitert. Die Enttäuschung war noch frisch. Für einen Moment kam mir die Überlegung, Johannes würde mich darauf vorbereiten, einen Ersatz für Cornelia kennenzulernen. Ich verwarf den Gedanken sofort. Mir war klar, die Bechler-Dokumentation zu nutzen, bedeutete einen baldigen Einsatz. Die Vorstellung, all das Geschehen der letzten Monate hinter mir zu lassen, wuchs. Sie gefiel mir immer mehr.

Plötzlich hörte ich mich reden.

»Wenn die Dokumentation nicht so wertvoll wäre, viel zu wertvoll für kurzfristige Einsätze, wie ich sie vor dem Australienaufenthalt absolviert habe«, begann ich, brach aber ab und kam ohne Umschweife zum Kern der Sache. »Eigentlich ist die Dokumentation maßgeschneidert für mich ... Wenn man von den paar Jahren Altersunterschied absieht, die sich gut kaschieren lassen!«

Als ich das gesagt hatte, fühlte ich, dass ich meinen gewohnten Platz wieder eingenommen hatte.

Ich schaute mich um. Volkers angespannter Blick hatte sich aufgehellt, also lag ich mit meiner Antwort im Bereich dessen, was man von mir erwartet hatte. Nach Einzelheiten zu fragen, war nicht angebracht. Deshalb bekräftigte ich: »Und ich beherrsche dieses Pseudonym aus dem ff, also ...«

»Du hast Recht, Frieder! Der Bechler ist dir auf den Leib geschrieben! Wie keinem anderen. Traurig, wenn es nicht so wäre!« Ein Lächeln huschte über das Gesicht von Johannes. »Aber, wir können den Bechler natürlich nicht verramschen! Der Auftrag muss die Dokumentation wert sein.«

Alle schwiegen. Eine vollkommene Stille lag über dem Raum. Als wäre bereits alles gesagt. Volker füllte die Tassen. Das Aroma des frisch gebrühten Kaffees kann ich mir noch heute in Erinnerung rufen.

In die Stille hinein sagte Johannes: »Sehnst dich offensichtlich wieder nach einem Einsatz! Oder, Frieder?

Schön, das von dir zu hören! Wir haben genügend zu tun. Die Lage spitzt sich zu.«

Wir diskutierten weltpolitische Probleme, die beabsichtigte Stationierung von Mittelstreckenraketen in Westeuropa durch die andere Seite …

Ich merkte jedoch bald, der Chef legte keinen besonderen Wert darauf, mich in die Diskussion einzubeziehen. Er ließ mich mit meinen Gedanken an die Nutzung der Bechler-Dokumentation allein.

Dann wurde zum Mittagessen gerufen. Im »Tempel« musste Volker nicht Koch, höchstens einmal Kellner spielen.

Während des Essens erzählte Johannes einen Witz nach dem anderen, vor allem politische Witze, und Willy und Volker übertrafen sich in Beifallsgelächter, obwohl sie die meisten Pointen bestimmt schon gehört hatten. Auch ich lachte zum gegebenen Zeitpunkt, obwohl meine Gedanken in der Ferne kreisten.

Beim Dessert wurde Johannes nachdenklich. Plötzlich stand er auf und bat mich, ihm ins Nebenzimmer zu folgen.

»Mir ist da gerade eine Sache eingefallen!« begann er, doch er sprach nicht weiter, sondern schwieg nachdenklich, als wisse er nicht, wie er es mir sagen soll. »Eine Sache, Frieder, bei deren Lösung du die Bechler-Dokumentation gut verwenden könntest.« Wieder schwieg er, stand auf und wanderte durchs Zimmer. »Dafür wäre ihre Verwendung nicht nur gerechtfertigt, sondern sogar ausgezeichnet geeignet. Und die ganze Australienstory hätte sich doch noch gelohnt.«

Ich spürte den Hieb, doch es war das einzige Mal während der gesamten Beratung, dass Johannes auf den Einsatz in Australien anspielte.

»Allerdings, Frieder, keine einfache Sache, einfach wird es nicht werden!«

Meine Spannung stieg.

Johannes ließ sich mir gegenüber in den Sessel fallen.

»Ich brauche dafür deine uneingeschränkte Zustimmung. Uneingeschränkt! Ein Auftrag ... unter Umständen, besser mit großer Wahrscheinlichkeit ... du müsstest für eine lange Zeit, ein paar Jahre sicherlich, nach drüben gehen.«

Ich hielt seinem Blick stand.

Plötzlich grinste er mich an und sagte: »Allein! Keine Angst, allein! Schade ... natürlich ist das schade, aber die Welt ist eben bunt. Meinst du, ich weiß das nicht! Um ehrlich zu sein: Ich meine, es kommt darauf an, wie sich die Sache, die wir vorhaben, entwickelt. Klar, wir hoffen, alles verläuft positiv, dann wird es eine Sache von Jahren werden. Dein ganzes Leben in dieser Zeit muss sich der einen Aufgabe unterordnen. Alles hängt immer wieder davon ab, wie sich der Vorgang entwickelt. Dir muss ich das nicht erklären. Voraussagen, was unsere Arbeit betrifft, ich sag's immer so, selbst die Wetterfrösche sind uns in ihrem Metier darin haushoch überlegen. Deshalb diesmal, Frieder, versteh mich, eine Entscheidung ohne Wenn und Aber.«

»Eine Werbung, oder worum geht es?« fragte ich dazwischen.

»Du hast es eilig! Keine Sterndeuterei! Werbung, schön, wenn es am Ende so wäre! Aber nein, nicht den zweiten Schritt vor dem ersten. Zunächst brauchen wir überhaupt einmal Kontakt zu der Person, die uns interessiert, dann muss sie sorgsam und detailliert aufgeklärt werden, rund herum, alles, dann werden wir sehen, ob sie sich gewinnen lässt, und ob es sich lohnt. Aber das alles erst, wenn es soweit ist!«

Ich schwieg. Das Beste, was ich machen konnte, um weitere Erklärungen zu erhalten.

»Gut, noch etwas, damit du mir nicht eines Tages vorwirfst, dass ich dich heute ... nach all dem in den letzten Monaten ... also, dass ich dich vor deiner Entscheidung darüber im Unklaren gelassen habe! – Bei der Person, die wir auf Kontakt nehmen wollen, handelt es sich nicht um einen Mann, sondern um eine Frau. Eine Frau, so in deinem Alter. Eine Sekretärin!«

Wieder hielt mich sein Blick fest.

»Nun überlege, und bitte versteh, wenn ich es noch einmal betone, deshalb reden wir ja auch allein: Es ist kein Befehl, keine Weisung, kein Auftrag, zu dem ich dich verpflichte! Du entscheidest! Du allein! Wenn du zusagst, klar, dann wird es zum Auftrag! Zum Auftrag ohne Wenn und Aber!« Er zeigte mit der Hand in Richtung Nebenzimmer. »Willy und auch der Genosse Volker wissen noch keine Einzelheiten. Ich halte dich für geeignet, den Auftrag zu erfüllen, werde aber auch dein Nein vorbehaltlos akzeptieren, und ich werde auch nicht nachtragend sein.«

Gern hätte ich mehr gefragt, doch Johannes war aufgestanden und mir war klar, ich würde keine weiteren Auskünfte erhalten.

Warum ausgerechnet eine Frau? ging es mir durch den Kopf.

»Heute will ich keine Antwort!« hörte ich Johannes' Stimme. »Es sei denn, du hast grundsätzliche Bedenken, dann sag es!« Und als habe er meine Gedanken gelesen, ergänzte er: »Hör zu, Frieder, damit wir uns richtig verstehen! Deine Aufgabe wird darin bestehen, die Frau aufzuklären, ob und auf welcher Basis wir sie gewinnen können. Oder um es deutlicher zu sagen: Enger Kontakt – ja, Intimverkehr – nein? Vielleicht ist das wichtig für deine Entscheidung, Frieder? Könnte ja sein!« Er schaute mich fragend an. Dann kam sein hintergründiges

Lächeln. »Ein Intimverhältnis ist möglichst auszuschließen. Also, denk darüber nach und schau dir die junge Frau mal an! Name, persönliche Daten, Arbeitsstelle, alles später, wenn es soweit ist. Das Foto bekomme ich von dir persönlich zurück. Auch die beiden nebenan geht es noch nichts an!« Er schob mir einen dünnen Umschlag zu, stand auf und ließ mich allein.

Die Vermerke auf dem Umschlag waren unlesbar geschwärzt. »Löwin« stand in großen Buchstaben darauf geschrieben. Ich zog eine Fotografie aus dem Umschlag, darauf der Kopf einer Frau, schräg von vorn aufgenommen. Ich erkannte sofort, die Aufnahme war ohne Kenntnisnahme der Frau entstanden, auch war das Foto bearbeitet, eine Ausschnittsvergrößerung und der Hintergrund verschwommen, ein Rückschluss auf den Ort der Aufnahme nicht möglich.

Ich suchte in diesem fremden Gesicht. Was ich zu finden hoffte, wusste ich nicht.

Die Frau betrachtete irgendetwas. Sie hatte den Kopf interessiert angehoben, sie schaute schräg nach oben. Vielleicht betrachtete sie ein Bild. Was sie sah, schien sie zu interessieren, als müsse sie es für lange Zeit im Gedächtnis behalten, spekulierte ich. Sonst, ein volles Gesicht, kräftige Jochbeine, ein winziger Ansatz zum Doppelkinn, doch eher fielen ihre vollen Lippen auf. Langes, dunkelblondes Haar. Leider war von den Augen wenig zu erkennen. Sie trug eine Brille, ein wuchtiges Gestell mit großen Gläsern.

Sekretärin? Ich zweifelte. Eher der Typ einer zupackenden Landfrau.

Martina Maybach legte die Mappe mit den losen Seiten vorsichtig neben sich auf den Tisch. Ihre Hand zitterte.

Durch ihren Kopf flogen die Gefühle. Sie saß regungslos. Als müsse sie befürchten, die kleinste Bewegung könne das Haus über ihr erschüttern und es zusammenbrechen lassen.

Später wusste sie nicht mehr, wie lange sie am Tisch gesessen hatte, die Arme aufgestützt, die Hände vorm Gesicht. Auch woran sie gedacht hatte, war aus ihrem Kopf verschwunden.

Irgendwann schrie sie auf und fegte die Blätter mit einer Armbewegung vom Tisch.

III

1

Mein Friedrich lebt. Er ist nicht mein Friedrich. Ich muss das nicht verstehen! Aber er lebt!

Martina saß in Gedanken in der Kapelle mit den kahlen Wänden und dem hohen Gewölbe. Sie war allein. Sie schloss die Augen. Hier hatte sie für Friedrich Bechler einen Trauergottesdienst zelebrieren lassen. Auch damals war sie allein gewesen. Wieder hörte sie den Pfarrer, den sie aus ihrer Kindheit als einen klugen Mann in Erinnerung hatte. Langsam und deutlich sprach der und er wusste Friedrich Bechler ganz sicher bei Gott. Immer wieder behauptete das der Geistliche. Seine Sicherheit war ihr Trost gewesen.

Damals hatte sie ihm lange zugehört. Als der immer mehr von Gott und immer weniger von Friedrich Bechler gesprochen hatte, da hatte sie nur noch an ihren Mann gedacht und ihre kurze Ehe mit Friedrich Bechler zum Traum erklärt. Für all ihre Zeit sollte der still fortdauern.

Der Traum ist zu Ende! Einfach zu Ende! Den Friedrich gab es, aber meinen Friedrich gab es nicht! Doch, auch ihn gab es, mein Friedrich liegt irgendwo in den Anden. Wasser ist sanfter als Stein. Er wird weiter verschollen sein, nie wird ihn der Fluss freigeben, auch im Sommer nicht, wenn er kein Wasser führt. Niemand kennt diese Gewissheit! Dieser lebende Frieder hat meinen

Friedrich verurteilt, er hat ihn in die Schlucht hinabgestoßen, er hat ihn umgebracht. Warum? Er muss es mir sagen, dieser Frieder!

Und wenn der doch auch mein Friedrich ist?

Mit zweifelnden Gedanken verließ sie die Kapelle.

Martina Maybach hob die vielen beschriebenen Seiten vom Fußboden auf, sortierte sie in gelesene und noch nicht gelesene. In Gedanken suchte sie den Mann, der sie beschrieben hatte.

Sie fand ihn.

»Gänsekiel? – Verreist, für längere Zeit verreist!« Das hatte der mürrische Mitbewohner zu ihr gesagt. Dann war er weggegangen, eilig und ohne Gruß. Nun wusste sie den Grund. Gänsekiels Reiseziel wollte er nicht verraten.

Dennoch erschreckte sie die Vorstellung, sie hätte an der Wohnung im dritten Stock dieses Hauses geklingelt und dieser Frieder Gänsekiel hätte ihr geöffnet.

»Verreist, für längere Zeit verreist!«

Sie setzte sich in den Sessel am Panoramafenster. Was draußen geschah, nahm sie nicht wahr. In Gedanken begleitete sie einen Mann mit langem Haar und hellen, blauen Augen auf seiner Wanderung. Der lief in einem kleinen, schmalen, kahlen Raum hin und her, von der verriegelten Tür hin zu der Wand mit dem weit oben in der Mauer eingebauten Fenster, Gitter und Sichtblende davor.

Martina Maybach las weiter. Über sich und den Mann, der immer wieder auch Fidelius genannt worden war, ohne dass sie diesen Namen je gekannt hatte.

Ich wollte dem Genossen Johannes noch am gleichen Tag Antwort geben. Das Foto hatte ich lange mit Interesse betrachtet, doch an diesem Tag war mir die Frau auf dem Bild ziemlich gleichgültig geblieben. Nach dem, was passiert war, hatte Frieder Gänsekiel einen Erfolg wirklich nötig.

Kurz entschlossen ging ich ins Nebenzimmer und fragte den Genossen Johannes, ob wir unser Gespräch bereits jetzt fortsetzen könnten. Er schaute mich lange mit seinem gewohnt tiefdringenden Blick an.

»Wenn du mich fragst? – Nein! Nachdenken, dann noch einmal, vielleicht auch noch ein drittes Mal nachdenken, dann reden wir, Frieder! Übermorgen!«

Er wandte sich ab und begann in seiner übervollen Aktentasche zu kramen, dann schaute er zu Willy. Der nickte. Johannes begann zu grinsen, irgendwie verschwörerisch, zumindest hatte ich diesen Blick bei ihm noch nie gesehen. Aus der Tasche hatte er Skatkarten geholt und auf den Tisch gelegt. Für Volker offensichtlich das Zeichen, sich um Bier zu kümmern. Wir spielten bis in die Nacht hinein. Ich war unkonzentriert und verlor.

Während der nächsten beiden Tage zog ich die Aufnahme öfter aus dem Umschlag. Ich betrachtete das Gesicht lange und forschend und dann wieder nur neugierig, wie ein Mann das Gesicht einer ihm Unbekannten auf einem Bild mustert. Und ich stellte mir die Frau vor, sah sie irgendwo stehen, sah sie laufen, lachen, reden.

Johannes war von meiner Entscheidung, den Auftrag zu übernehmen, nicht überrascht. Volker überhäufte mich mit Materialien: Personengruppenanalysen zu Sekretärinnen in den Schwerpunktobjekten. Trocken und zäh lesbar. Blut- und fleischlos waren die, von denen auf so vielen Seiten gesprochen wurde. Die Frau jedenfalls, mit deren Konterfei ich nun regelmäßig Konversation zu betreiben begann, dessen war ich mir sicher, gehörte nicht zu den dort Beschriebenen.

Ein paar Wochen später stieg ich in Berlin-Zoologischer Garten in den Zug, fuhr nach Hamburg und stieg dort als Friedrich Bechler aus, ein von Australien nach Hause zurückgekehrter Deutscher. Volker nannte das Verfahren »Auslandszuzug«. Alles war so einfach, wie er es mir erläutert hatte.

Ich mietete mir in Hamburg eine kleine Wohnung, meldete mich mit meinem Reisepass an, beantragte den Bundespersonalausweis, und, als ich den in meinen Händen hielt, auch einen neuen Reisepass. Den anderen, den mir Volker übergeben hatte und der besagte, dass er vom Konsulat der Bundesrepublik Deutschland in Australien ausgestellt worden war, vernichtete ich.

Meine Wohnung stattete ich bescheiden aus. Die Einrichtung war zunächst unwichtig, von Bedeutung war, über Postadresse und Telefon zu verfügen, denn zu diesem Zeitpunkt ging ich noch davon aus, dass meine baldige Kontaktperson meinen Wohnsitz zumindest aus weiblicher Neugier überprüfen würde.

Wochen vergingen. Niemand in meiner Umgebung zweifelte daran, dass ich Friedrich Bechler hieß, während des Krieges in Ostpreußen geboren, in den Nachkriegsjahren mit Vater und Mutter nach Australien ausgewandert und nun, nach deren plötzlichem Tod, in das Land meiner Vorfahren heimgekehrt war.

Das Leben allein in einer fremden Stadt war dennoch anstrengend. Ungeduldig wartete ich darauf, endlich den Auftrag von der Zentrale zu erhalten, die vorgesehene Zielperson zu kontaktieren. Die Frau, deren Foto nun in Volkers Panzerschrank lag, war mir zur täglichen

Begleiterin geworden. Die einzige Bekannte gewissermaßen, die ich bei meinem Zuzug in die Bundesrepublik hatte. Die Aufnahme brauchte ich nicht mehr, ihr Gesicht hatte ich mir genau eingeprägt. Ich wusste zu diesem Zeitpunkt nicht viel von ihr, nur, dass sie als Sekretärin im Raume Bonn arbeitete. Weil ich mich im Geiste jeden Tag mit ihr unterhielt, kam es mir bald so vor, als würde sie auf meinen Besuch warten.

Die Zentrale ließ sich Zeit, wollte sicher gehen, erst musste ich mich als Bürger der Bundesrepublik legalisiert und Volker musste gemeldet haben: Keine sicherheitsrelevanten Vorkommnisse bei Fidelius.

Nach mehr als sechs Monaten erhielt ich endlich die erwartete Weisung. Ich war froh …

2

Martina Maybach suchte den Anschluss an das bereits Gelesene, doch Gänsekiels Bericht wurde nicht fortgesetzt. Sie fand nur einige Seiten mit mal mehr, mal weniger ausführlichen Notizen, die sie bald als Vorbereitung für seine zusammenhängende Aufzeichnungen erkannte.

Deckname »Löwin«

Wer ihr den Decknamen »Löwin« gegeben hatte und aus welchem Grund, weiß ich nicht. Ich hätte bestimmt einen anderen Namen für sie gesucht. Doch »Löwin« stand schon auf der Hülle, aus der ich damals das Foto genommen hatte.

Monate später, nach dem ich sie kennengelernt hatte, wollte ich ihren Decknamen ändern lassen. Willy sah keinen Grund, betrachtete mich fragend und dann verständnislos, hielt es wohl aber nicht für angebracht, mich nach einer Begründung zu fragen und lehnte ab. Registriert ist registriert! raunte er.

Ihm war die Registratur heilig.

Legende

Kontaktaufnahme. Meine Erfahrung: In der nachrichtendienstlichen Arbeit wird eine zu konkrete Planung solcher operativer Maßnahme meist von der Praxis außer Kraft gesetzt. Dennoch, nicht nur weil Willy darauf bestand, ließ ich mir eine Legende bestätigen.

Der Lebensweg ihrer Mutter bot Ansatzpunkte, um eine brauchbare Kontaktlegende aufbauen zu können. Ihre Vergangenheit ließ sich gut mit dem Lebenslauf verknüpfen, den ich für mein Pseudonym entwickelt hatte.

Ich werde an der Wohnungstür meiner zukünftigen Kontaktperson klingeln und mich als Sohn einer Bekannten ihrer Mutter vorstellen. Verlegen werde ich fragen, ob ich mit der Tochter der Hilda Maybach spreche. Sie wird dies bejahen, und ich werde vorgeben: Ihre Mutter und meine Mutter stammen aus der gleichen Gegend in Ostpreußen, waren bei Kriegsende im gleichen Flüchtlingstreck nach Deutschland gekommen, hatten noch kurze Zeit Kontakt gehalten, sich dann aber aus den Augen verloren, da meine Eltern nach Australien ausgewandert waren. Meine Mutter hätte noch lange Zeit von ihrer Bekannten Hilde Maybach gesprochen. Nun, da ich nach Deutschland gekommen sei, wäre ich neugierig geworden.

Ziel dieser Aussage: Wecken von Interesse für Gespräche. Selbst wenn ich ungelegen an ihrer Tür klingeln werde, die Option für spätere Gespräche wäre geschaffen. Ich werde ihr deutlicher in Erinnerung bleiben als mit jeder Vertreterlegende. Auch positiver und interessierter als bei einer kitschigen Anmache, die sie zurückweisen könnte.

Eifelfahrt

Fahrt nach Stierberg, ihrem Heimatdorf. Ich wollte einfach noch mehr über sie und ihre Familie erfahren. Nur wenige neue Erkenntnisse zur Mutter. Offensichtlich eine griesgrämige, cholerisch veranlagte Frau.

Zumindest in der Dorfkneipe erinnert sich niemand begeistert an sie.

Später sollte sich mein Besuch in Martinas Heimatdorf als voreilig herausstellen und mir einige Probleme bereiten.

Auftrag

Stabilen Kontakt zu der vorgegebenen Zielperson herstellen. Basis: freundschaftliche Bekanntschaft mit Martina Maybach, daraus Phasen intensiverer Begegnungen entwickeln. Vertrauen zwischen uns wachsen lassen, dabei Persönlichkeit der »Löwin« im Detail aufklären, ihr Alltagsleben und ihre Lebensumstände studieren, ihre politische Haltung erkennen, ihren Freundes- und Bekanntenkreis ermitteln, alles, um letztlich entwicklungsfähige Ansatzpunkte herauszufinden, die wir für eine Werbekombination verwenden könnten.

Was unsere Erkenntnisse betraf, dass heißt das, was mir die Zentrale davon übermittelte, wussten wir mehr zur Mutter der »Löwin«. Meine Vermutung: Die Maybachs waren der Zentrale wahrscheinlich durch die Arbeit der Mutter auf der Air Base der Amerikaner bekannt geworden. Später war man dann auf die Tochter Martina und ihre interessante berufliche Position gestoßen. Durch Auskunftspersonen waren ein paar andere, für uns bedeutsame Fakten über Martina hinzugefügt worden: Ledig, allein lebend, und das nicht der Karriere oder moderner feministischer Ansichten wegen. Arbeit offensichtlich vordergründiger Lebensinhalt. Freude an klassischer Musik. Klavierspielerin.

Meine Vermutung: Zurückgezogenheit wegen unglücklicher Liebesbeziehung oder Enttäuschung.

»Fleißig, gewissenhaft und dem Dienstherren immer voll und ganz verpflichtet und ergeben. Mehr als sich selbst! – Ihr höchstes Glücksgefühl ist es, wenn der Chef mit ihrer Arbeit zufrieden ist. Und der Herr Staatssekretär ist mit der Arbeit seiner zweiten Sekretärin zufrieden. Und auch mit Lob spart er nicht.« So hatte eine Auskunftsperson Martina Maybach in dem Material eingeschätzt, das mir die Zentrale übermittelt hatte. Die Quelle erfuhr ich natürlich nicht. Jedoch ließ nicht nur die Wortwahl auf eine Person nahe ihrer Arbeitsstelle schließen. Erfahrung hatte mich gelehrt, solche Art Einschätzungen nicht überzubewerten.

Ungeduld

Wachsende Neugier. Wie wird Martina wirklich aussehen? Wie wird der erste Kontakt ablaufen? Vielleicht lag es an meinem Alleinsein in Hamburg. Schon nannte ich sie bei ihrem Vornamen und duzte sie. Bald musste ich mich selbst daran erinnern, dass sie mich nicht erwartete, sondern dass ich sie überraschen würde. Ich war mir sicher, den Kontakt ausbaufähig herstellen zu können. Unzählige Male stellte ich mir vor, wie es sein würde, wenn ich zum erstenmal an ihrer Wohnungstür klingeln werde: Eine junge Frau, fast so groß wie ich, kräftig gebaut, breit in den Schultern – das hatte ich auf dem Foto gesehen und mir, was weiß ich warum, eingebildet, dass sie nur so aussehen kann. Sie öffnet die Tür und sieht mich erstaunt an. Sie trägt eine Brille mit großen Gläsern, wie sie gerade modern sind. Ihre Augen fragen, wer ich sei.

Ich lächle, sage noch nichts, lächle nur. Auch ich bin aufgeregt, mehr als ich es sein will.

Die Blumen in meiner Hand machen sie verlegen. Sie überlegt, ob sie mich vielleicht kennen muss. Erst dann stelle ich mich vor.

»Friedrich Bechler. Spreche ich mit Frau …«

Sie nickt. Der Name Bechler sagt ihr nichts. Ich lächle sie immer noch an, so als würde ich darauf hoffen, dass sie mich erkennt. Sie grübelt, wird verlegen, weicht meinem Blick aus.

»Sagt Ihnen mein Name nichts?«

Sie wird noch verlegener, weiß nicht, wie sie sich am besten verhalten soll.

Sie ist erleichtert, als sie von der Bekanntschaft unserer Mütter erfährt. Ich freue mich, sie endlich gefunden zu haben. Das bringt sie in Verpflichtung. Sie weiß nicht, ob es gut ist, mich hereinzulassen oder mir an der Tür zu sagen, dass ihre Mutter verstorben sei, und sie über deren frühere Bekanntschaften nicht viel weiß. Für diesen Fall werde ich sagen, dass es umso wichtiger ist, uns kennenzulernen. Im gleichen Moment werde ich ihr die Blumen entgegenstrecken. Die Entscheidung fällt ihr nun leichter.

Sie bittet mich in die Wohnung.

Ich werde nicht aufdringlich sein, keinesfalls lange bleiben. Auf alle Fälle lade ich sie zum Abendessen ein. Sie wird ablehnen. Ich versuche, so etwas wie Mitleid zu erregen und erwähne, dass ich nun das ganze Wochenende allein in Bonn verbringen müsse. Für sie wird es schwieriger, wenn sie schon die Einladung zum Abendessen nicht angenommen hat, nun auch noch ein gemeinsames Mittagessen am Sonntag auszuschlagen. Möglicherweise unterbreitet sie einen anderen Vorschlag. Vielleicht will sie mir die Stadt zeigen. Wir plaudern.

Ich habe gewonnen.

Um ehrlich zu sein, auch andere Vorstellungen gingen mir durch den Kopf, besonders an den einsamen Abenden in meiner Hamburger Bude. Doch diese Bilder lagen nach dem ersten Kontakt.

Kontakt

Ganz sicher, ich hatte Glück, wenn auch so unerwartet, dass es mich überraschte. Und natürlich erkannte ich mein Glück erst im Nachhinein und anders, als ich es hätte an diesem Tag empfinden können.

Die Zentrale hatte den Termin für den ersten Kontaktversuch genau festgelegt. Ich hielt das Risiko für vertretbar, mich mit den Örtlichkeiten meines zukünftigen Handelns vorher vertraut zu machen. Mit diesem Ziel fuhr ich am Sonnabend vor dem festgelegten Termin nach Bonn. Am Vormittag schaute ich mich zunächst in der Stadt um. Ich war nicht zum erstenmal in der Bundeshauptstadt, doch nie hatte ich mich lange dort aufgehalten. Das sollte sich nun ändern. Deshalb nutzte ich den Vormittag und begann, mir eine unauffällige und zu jeder Tageszeit begehbare Sicherungsstrecke aufzubauen. Die wollte ich vor oder nach meinen zukünftigen Aufenthalten gelegentlich zur Selbstkontrolle durchlaufen. Die Strecke war so angelegt, dass sie mir erlaubte, eine mögliche Observation leichter zu erkennen, einen diesbezüglichen Verdacht genauer zu bestimmen und im Fall einer Beschattung auch unauffällig auszuweichen.

Am Mittag fuhr ich nach Bad Godesberg. Die Straße, in der Martina Maybach wohnte, fand ich sofort. Natürlich hatte ich mich intensiv mit dem Stadtplan von Bonn und Bad Godesberg beschäftigt, nachdem ich die genauen Daten meiner Zielperson von der Zentrale erhalten hatte.

Die Gegend, eine Mischung aus Reihenhäusern, ein paar größeren Anwesen mit freistehenden Einfamilienhäusern und Stadtvillen mit zwei oder auch drei Geschossen. Ruhig, kaum Verkehr. Auch Fußgänger traf ich selten. Die Anwohner fuhren im Auto bis zur Haustür oder zum privaten Stellplatz und von dort auch wieder weg.

Lange hätte ich in ihrer Straße nicht gehen können, ohne Gefahr zu laufen, von Anwohnern als Ortsfremder erkannt und zumindest neugierig registriert zu werden.

Ich schlenderte an ihrem Haus vorbei. Eine Stadtvilla mit zwei Obergeschossen. Drei Grundstücke weiter mündete die Straße in eine Wendeschleife für Autos.

Eine junge, erst mannshohe, doch sehr gleichmäßig gewachsene Silbertanne vor dem Haus meiner Zielperson fiel mir auf. Dahinter ein großes Fenster ihrer Parterrewohnung.

Vor dem Grundstück gegenüber der Stadtvilla stand ein Mercedes Benz der Oberklasse. Das gefiel mir nicht. Ich wollte gerade zum Garteneingang gehen und den Namen des Hausbewohners feststellen, da hörte ich Geräusche vom Tor der Tiefgarage her. Ich ging weiter.

Die Wohngegend döste in der mittäglichen Ruhe eines schon warmen Maitages des Jahres 1980.

Für mich als Bewohner eines Berliner Hinterhauses ein attraktives Wohnviertel, doch es gefiel mir nicht. Viel zu ruhig und vor allem zu überschaubar. Ich hoffte deshalb, Martina Maybach gleich bei meinem ersten Besuch in der kommenden Woche anzutreffen.

Der Name des Nachbarn gegenüber der Maybachschen Wohnung, vor dessen Haus der Mercedes stand, interessierte mich, um ihn in Berlin überprüfen zu lassen. So entschied ich, gegen Abend noch einmal in die Straße zu gehen. Dann lief ich einen größeren Kreis, stieß auf einen kleinen Park, steuerte auf eine der mit einer Pergola eingesäumten Sitzecken zu – drei weiße Bänke, zwei standen sich gegenüber, durch ein Blumenbeet getrennt, die dritte an der Stirnseite des Beetes. Pflastermüde setzte ich mich auf jene Bank, die unmittelbar in der Sonne stand. Um die späte Mittagszeit war die Anlage noch wenig besucht. Ich schloss die Augen und wandte mein Gesicht entspannt den wärmenden Strahlen der Maisonne zu. Eine angenehme Stille, nur vom Gezwitscher der Vögel begleitet.

Ich döste vor mich hin, vielleicht war ich auch ein wenig eingeschlafen, denn ich war seit 4.00 Uhr morgens auf den Beinen.

Plötzlich hörte ich Schritte. Ich wurde aufmerksam. Ziemlich forsch lief da jemand den sandigen Weg entlang, direkt auf mein verdecktes Plätzchen zu. Ich beruhigte mich sofort. Es waren die Schritte nur einer Person.

Ich rührte mich nicht. Leicht nach hinten gebeugt, schien ich mit der Lehne der Bank verschmolzen, die Knöpfe der Jacke und die oberen des Hemdes hatte ich geöffnet. Ich saß auf der Bank, als würde sie mir allein für ewig gehören.

Das Knirschen im Sand wurde lauter und brach plötzlich ab. Jemand stand in meiner Nähe und betrachtete mich. Langsam öffnete ich die Augen. Keine zwei Meter vor mir stand eine Frau und schaute mich verwundert an, verdutzt und im gewissen Sinne auch verständnislos, so als hätte ich ihr gerade etwas weggenommen.

Die Frau blieb stehen. Das war ungewöhnlich und veranlasste mich, sie aus meiner Position heraus, so ganz von unten her in Augenschein zu nehmen.

Breite Schultern. Ein volles Gesicht. Kräftige Beine halb versteckt unter einem langen Sommerkleid. Breite Hüften. Darüber bändigte das Kleid einen üppigen Busen. Die dunkelblonden Haare sehr kurz geschnitten und streng zum Hinterkopf hin geföhnt. Eine Brille, wuchtiges Gestell mit breiten Bügeln. Dicke Gläser. Dahinter große Augen. Und die riefen mir nun deutlich zu, was mir bereits ihr erster Blick gesagt hatte: Also, was soll denn das? Hier wollte ich ...!

Ich kam mir wie ein Angler vor, der auf einem fremden Steg von dessen Besitzer erwischt und nun beschuldigt wurde, den ganzen See leer gefischt zu haben. Die Situation hatte etwas Komisches, ich vergaß für den Moment, wo ich mich zu welchem Zweck befand, lächelte und wollte gerade aufstehen und großzügig die Teilung des Objektes Parkbank vorschlagen, als ich heftig erschrak. Martina Maybach! Fast hätte ich es laut herausgerufen.

Kein Zweifel, vor mir stand meine Zielperson. Zu oft hatte ich das Bild angeschaut, um mich nun zu täuschen, trotz der gänzlich anderen Frisur. Ich staunte sie an, ungläubig, überrascht. Dann schloss ich die Augen.

Irgendwie musste ich aus meiner halben Liegestellung hochkommen. Wenigstens wenn ich mich aufrichtete, wollte ich eine einigermaßen gesittete Gestalt abgeben. Zu spät, nicht mehr notwendig. Ich schreckte hoch. In meiner Verwirrung hatte ich ihre Schritte wohl überhört und nicht gesehen, wie sie auf der mir gegenüberstehenden Bank Platz genommen hatte, vier, fünf Meter von mir entfernt, nur durch das Blumenbeet getrennt.

Mir schien, sie amüsierte sich über mein Verhalten.

Ich feixte zurück, dann griff ich zu einem alten Trick, den ich für mich entdeckt hatte: Ich fixierte eine bestimmte Stelle an ihrer Kleid so ausdauernd, als gäbe es nichts Interessanteres auf der Welt als diese Stelle. Dafür suchte ich mir eine der dunkelblauen Blumen in ihrem sonst hellblauen Sommerkleid aus. Wie hypnotisiert starrte ich darauf. Die auserwählte Blume war oberhalb ihrer Brust, fast am Hals. Sie selbst konnte die Stelle nicht mit einem versteckten Blick kontrollieren. Sie hätte zu erkennen geben müssen, dass sie meinen Blick nicht versteht und das andauernde Hinstarren sie verwirrt.

Frau Maybach reagierte ziemlich schnell. Nicht wie ich wollte. Sie wurde gar nicht nervös. Mich traf ein Blick voller Missbilligung. Dann kramte sie umständlich ein Buch aus ihrer Umhängetasche, schlug es auf, setzte sich anders hin, abweisend, so schien es mir, und gab vor zu lesen. Doch ich bemerkte, wie sie gelegentlich hinter dem aufgeschlagenen Buch zu mir herüberschielte. Immer wieder schaute sie auch zum Himmel, im Schatten zu sitzen, gefiel ihr nicht. Eher hoffte sie wohl auf ein Anzeichen, dass ich bald aufstehen und gehen würde.

Zufall, so bewertete ich das vorzeitige Zusammentreffen mit meiner Zielperson. Zufall! Doch was nun? Langsam ahnte ich die Auswirkungen.

Die Legende, die ich für die Kontaktaufnahme vorbereitet hatte, war nicht mehr zu verwenden. Ausgerechnet diese Legende hatte mir gefallen. Ich hatte an ihre Wirksamkeit geglaubt. Schade. Aber in der nächsten Woche bei ihr zu klingeln und mich als Sohn einer Bekannten ihrer verstorbenen Mutter vorzustellen, wäre zu dreist. Nicht riskant, was meine Sicherheit betraf, aber eben zu dreist. Danach zu handeln, könnte den Kontakt endgültig beenden, bevor er richtig begonnen hatte. Den Vorwand für meinen Besuch würde sie mir nun nicht mehr abnehmen. Natürlich würde sie sich an den lässigen Typ erinnern, der sie erst so erschrocken und dann so aufdringlich angeglotzt hatte. Diese Frau machte auf mich nicht den Eindruck, als könne sie abends ihre Männerbekanntschaften vom Tage nicht mehr auseinanderhalten.

Ich zwang mich zur Ruhe und lächelte dabei in die Welt. Noch saß mir diese Frau Maybach ja gegenüber, und ich war mir schon nicht mehr sicher, ob dies nun gut oder schlecht für mich und meinen Auftrag war. Wieder schaute ich zu ihr hin. Sie schien nicht nur das Problem zu haben, auf einer schattigen Bank sitzen zu müssen. Wenn man in einem Buch liest, blättert man ja gelegentlich auch um. Es sei denn, man schaut nur auf die Schrift und denkt an etwas anderes.

Sie blätterte nicht um.

Sie einfach ansprechen? Und abgewiesen werden? Möglicherweise glaubt man mir die zufällige Begegnung zu Hause nicht? Willy denkt vielleicht, ich baue Vorwände auf, um die Zielperson nicht kontaktieren zu müssen? Willy kann ich mit Zufällen nicht überzeugen. Zufall ist für Willy nicht irgendein Wort, sondern eine gefährliche philosophische Kategorie, der Feind einer guten Planung, aber der Freund des schlechten Plans! Zufälle sind auszuschließen.

Jeden Moment konnte die Maybach gehen. Dann wäre die Chance vorbei. Verflogen, irgendwohin in den Maihimmel. Du musst ihr in Erinnerung bleiben, Frieder. Das Wichtigste, positiv in Erinnerung bleiben, wenn du den Vorgang vorantreiben willst! Nichts übereilen, positiv in Erinnerung bleiben, und dann den Kontakt entwickeln, auch wenn du beim ersten Versuch Misstrauen erntest, vielleicht an der Tür stehen bleiben musst, wie ein Terrier, dessen Pfoten erst auf Sauberkeit geprüft werden müssen. Es waren Willys Worte, an die ich mich jetzt erinnerte.

Die Frau mir gegenüber schlug das Buch zu.

Meine Unruhe stieg.

Kontakt herstellen! Zumindest ein paar Worte reden! Miteinander gesprochen zu haben, bleibt besser in Erinnerung als ein paar zufällige Blicke oder meine auffällige Mähne, die sie vielleicht nicht leiden kann! Ein paar Worte und dann unauffällig einen neuen Kontakt organisieren, sich erneut ganz zufällig treffen, vielleicht an einem Ort, der geeigneter ist. Man erkennt sich wieder und dann ist alles viel leichter. Ich muss etwas sagen! Noch sind wir allein hier.

Ich erhob mich von meinem Platz und blieb ein wenig nach vorn gebeugt stehen. Ich spürte, wie mich ihr Blick umfasste, ein wenig neugierig, vor allem aber misstrauisch. Einladend zeigte ich mit der rechten Hand auf die Bank. Es war meine Absicht, ihr höflich meinen Platz anzubieten und mich dann zu verabschieden. Der zuvorkommende Mann aus dem Park sollte in ihrem Gedächtnis bleiben. Sie fasste es wohl anders auf, vielleicht eher wie eine Aufforderung, sich zu mir zu setzen.

Alle Entspannung verschwand aus ihrem Gesicht.

Da sagte ich, in plötzlicher Aufregung sicher zu laut: »Wenn Sie hier in der Sonne Platz nehmen wollen. Ich setze mich gern auf Ihre Bank.«

Aber sie war aufgestanden, musterte mich einen Moment von oben bis unten, zögerte, doch statt auf mein Angebot einzugehen, ging sie davon. Ich dachte: Das hast du nicht gerade toll gemacht, Frieder!

Ich sah ihr nach. Bevor sie um die Pergola bog, blieb sie stehen, drehte sich noch einmal kurz um, schickte mir ihren verwunderten Blick und lächelte.

Ich fluchte auf mich selbst. Die Sache war verdorben.

Aber wenigstens gesehen habe ich sie, tröstete ich mich.

Ob sie öfter hierher geht? Das müsste ich wissen! Na klar geht sie öfter hierher! So zielgerichtet wie sie angekommen ist. Und ein Buch in der Tasche ...

Vielleicht kann das zur Lösung werden? Erinnern wird sie sich an mich! Aber an welchem Tag, zu welcher Uhrzeit?

Ich lächelte in mich hinein, noch längst nicht siegessicher, aber wesentlich beruhigter. Doch, bestimmt! Bitte schön, hält sie mich eben für einen komischen Kauz, einen Flegel, bitte! Sie wird staunen, wenn ich nächste Woche wieder hier sitze, Sonnabend, um die gleiche Zeit. Und wenn ich ein paar Stunden warten muss. Vielleicht kommt sie erst am Sonntag. Bestimmt wird sie mich wiedererkennen! Und wenn es regnet? Es muss schönes Wetter sein, entschied ich, als könne ich das beeinflussen.

Obwohl ich wusste, dass ich dem Zufall nur eine Chance einräumen würde, entschied ich mich, nichts vom Geschehen des heutigen Tage an die Zentrale zu melden und am nächsten Sonnabend nicht an ihrer Wohnungstür zu klingeln, sondern hierher in den Park zu gehen.

Tage in Hamburg

Wenn ich nicht gerade unterwegs war, um die Stadt kennenzulernen oder an einem beruflichen Hintergrund zu bauen, saß ich in meiner Wohnung, in der ich nicht so recht heimisch werden wollte. Ich studierte alles, was ich mir an Allgemeinverständlichem über die Staatsfinanzen der Bundesrepublik beschaffen konnte. Bei allem Elan, den ich für den eigentlichen Zweck meines Tuns aufbrachte, begeisterte mich diese trockene Thematik nicht gerade.

Das war sicher der Hauptgrund dafür, weshalb ich mit meinen Gedanken oft in Bad Godesberg weilte. Schon ab Mittwoch wartete ich auf das Wochenende. Etwas in mir hatte sich verändert, das spürte ich. Das Gefühl der Ungewissheit, das mich vor dem zufälligen Kontakt in Spannung gehalten hatte, war einer Art Kampfeslust gewichen oder einem Jagdfieber. Ich war von meinem Erfolg überzeugt. Immer wieder stellte ich mir vor, wie Martina Maybach staunen würde, mich wieder auf der Parkbank zu finden, diesmal nicht schläfrig, sondern mit einem Siegerlächeln, das ihr zeigen würde: So leicht wirst du mich nicht los!

Vorstellung

Ich reiste schon am Freitag nach Bonn. Hier herrschte schlechtes Wetter. Ich blieb im Hotel »Zum Schwan«, günstig gelegen, nahe dem Park und keine fünfzehn Minuten Fußweg vom Haus meiner Zielperson entfernt. Für Willy viel zu nahe, aber der hatte Bonn-Bad Godesberg noch nie gesehen. Ab und an trat ich ans Fenster und schaute zum Himmel, um mich gleich wieder enttäuscht aufs Bett zu werfen und nach meinem Buch zu greifen, das ich zur Seite legte, kaum hatte ich eine halbe Seite gelesen, da meine Gedanken schon längst wieder ausgerissen waren.

Ich dachte an Volker in Berlin. Der würde bald auf eine Nachricht über das Ergebnis meines ersten Kontaktversuches warten. Sonntag musste die Nachricht abgeschickt werden. So war es vereinbart. Als Sohn einer Bekannten ihrer Mutter kann man Besuche auch bei Regen abstatten.

Vorausschauend entschied ich, als Text auf die Ansichtskarte zu schreiben: »Tante Marta verreist«. Das würde für »Kein Kontakt, da nicht angetroffen« stehen.

Gegen Mittag besserte sich das Wetter, bald lag die Stadt in schönstem Sonnenschein. Der Park war nach dem Regen noch menschenleer. Die Wiese dampfte. Eine Weile wartete ich schon auf der Bank, las eine Zeitung, als ich Schritte hörte. Komisch, je näher sie kamen, desto vertrauter hörten sie sich an. Als ich kein Knirschen mehr vernahm, senkte ich die Zeitung und wagte, Frau Maybach erstaunt ins Gesicht zu schauen. Dann lächelte ich so, wie ich es mir vorgenommen hatte.

Martina Maybach überschaute die Situation, errötete, lächelte ein wenig verkrampft, und wollte aus Verlegenheit wieder gehen. Ich sah ihr irgendwie an, dass sie nicht an Zufall geglaubt hatte, dennoch, die Überraschung, mich tatsächlich anzutreffen, nahm ihr die Courage, die sie in den Park gelockt hatte.

Ich sprach sie an. Freute mich über das Wetter. Unsinnige Feststellungen, ein paar Fragen, Erklärungen, wir redeten. Das Erste, was mich überraschte, war ihre Stimme. So weich und sanft und so einnehmend.

Als das Gespräch zu versiegen drohte, stellte ich mich ihr vor. Aufgeregt versuchte ich, galant zu sein. Als ob sie ihr Weglaufen vom letzten Sonnabend entschuldigen wollte, nannte Martina Maybach die Parkbank ihre Bank. Sonnabends käme sie bei schönem Wetter meistens hierher, zur Mittagszeit, meist zur Mittagszeit.

Auf die bunte Ansichtskarte an die Zentrale schrieb ich dann doch einen anderen als den vorgesehenen Text: »Tante Marta aus dem Urlaub zurück. Von meinem Besuch überrascht und sehr erfreut.«

Gedanken an eine Frau

In Hamburg studierte ich weiter. Langsam begriff ich etwas von den Staatsfinanzen der für mich neuen Welt. Martina Maybach ging mir nicht aus dem Kopf. Schon morgens unterhielt ich mich in Gedanken mit ihr und manchmal auch laut.

Eines späten Abends, ich grübelte, wie ich das nächste Zusammentreffen mit ihr gestalten könnte, begriff ich, wie sehr ich dabei war, mich mit der Absicht zu identifizieren, diese Martina Maybach näher kennenzulernen. Aus der Zielperson wurde eine Frau. Noch scheute ich mich, mir einzugestehen, dass die Art der Kontaktaufnahme kaum eine andere Variante mehr zuließ, wollte ich erfolgreich sein und einen stabilen Kontakt zu ihr aufbauen.

Dann stand die erste Berichterstattung in Berlin an. Ich stellte mir Volkers Reaktion vor, würde er meine Gedanken erfahren.

»Hast du zu heiß gebadet, Frieder, Menschenskind, hast du vergessen, weshalb du dort drüben bist?«

Die Gedanken an die wahrscheinlichen Reaktionen meiner Genossen ernüchterten mich. Ich sträubte mich dagegen, doch ich merkte, nicht Friedrich Bechler allein arbeitet daraufhin, den Kontakt zu seiner vorgegebenen Zielperson »Löwin« auszubauen. Nein, auch einen gewissen Frieder Gänsekiel drängte eine unbestimmte Neugier, mit der jungen Frau namens Martina Maybach näher bekannt zu werden.

Beratung in Berlin

Beim Zwischenbericht in Berlin genoss ich das allgemeine Lob. Aber eine innere Unruhe verließ mich nicht.

Ich hatte in meinem Bericht über die Kontaktaufnahme nur einen Fakt geändert. Ich erklärte, entsprechend der vorgesehenen Legende an der Wohnungstür geklingelt zu haben, gerade in dem Moment, als die Zielperson zu ihrem Spaziergang in einen Park aufbrach. Dazu lud sie mich dann ein. Somit blieb mir die Beschreibung ihrer Wohnung erspart. Den Genossen war der Kontakt wichtig, und der war hergestellt.

Willy hatte es wieder besonders eilig.

»Welche Ansatzpunkte gibt es, den Kontakt auszubauen? Sind politische Positionen erkennbar? Welche Meinung hat sie über ihren Staatssekretär?«

Ich enttäuschte ihn. Auch einen neuen Termin für ein Treffen mit der »Löwin« konnte ich nicht nennen. Willy hielt dies für die falsche Taktik. Zwingender angreifen, war seine Forderung.

An solchen Tagen tranken Volker und ich abends unser Bier.

»Na, Frieder?«

»Was soll dieses Na heißen?«

»Na heißt na! Oder genauer, wenn du dich schon dumm stellen willst: Wie ist sie denn so?«

»Auftrag ist Auftrag, da gibt es kein zusätzliches Na! – Hast du mir selbst beigebracht!«

Volker schmunzelte zufrieden, in der Annahme, gerade eben mehr über meinen persönlichen Eindruck von der Zielperson erfahren zu haben als Willy während des langen Gesprächs am Nachmittag.

Um Volker keinen Grund für weitere Fragen zu geben, erkundigte ich mich nach Cornelia. Er verstand meine Neugier. Auskünfte, die mich wirklich interessiert hätten, gab er mir nicht, nur die Warnung, nicht auf die Idee zu kommen, ohne sein Wissen zu versuchen, Kontakt zu ihr herzustellen. Das war eindeutig.

Ich blieb drei Tage zu Hause in Berlin. Wir sprachen über vieles. Mein Drang nach Erfolg stellte sich wieder ein.

Als Fidelius schließlich wieder aus Berlin abfuhr, hatte er entschieden, nur der Kundschafter mit dem Pseudonym Friedrich Bechler darf noch nach Bonn-Bad Godesberg fahren. Frieder Gänsekiel erhielt dorthin Reiseverbot ausgesprochen, wegen nicht kalkulierbaren Gefühlsduseleien.

Dennoch passierten drei Männer die Grenze.

Fidelius fluchte. Wieder war ihm verboten worden, auf kurzem Weg nach Hamburg zu reisen, wieder musste er den Umweg über Kopenhagen nehmen. Sein Ärger legte sich bald.

Viel selbstbewusster als bei der Hinreise nach Berlin saß Bechler am Fenster. Er schaute hinaus in die sommerliche Landschaft Mecklenburgs. Aber er sah sie nicht. Er war in Gedanken und bastelte am operativen Erfolg.

Und da war noch Frieder Gänsekiel. Der schaute verträumt auf die großen Felder, über denen die Sommerhitze flimmerte, und stellte sich vor, er hätte diese Martina unter anderen Umständen kennengelernt.

Fidelius ermahnte ihn wegen solcher Gedanken.

Bechler aber wollte so einen Gänsekiel nicht bei sich haben.

Der Zug raste nach Norden. Dann nach Süden.

Die Probe

Nagelprobe, so nannte ich das Wiedersehen mit Martina Maybach für mich.

Bechler hatte sich etwas ausgedacht und Fidelius von seinem Plan überzeugt. Gänsekiel widersprach nicht, auch wenn er das plötzliche Ansinnen für unwürdig hielt. Ihn beschäftigten andere Gedanken. Bilder und Träume zogen vorbei, Wünsche und unerwartete Sehnsüchte erwachten, je näher der Termin für eine Fahrt nach Bad Godesberg kam. Gänsekiel hoffte, die Frau mit der Stimme, die ihm nicht aus dem Ohr ging, bald wiederzusehen. Und das war, jedenfalls was den Zeitpunkt betraf, ungewiss. Eine konkrete Verabredung gab es nicht, und das letzte Zusammentreffen lag fast vier Wochen zurück.

Sonnabend. Martina saß auf der Bank. Fidelius war erleichtert. Bechler siegessicher. Gänsekiel voller aufgeregter Zufriedenheit und Genugtuung. Er war sich sicher, sie hatte auf ihn gewartet.

Wir begrüßten uns förmlich und sprachen über Zufälle. Doch gleich belachten wir unser unsinniges Gerede.

Sie blickte misstrauisch auf meine kleine Aktentasche, die ich unter dem Arm trug.

Ich wartete auf ihre Frage dazu. Doch Frau Maybach schwieg.

Etwas spitz fragte ich sie, ob sie lesen wolle.

»Eigentlich … ja! Ja! Wenn ich hierher komme, habe ich immer ein Buch dabei.«

Ihre Stimme gab Gänsekiel das Gefühl, gestreichelt zu werden.

»Vorigen Sonnabend waren Sie nicht hier … und am Sonnabend davor auch nicht!«

Ich ging aufs Ganze.

»Bitte, ich muss noch etwas erledigen. Eine halbe Stunde ungefähr! Bitte, achten Sie auf meine Tasche! Ich komme gleich wieder! Höchstens eine halbe Stunde!«

Sie starrte mich an, ungläubig, erschrocken, sprachlos.

Ich hielt ihr die Tasche so schwungvoll hin, dass sie die entgegennehmen musste oder sie wäre ihr zu Füßen gefallen.

»Und wenn Sie nicht wiederkommen, Herr Bechler?« fragte sie in solch kindlicher Hilflosigkeit, dass ich später oft darüber lächelte.

»Bestimmt komme ich wieder, Frau Maybach!« antwortete ich und übertrieb dabei den tröstenden Ton, um ihre Befürchtung zu zerstreuen.

Und dann erstarrte ich.

Noch heute weiß ich nicht, wie lange diese Starre anhielt. Damals erschien es mir eine Ewigkeit. Und ob Martina sie bemerkte und wenn ja, was sie dabei dachte. Noch heute kann ich mein Entsetzen von damals spüren. Blitz und Donner schienen über mich gekommen zu sein, so erschrocken war ich: Ich Trottel hatte ihren Namen genannt. Woher sollte ich den wissen! Sie hatte sich bisher nicht vorgestellt.

»Verdorben!« rauschte es wie ein Sturm durch meinen Kopf. »Wieder alles verdorben! Sie wird misstrauisch werden!« Ich hastete los, um ihr nichts erklären zu müssen.

Bechler wütete gegen Gänsekiel.

Ihr die Tasche zur Aufbewahrung zu überlassen, war natürlich beabsichtigt. Nicht ohne Grund hatte Bechler sie mit in den Park genommen, obwohl ich damit auffiel. Es war eine Kollegmappe, die man für eine kleinere

Menge von Geschäftsunterlagen verwendet, mit einem einfachen Reißverschluss, leicht zu öffnen, innen eine Vielzahl von Fächern zum Einordnen von Papieren.

Drei Aufgaben sollte die Tasche nach Bechlers Vorgaben erfüllen, der sich sonst meinem Vorgehen an diesem Tag ganz und gar verweigert hätte. Die Kontaktperson sollte sich sicher sein, dass ich zurückkehre. Ihre Zusage, auf die Tasche zu achten, verpflichtete sie gewissermaßen auch mehr, auf mich zu warten. Zum anderen hatte Bechler den Reißverschluss mit einer einfachen, unauffälligen und für einen Laien nicht erkennbaren Sicherung präpariert. Würde sie die Tasche öffnen, würde diese Sicherung zerstört werden. Ich würde es bemerken, sie nicht. Zu wissen, ob sie neugierig gewesen war und die Tasche geöffnet hatte, würde für mein zukünftiges Verhalten ihr gegenüber wichtig sein. Und es gab einen Nebeneffekt. Sollte sie die Tasche aus Interesse an meiner Person öffnen, dann würde sie alles vorfinden, was der »Vertreter eines australischen Reiseveranstalters für Deutschland« so mit sich herumschleppt. Visitenkarten, auch meine Adresse und Telefonnummer in Hamburg, und natürlich eine Menge Prospekte, Listen von Hotels in Australien usw. Als Vertreter eines australischen Tourismusbüros wollte ich ihr gegenüber auftreten, würden wir beginnen, uns über Persönlicheres zu unterhalten.

Ich verließ den kleinen Park. Der Gedanke, so unbedacht ihren Namen genannt zu haben, trieb mich durch die Straßen. Gelegentlich schaute ich auf die Uhr. Mindestens eine halbe Stunde wollte ich dem Park fernbleiben.

Einmal griff Bechler an die sicher verschlossene Gesäßtasche. Er vergewisserte mich, dass dort ein Zweitdokument steckte. Ein Personalausweis, natürlich nicht auf den Namen Bechler ausgestellt. Würde meine Kontaktperson bei meiner Rückkehr mit meiner Tasche verschwunden sein, würde es auch für mich Zeit, die Gegend zu verlassen. Es würde dann keinen Bechler mehr geben.

Schon protestierte Gänsekiel energisch, Martina so etwas zu unterstellen. Er verteidigte sie, war davon überzeugt, dass sie den Schieber des Reißverschlusses nicht einmal anrühren würde. Und er war sich sicher, dass die Frau mit der sanften Stimme seine Einladung ins Konzert annehmen würde, die er in ein paar Minuten aussprechen wollte.

Dagegen protestierte Bechler. Mit Willys energischer Stimme mühte er sich, Fidelius zur Ordnung zu rufen, erinnerte an Grundsätze, forderte, die Kontaktperson erst weiter zu überprüfen und sparte nicht mit Vorwürfen, dass so ein gemeinsamen Konzertbesuch in diesem Stadium des Kontaktes ein nicht vertretbares Risiko darstelle.

Das wiederum brachte Gänsekiel auf. Trotzig tippte er sich mit dem Zeigefinger an die Stirn und rief dem Bechler zu: Lass mich in Frieden! Ich will mit dieser Frau ausgehen, heute, ich will ihre Stimme hören, will ihr in die Augen sehen, will erfahren, was sie über mich denkt und warum sie in den Park kommt. Und ich will mit ihr durch die Nacht laufen und vielleicht …

Fast wäre ich so in widerstreitenden Gedanken versunken auf die Bank zugelaufen, auf der Martina Maybach saß, die Tasche auf ihren Oberschenkeln fest mit beiden Händen umklammert, und ungeduldig und wohl ein wenig nervös auf mich wartete.

Die Sicherung an der Tasche war unversehrt.

Am Abend wartete ich vor dem Konzerthaus.

Gänsekiel wusste, sie würde kommen. Bechler hielt sich, unsicher geworden, zurück.

Martina kam, spät, fast wäre uns der Einlass in den Saal verwehrt worden. Und sie war ziemlich aufgeregt, schaute sich ständig um, als suche sie jemanden. Erst als das Licht im Saal abgedunkelt wurde, so schien es mir, ließ ihre Anspannung nach.

Nach dem Konzert deutete sie Dinge an, die seltsam klangen. Sie sagte das einem Herrn Bechler und ahnte nicht, dass sie nur dem Gänsekiel gefielen. Doch sie gab auch Rätsel auf, als sie sich nicht nach Hause begleiten ließ und allein in einem Taxi davonfuhr.

Abendessen

Der unsicheren Wetterlage wegen hatten wir uns für den folgenden Sonnabend zum Abendessen in einem Restaurant verabredet. Weder Gänsekiel noch Bechler hatten bei Fidelius Einspruch erhoben.

Bechler hatte lediglich auf ein exakt vorbereitetes Gesprächsprogramm bestanden, das vor allem politische Themen zum Inhalt haben musste.

Gänsekiel hatte das lächelnd hingenommen.

Wir plauderten, sprachen über dies und das. Dann vor allem über Australien. Das interessierte sie. Ich machte ihr mit meinem Erzählen staunende Augen. Dennoch fragte ich nach, warum sie das so interessiere. Ihre Antwort beglückte Gänsekiel. Leiser als wir unsere Unterhaltung geführt hatten, antwortete sie: »Ich weiß nicht … doch, doch, es interessiert mich! Ich, ich glaube … weil Sie das alles erlebt haben!«

Bechler empörte sich über diese Vertraulichkeit, erinnerte Fidelius fordernd an das vorgesehene Gesprächsprogramm.

Der mühte sich dann ehrlich. Das Ergebnis, niederschmetternd und fast nicht begreiflich: Eine Mitarbeiterin der Regierung, wenn auch in niederem Rang, interessierte sich nicht für Politik. Statt Meinungen verwunderte Blicke, die mir bald Gefahr signalisierte, ich könnte sie langweilen. Später kam sie von selbst auf das Thema zurück und erklärte lächelnd: »Meine Mutter hat immer behauptet, Politik sei Sache der Männer ... und das wäre einer der Gründe, weshalb Männer nichts taugen!« Und sie selbst wisse noch nicht, ob ihre Mutter nicht vielleicht Recht habe.

Bechler schwieg. Gänsekiel nahm es mit der Bemerkung hin, das könne sie doch herausfinden. Doch Bechler bemerkte sein schadenfrohes Grinsen und zog sich zurück.

Nun bestimmte vor allem Gänsekiel das weitere Geschehen.

Immer wieder sind wir an diesem lauen Spätsommerabend zwischen ihrem Haus und meiner Pension hin und her gelaufen, sicherlich bald unseres frühpubertären Verhaltens bewusst. Nur eines kleinen Anstoßes hätte es bedurft, und Gänsekiel hätte Fidelius vollkommen beherrscht. Jeder Einspruch Bechlers wäre in dieser Nacht unwirksam an Fidelius abgeprallt. Auch später in meinem Pensionszimmer, kam mir statt Schlaf immer wieder der Gedanke, aufzustehen, mich anzuziehen, zu ihrem Haus zu gehen und parterre rechts zu klingeln, dort wo auf dem Schildchen der Name »M. Maybach« stand. Hätte ich es getan, hätte ich Bechler verstoßen müssen. Doch mir war klar, ohne Bechler konnte es mit dieser Frau keine Zukunft geben.

Auszeit

Meine Verwirrung hielt noch in Hamburg an. Bechler riet Fidelius, mindestens drei Wochen nicht nach Bad Godesberg zu fahren. Er forderte es. Der nahm dessen Ratschlag diszipliniert an. Eine Auszeit, wie man heute sagen würde, war auch für meine Legende wichtig, sonst hätte ich meiner Kontaktperson gleich sagen können, dass mich anderes als Geschäftliches so häufig in den Raum Köln führte. Sie hatte schon festgestellt, dass ich so viel in der Nähe von Bonn zu tun habe, und sich darüber gefreut.

Martina hatte sich in jener Nacht nach dem langen Hin und Zurück zwischen ihrer Wohnung und meiner Pension so schnell verabschiedet, dass wir uns nicht konkret verabredet hatten. Von den nach Hause kommenden Nachbarn zu nächtlicher Stunde mit einem Mann vor der Haustür gesehen zu werden, war ihr wohl peinlich gewesen. Die Konsequenz: Sie würde nicht an einem bestimmten Tag zu einer bestimmten Zeit an einem vereinbarten Ort warten. Blieben die Schönwettersonnabende. Günstig für eine solche Auszeit.

Gänsekiel gefiel so eine Auszeit nicht, aber Fidelius erinnerte sich. Intime Bindung zur Zielperson sollte ausgeschlossen bleiben. So war es festgelegt worden. Doch Gänsekiel warf ein: *möglichst*! ... Der Genosse Johannes hat *möglichst* gesagt! ... Intimkontakt ist *möglichst* auszuschließen.

Für eine Woche studierte ich wiederum Fragen der Staatsfinanzen. Ich muss zugeben, nicht sehr intensiv. Eine Arbeit, die mir solche Freizügigkeit gestattete, dass ich meinen Auftrag erfüllen konnte, hatte ich noch nicht gefunden. Auch meine persönlichen Kontakte in Hamburg waren noch auf meinen Vermieter beschränkt, einen älteren Herrn, der in der Nebenwohnung wohnte und seinem ortsfremden Mieter in jedem Gespräch die hanseatischen Traditionen eines Hamburgers demonstrierte.

In diesen Tagen begriff ich: Ein Kundschafter oder meinetwegen auch ein Spion verbringt fünfzig Prozent seiner Zeit damit, auf irgendetwas zu warten, vierzig Prozent, sich mit Dingen zu beschäftigen, zu denen er in Wirklichkeit keine rechte Lust hat. Maximal zehn Prozent seiner Zeit verbringt er mit Handlungen, die jeder Außenstehende für eine interessante und aufregende Arbeit hält.

Wie gewöhnlich frühstückte ich auch am Sonnabend zeitig. Die Morgensonne schien in mein bescheidenes Heim, direkt auf den Tisch mit dem Kaffeepott, der Brötchentüte und dem Honigglas, und sie reihte Staub auf ihre Strahlen. Entgegen der Vorhersage versprach es, ein schöner Sommertag zu werden.

Ich frühstückte ohne Appetit, ahnte, ganz gleich was ich unternehmen würde, Bechler und Gänsekiel würden das Wochenende im Streit verbringen. Dabei war der Streit längst entschieden, nur eingestanden hatte ich es mir noch nicht.

Den Fahrplan der Züge nach Köln hatte ich im Kopf. Ich sprang auf, warf ein paar Sachen in meine Reisetasche. Taxi zum Hauptbahnhof. Kaum im Zug, fuhr er los.

Mein lieber Willy, was du nicht weißt, macht dich nicht heiß! rief Gänsekiel übermütig aus dem geöffneten Abteilfenster.

Doch unterwegs kam ich ins Grübeln und dann zu einem Entschluss: Bechler musste mit Gänsekiel und

Gänsekiel mit Bechler versöhnt werden, wollte ich mich nicht weiter mit solchen spontanen, unüberlegten und mit der Zentrale nicht abgestimmten Handlungen überraschen. Nur dann könnte Fidelius seinen Auftrag erfüllen.

An diesem Morgen glaubte ich, das schaffen zu können.

Tatsächlich einigten sich beide und gaben Fidelius die Instruktion, engste persönliche Beziehungen zu Martina Maybach herzustellen und den Auftrag auf dieser Basis zu erfüllen. Es dauerte nicht lange, und ich sah schon gar keine andere Möglichkeit mehr, Martina Maybachs Lebensverhältnisse zu erkunden, ihre Ansichten kennenzulernen, ihre Bindungen und alles, was ihr Leben ausmachte, herauszufinden.

Als ich jedoch das Danach bedachte, wurde ich unsicher. Aber ich saß im Zug, und der fuhr weiter. Mir blieb nur, die Notbremse zu ziehen. Ein paarmal schaute ich tatsächlich nach oben, dorthin, wo der verplombte Griff aus der Waggondecke leuchtete. Würde ich die Plombe öffnen, den Hebel nach unten reißen, würde sich der Zug für mich nie wieder in Bewegung setzen. Blieb, in Bonn auszusteigen und mit dem nächsten Zug zurück nach Hamburg zu fahren.

Ich fuhr nach Bad-Godesberg.

Frühstück am Nachmittag

Als ich ankam, regnete es. Kein Parkwetter. Kurz entschlossen fuhr ich direkt zu Martinas Wohnung.

Lange stand ich an ihrer Haustür, klingelte immer wieder, ging ein Stück zur Hauptstraße hin, um zehn Minuten später wieder zurückzukehren und erneut das kleine

Schild mit dem Namen »M. Maybach« auf der Klingelanlage zu suchen. Sollte ich doch lieber nach Hamburg zurückzufahren? Der Wunsch, sie anzutreffen, hielt mich in Bad Godesberg fest.

Das alles habe ich ihr nie gesagt.

Ich trottete zum »Schwan«, enttäuscht, aber in der Hoffnung, sie vielleicht am Sonntag zu sehen. Am Hoteleingang wäre ich fast mit ihr zusammengestoßen, so durcheinander schien sie zu sein. Sie betrachtete mich durch das dicke Glas der großen Schwungtür, als könne sie nicht glauben, mir tatsächlich gegenüberzustehen. Wütend funkelten ihre Augen hinter der großen Brille. Kraftvoll drückte sie die Tür nach außen, so als müsse sie verhindern, dass ich dieses Hotel überhaupt betrete. Ich ging zwei, drei Schritte rückwärts, sie trat vor die Tür, fasste mich am Arm und befahl: »Kommen Sie!«

Der Regen hatte nachgelassen, trotzdem gingen wir schnell. Und schweigend. Auf den ersten Metern drei Sätze über das Wetter und drei über die Zugfahrt, mehr sprachen wir in den zehn Minuten bis zu ihrem Haus nicht.

Es war, als wären wir uns einig, nicht mehr reden zu dürfen.

Bechler musste Fidelius energisch disziplinieren. Gänsekiel war es gelungen, Fidelius zu verwirren. Gänsekiel hatte sich gerade vorgestellt, der Frau, die da neben ihm ging, einfach zu sagen: Mein Name ist Gänsekiel! Komischer Name, ich weiß. Trotzdem, ich heiße Frieder Gänsekiel!

Ich erschrak bei dem Gedanken, schaute sie nicht mehr an und lief schweigend neben ihr her. Meiner zielstrebigen Begleitung schien dies nichts auszumachen.

Wir näherten uns ihrem Haus. Martina wurde unruhig. Bestimmt wollte sie etwas sagen, etwas ihr wichtiges. Aber sie traute sich nicht. Ich schaute sie fragend an.

Da sie immer noch nichts sagte, las ich in ihren Augen: Siehst du, was du mit mir gemacht hast! Und gleich darauf: Bilde dir nichts ein! Ich will das! Ich! Unwiderruflich! Wage nicht, es mir zu nehmen!

Ich beschloss, mich ihr zu überlassen.

Die konservative Einrichtung ihre Wohnung überraschte mich. Die Möbel relativ neu, Versandhausware, aber mit allem nur möglichen Krimskrams und Deckchen überladen. Farblich überwogen blaue Töne. Vor dem Panoramafenster stand ein großer Sessel mit einer hohen Rückenlehne. Auch die war mit einem Deckchen verziert. Ein Tisch und eine Stehlampe mit mächtigem Schirm.

Es war ja schon Nachmittag, als wir bei ihr ankamen. Aber der Tisch im Wohnzimmer war gedeckt. Mit viel Aufwand, Sorgfalt und Geschmack waren zwei Frühstücksgedecke und reichlich Tischschmuck aufgelegt und verrieten, dass meine Gastgeberin schon lange auf mich gewartet hatte.

Der Junggeselle in mir bestaunte den ungewohnten Anblick.

Als der Duft von Rührei mit gebratenem Schinkenspeck in meine Nase zog, begann ich zu scherzen. Es sei mir schon immer ein Bedürfnis gewesen, am Nachmittag zu frühstücken. Dabei schielte ich auf das, was die Hausfrau noch an Überraschungen aus der Küche brachte. Hunger hatte ich tatsächlich, und allzu vornehme Zurückhaltung beim Essen lag mir noch nie.

Nach dem Frühstück am Nachmittag breitete sich Verlegenheit aus. Eine eigenartige Stimmung, die für die nächsten Minuten alles Geschehen offen ließ. Ich lächelte ununterbrochen. Aus Rücksicht auf Bechler überließ es Gänsekiel ihr, zu entscheiden, was geschehen sollte.

Draußen regnete es wieder. Gelegentlich so stark, dass wir erschrocken zum Fenster schauten. Der Wind trieb die Regentropfen und ließ sie an die Scheibe trommeln.

Martina wollte mich verwöhnen, ich sollte mich heimisch fühlen. Dabei war sie nervös und fahrig. Das gefiel mir. Sie bot mir an, im Fernsehen die Übertragung von Bundesligaspielen anzuschauen. Zu viel für Frieder und Friedrich zusammen! Ich bedankte mich. Mein Desinteresse an Fußball war ehrlich. Stattdessen bat ich sie, auf dem Klavier zu spielen.

Der Wahrheit wegen: An diesem Spätnachmittag sollte ihre Musik Mittel zum Zweck sein. Es drängte mich, eine Zeit lang meinen Gedanken nachgehen zu können. Bechler redete auf Gänsekiel ein, hielt mir immer wieder Willys Bild vor Augen, erinnerte mich an das übergreifende Ziel der Aktion und säte Zweifel an der angestrebten dauerhaften Harmonie zwischen ihm und Gänsekiel. Der aber hatte anderes im Sinn. Irgendwann, in drei, vier oder fünf Stunden, würde der Moment kommen. Sie würde den Tag nicht vergehen lassen. Das fühlte er. Nur ein Augenblick, dann würde alles entschieden sein. Danach würde auch Fidelius einen Rückwärtsgang nicht mehr finden.

Martina spielte Klavier. Ich hörte eine Weile zu, nicht lange, dann setzte ich mich an das große Fenster. Ich sah an der so ebenmäßig gewachsenen Tanne im Vorgarten vorbei auf die menschenleere Straße, einfach so in den Regen hinein. Die Melodien ihres Spieles schwebten irgendwo.

Meine Gedanken waren in Berlin, und ich fragte mich nach einer Alternative.

Ja, es hätte an diesem Nachmittag einen Ausweg gegeben, und ich hatte tatsächlich überlegt, ob ich ihn nicht gehen sollte: Flucht aus ihrer Wohnung. Gänsekiels Flucht. Doch mit Gänsekiel wäre auch Bechler davongelaufen.

Und wie hätte er zurückkommen sollen, um seinen Auftrag zu erfüllen? Der Preis für die Flucht wäre die Niederlage gewesen.

Mich überkam das Gefühl, nicht mehr zu wissen, wer ich war, nur noch zu wissen, wer ich sein durfte. Ein mir unbekanntes und schmerzhaftes Gefühl.

Sie hatte aufgehört zu spielen, ohne dass ich es gleich bemerkte. Ich holte meine Blicke von der Straße zurück und betrachtete Martina. Unerwartet spürte ich die Wärme dieser Frau. Zum erstenmal passierte mir das, ich hatte sie noch nicht einmal richtig angefaßt, und dennoch spürte ich ihre Wärme. Für einen Moment dachte ich an Maria. Doch ich spürte, es war die Wärme dieser anderen Frau.

Am Abend fanden wir uns endlich. Eine Spur Angst, gar zu schnell zu verbrennen, blieb zurück.

Die Beichte

Der Zug hatte die Fähre in Warnemünde nach Mitternacht verlassen, Pass- und Zollkontrolle waren erledigt. Ich saß im Zug und mühte mich um Schlaf, doch meine Gedanken kamen nicht zur Ruhe. Zu vieles ging mir durch den Kopf.

Plötzlich wünschte ich mir, der Zug solle nicht auf dem Berliner Ostbahnhof ankommen. Dieser Gedanke war mir unheimlich, so nahe am Verrat, dass er mich wie ein Keulenhieb traf. Aber er brachte mich zur Besinnung. Ich entschied, über die Entwicklung des Kontaktes zur

Zielperson »Löwin« wahrheitsgemäß zu berichten. Der Konsequenz war ich mir bewusst. Deshalb versuchte ich mich an den Gedanken zu gewöhnen, den Zug in die Gegenrichtung niemals mehr besteigen zu können.

Dass die Wiedersehensfreude von meiner Seite weniger ausgelassen ausfiel, brachte mir zunächst lediglich Volkers verwunderten Blick ein.

Später im »Stadtrand« dauerte die Spannung nicht lange an. Ich offenbarte mein nicht abgestimmtes Handeln im ersten Satz unseres Gesprächs.

»Intimkontakt? Was erzählst du da, Frieder? Ich höre wohl nicht richtig? Intimkontakt? Du hast mit ihr ...? Das war nicht vorgesehen, nicht erörtert, nicht bestätigt!«

Willy geriet außer sich.

Dann aber musterte er mich lange, so, als ob er mir nicht glauben würde, ja mir so etwas überhaupt nicht zutrauen könnte. Ich sah ihm an, wie etwas in ihm zusammenfiel. Die Bearbeitung der »Löwin« verlief nicht nach Plan, und Willy liebte es zu sehr, die planmäßige Entwicklung eines Vorganges melden zu können.

Weitere Erklärungen wären in diesem Moment sinnlos gewesen. Unangenehme Stille breitete sich im Raum aus.

»Nein, nicht vorgesehen! Das schränkt unsere Varianten ein!« hörte ich Willy schließlich leise sagen, so als würde er mit sich selbst sprechen. »Die Decke wird sehr dünn. Was soll das? Mensch, Frieder!« bäumte er sich nochmals auf, aber bereits viel ruhiger.

Dann wurde er grundsätzlich, wie meist in solchen Situationen. »Wir brauchen Quellen, die ihre Informationen nicht liefern, weil sie einem Mann gefallen oder ihn festhalten wollen, sondern weil sie davon überzeugt sind, das einzig Richtige zu tun. – Intimverhältnis ... Liebesbeziehung ... Mist ist das! Immer das Gleiche! Hoher Aufwand! Keine Stabilität! Mann weg, Motiv weg, Quelle weg!«

Wieder gestikulierte er wild.

Volker warf mit spitzer Zunge ein: »Bei mancher geht es eben nicht anders!« und erntete dafür Willys zornigen Blick.

»Und du, Frieder? Du bist nun auf diese Frau festgelegt! Läuft die Sache nicht, ist auch der Bechler verbrannt. Vielleicht ist er es schon! Verdammt noch mal, so ein schönes Pseudonym!«

Das von Willy zu hören, hatte ich nicht erwartet. Man hatte das Geschehene also eingeplant, nicht erwünscht, aber kalkuliert.

Willy, äußerlich gelassener geworden, forderte nun eine gründliche Analyse der Situation. Das war der richtige Zeitpunkt, mich zu rechtfertigen. Auch spürte ich, dass Willy eine Begründung für mein Handeln wollte, eine brauchbare, wie er sich ausgedrückt hätte, wenn er sie direkt von mir gefordert hätte. Eine, die man, wenn schon nicht begrüßen, so doch wenigstens verstehen und zur Not akzeptieren würde.

»Vielleicht wäre es tatsächlich besser gewesen, wenn wir vorher alles noch einmal beraten hätten, doch, bitte versteht, ich musste entscheiden. Ich stand unter dem Zwang zur Entscheidung. Schwer genug, Kontakt zu der Frau herzustellen! Und dann, es war eindeutig, die Geschichte vom Sohn der Bekannten ihrer Mutter, für den Kontakt hat sie gerade so gereicht, aber eben nicht für mehr. Die Luft war sofort raus. Gelegentlich ein Kartengruß, und jedes Jahr ein Besuch, mehr wäre nicht drin gewesen. Was hätten wir damit anfangen sollen? Ich habe einfach die Chance genutzt. Abgesichert! Die zweite Schiene gewissermaßen. Und dann, wie das eben so passiert! Hätte ich nicht ... es wäre das Ende des operativen Kontaktes gewesen.«

»Falsch, Frieder! Aber nicht mehr zu ändern!« Willy gab sich nun sehr viel ruhiger. In Wirklichkeit war er es nicht. Ich kannte ihn. Er war richtig sauer auf mich.

Doch er sagte: »Halten wir also fest, wenn ich deine Worte, Frieder, einmal zusammenfassen darf: Es bestand in deinen Augen die Gefahr des schnellen Versickerns der Quelle. Nach gründlicher Analyse der Situation und im Interesse einer erfolgreichen Bearbeitung glaubtest du, aus Zeitgründen schnell und allein entscheiden zu müssen, und die Bearbeitung auf dem einzigen dir erfolgreich erscheinenden Weg fortzusetzen. Das etwa muss der Tenor deines Berichtes sein, und ausführlich und begründet. Na, du weißt schon! Ist ja nicht der erste Bericht, den du schreibst! Und von dir, Volker, bekomme ich eine Sicherheitsanalyse, heute noch!«

Eine halbe Stunde vorher hatte ich fest damit gerechnet, nicht nach Hamburg zurückkehren zu dürfen, und wenn doch, dann höchstens mit dem Auftrag, meine Zelte dort schnell und für immer abzubrechen.

Nun aber wunderte ich mich über den sonst so geradlinigen Willy. Und war erleichtert.

Mein Bericht war geschrieben. Willy hatte ihn schon vor Stunden mitgenommen. Volker und ich saßen im Beratungszimmer, aßen Würstchen, tranken Bier. Willy hatte uns angewiesen, im Objekt zu bleiben.

Da betrat der Genosse Johannes das Zimmer.

»Nicht so einfach, das Leben!« begrüßte er mich lächelnd, ehe ich Zeit hatte zu überlegen, ob ich sein unerwartetes Erscheinen positiv oder negativ für mich werten durfte. Sein Lächeln verschwand, er schaute mich durchdringend an und ergänzte, jetzt ohne Humor in der Stimme: »Und mit den Frauen besonders!«

Volker zog sich in die Küche zurück.

»Komm, lass uns einen trinken! Auf das Mitbringsel gewissermaßen, das du uns heute so unerwartet beschert hast!«

Weder dem Klang seiner Stimme noch seinen Gesichtszügen war zu entnehmen, wie er das eben Gesagte meinte.

Redet etwa auch er meine Beichte klein, ging es mir durch den Kopf.

Wir tranken einen doppelten Doppelkorn.

Noch immer zeigte Johannes keine Regung, aus der ich wenigstens seine Stimmung hätte ablesen können.

Noch einmal füllte er die Gläser.

»Den trinken wir auf die ›Löwin‹, auf unsere ›Löwin‹!«

Das Wort unsere sprach er so aus, dass ich erschrak. Dann wurde mir heiß. Ich befürchtete, er würde mich nun zu einer wirklichen Beichte drängen, einer, bei der ich mich nicht auf Allgemeinplätze verlassen konnte.

Ich schwieg.

Wir tranken.

»Sag mal was zu ihr! Nicht das, was ich aus deinem Bericht schon kenne. Nicht das, was du auch den anderen erzählt hast!«

Ich überlegte, was ich antworten sollte.

Johannes wartete.

»Dein Schweigen ist auch eine Antwort. Eigentlich hab ich keine andere erwartet, Frieder!«

»Was soll ich noch sagen …« entgegnete ich und ergänzte: »… was operativ wichtig wäre!«

Johannes lächelte, doch dann traf mich sein scharfer Blick:

»Also, Frieder! Nun mal unter Männern! Da du mir die Welt nun schweigend erklärt hast, sehe ich meine Annahme bestätigt, dass es dir nicht sonderlich schwergefallen ist, eine Beziehung zu der Frau herzustellen. Und überwinden musstest du dich keinesfalls, diese Beziehung außerdem noch intim zu festigen. ... Kein Vorwurf, Frieder! Das ist kein Vorwurf! Aber du bist bestimmt einverstanden, dass wir dein eigenmächtiges Vorgehen aus der Kategorie Heldentaten streichen. Wo wir dein Handeln letztlich einordnen, das wird die Zukunft entscheiden. – Vor allem du hast das so gewollt!«

Ich schwieg.

Dann sagte ich: »Weshalb soll ich es leugnen, eine sympathische Frau! Und das Leben ...« Ich sprach nicht zu Ende.

Johannes schloss für einen Moment die Augen, als brauche er Dunkelheit, um mich begreifen zu können: »So, so! Wie das Leben so ist, willst du mir nun erklären!«

Ich war mir sicher, er dachte an etwas anderes.

Dann wechselte er scheinbar das Thema und fragte, wie ich in Hamburg zurecht käme. Also doch, dachte ich, die Probleme meines Rückzuges beschäftigen ihn schon. Falsch vermutet.

Wir sprachen über zu diesem Zeitpunkt eher periphere Fragen. Später wurde er wieder einsilbig. Dann schwieg er erneut.

Ich dachte an Martina, stellte mir vor, wie sie es aufnähme, wenn ich nicht käme und spürte dabei, wie sehr mich dieser Gedanke in Anspruch nahm.

Da forderte mich Johannes auf, unerwartet und mitten

im Wirrwarr meiner Gedanken hinein: »Hilf mir, den Fortgang der Sache zu entscheiden!«

Ich überlegte nicht lange. »Es wird intensiver und vor allem langwieriger Arbeit bedürfen, die ›Löwin‹ zur bewussten Mitarbeit zu bringen.«

»Aber du meinst, sie könnte es werden, eine wirkliche Quelle? Eine die uns dann auch Informationen bringt, solche die wir brauchen?«

»Interessante Informationen auf jeden Fall. Objektiv hat sie durchaus Möglichkeiten. Ich glaube schon. Ob diese Informationen als geheim einzustufen sein werden, kann ich noch nicht beantworten. Wäre schon möglich. Was die subjektive Seite betrifft: Ob sie einmal bewusst bereit ist, uns Informationen zu liefern, wie sollte ich jetzt darüber urteilen? Keine Meinung! Noch nicht. Ist mir viel zu früh!«

Das klang selbstbewusst.

Johannes lächelte.

»Ja, ja, ... andere Fragen sind leichter zu klären. Da hab ich doch recht, Genosse Fidelius?«

Wie er meinen Decknamen aussprach, das hatte sarkastischer geklungen, als es gemeint war. Er legte seine Hand versöhnlich auf meinen Arm und sagte langsam, vielleicht auch ein wenig zu betont: »Du weißt, Frieder, dass ich eigentlich anweisen müsste: ›Keine Wiederausreise‹! Ich tu es nicht! Vertrauen gegen Vertrauen! Ich bin überzeugt, wenn es zu entscheiden gilt, weiß dein Kopf, wo deine Heimat ist! Auch wenn es anderswo in dir wehtun sollte! Und noch eins: Deine Verantwortung für ... nun, du kennst unser Prinzip: Wer von uns weiß, gehört zu uns. ... Es sei denn, er gehört auch zu den anderen! Egal, ob sie sich selbst der Tatsache bewusst ist oder nicht, ob sie die Verbindung vermutet, begriffen hat, wer wir sind, manche wollen es auch gar nicht wissen, egal! Sie gehört zu uns.«

Erneut musterte er mich, schwieg, als müsse er mir Zeit geben, seine Worte nicht nur aufzunehmen, sondern auch zu verarbeiten.

»Überlege gut! Wenn wir jetzt aufhören, wenn wir jetzt den Kontakt abbrechen, wo sie dich zwar kennt, aber noch keine Ahnung von deinem Hintergrund hat, wenn du nicht mehr auftauchst, was passiert dann? Im Grunde nicht viel. Einer hat es nicht ehrlich gemeint und sich verdrückt. Das passiert! Verschwunden ohne Abschied, ein Scheißkerl! Bitte! Das ist geschenkt. Du hörst ihre Klagen nicht mal selbst. Und einem Scheißkerl rennt man nicht nach. Auch gut für uns! Außerdem, jeder findet wieder seine Ruhe, du auch. Und weder Verfassungsschutz oder wer sonst noch, hat einen Grund, sich um eine kurze intime Bekanntschaft einer Sekretärin in einem bundesdeutschen Ministerium zu kümmern. Du ziehst von Hamburg weg. Die Welt ist groß! Das weißt du selbst! Aufgaben gibt es viele! Aber alles, Frieder, alles wird sich ändern, rapide, unvorhersehbar, sobald sie begreift, worum es geht und noch mehr, wenn sie erkennt, wer du bist und woher du kommst. Wird sie ruhig sein, schweigsam, auch wenn du nicht neben ihr stehst? Wer etwas weiß, kann etwas verraten. ... Selbst wenn sie nicht weiß, wer genau wir sind, für manche reicht die Ahnung von dem, was wir tun, und die Dauerschlaflosigkeit setzt ein. Also, denk' nach! Wenn du einverstanden bist, Frieder, nur dann. Wir werden dir Zeit lassen, niemand wird dich drängen, aber irgendwann musst du ihr gegenüber deutlich werden. Und uns musst du in Zukunft genauer erklären, wie die Sache sich wirklich entwickelt.

Eines Tages werden wir von dir einen Vorschlag verlangen, nicht morgen, aber auch nicht erst in zehn Jahren. Du weißt, was ich meine!«

Zwei Tage später besuchte mich der Genosse Johannes in meiner Bude, Hinterhof, 4. Etage.

»Künstlerwohnung!« flachste er, nachdem er sich umgeschaut und den Staub auf den alten Möbeln übersehen hatte.

Ich erklärte ihm, den Auftrag unter den veränderten Bedingungen weiterführen zu wollen. Wir unterhielten uns lange. Vom ständigen Kampf zwischen Bechler und Gänsekiel sagte ich dem großen Chef nichts.

Als er gegangen war, schaute ich aus dem Fenster. Auf dem Hinterhof hatte sich während meiner vielmonatigen Abwesenheit wenig verändert. Das Milieu bestimmten noch immer die Mülltonnen und der breitkronige Ahornbaum. Die ersten seiner Blätter gilbten. Ein paar Sperlinge stritten in einer Hofecke mit einer Stadttaube um Brotreste, die jemand hinuntergeworfen hatte. Schließlich flog ein wendiger Spatz mit der Beute im Schnabel auf und davon.

Ich dachte an Martina, und mir war, als könnte ich sie rufen, um ihr von den Gesprächen mit Johannes zu erzählen. Und ich dachte, dass sie mich vielleicht verstehen würde. ... Bechler oder Gänsekiel, einer von beiden, das geht nicht mehr. Du selbst musst sie in dir versöhnen! Du musst sie zusammenbringen, wieder eins machen! Und du musst mit Fidelius zufrieden sein.

Drei Tage später fuhr ich nach Hamburg zurück.

Meinen Bemühungen, mir in Hamburg eine berufliche Grundlage in Form einer Vertretung für einen australischen Reiseveranstalters zu schaffen, war kein Erfolg beschieden. Trotzdem blieb ich Martina gegenüber bei dieser Legende.

In Wirklichkeit übernahm ich die Aufgabe eines Repräsentanten für einen Verlag, der Reiseliteratur herausgab und vertrieb. Das entsprach annähernd der Wahrheit, denn hinter dem Titel Repräsentant verbarg sich nichts anderes als ein einfacher Vertreter. Ich war für den gesamten deutschsprachigen Raum zuständig. Darüber hinaus verkaufte ich Anzeigen für die Verlagsprodukte. Um zeitlich unabhängig zu sein und notwendig werdende längere Reisen gegenüber Martina glaubhafter begründen zu können, erweiterte ich mein Zuständigkeitsgebiet auf ganz Mitteleuropa. Das Problem Führerschein war mit Hilfe der Zentrale in Berlin gelöst worden und einen Wagen stellte mir die Vertriebsabteilung des Verlages auch für die private Nutzung zur Verfügung.

Seit dem Treffen in Berlin waren Wochen vergangen. Meine Hoffnung, Martina werde Bechler mit Gänsekiel versöhnen, indem sie ihm einmal Informationen aus ihrem Tätigkeitsbereich im Ministerium liefert, wandelte sich mehr und mehr zur Illusion. Dafür gab es einen einzigen Grund: Ich hatte mich entschlossen, sie nicht darum zu bitten, weil ich für so einen Schritt keine sicheren Ansatzpunkte fand. Sie in meine Konspiration einzuführen, hätte unsere Verbindung nicht gefestigt, sondern schnell zerbrechen lassen. Sie war einfach nicht der Typ von Mensch, der für so eine Aufgabe geeignet war. Selbst eine

Mitwisserschaft wollte ich ihr nicht zumuten. Immer wieder suchte ich nach geeigneten Ansätzen. Ich fand keine.

Je enger unsere Beziehung wurde, desto zerbrechlicher war sie. Natürlich sah nur ich das so. Martina bemerkte davon nichts. Sie war glücklich und vertraute mir vollkommen, sie lieferte sich mir aus, dass es mir unbedacht Freude bereitete, ihr Leben auszufüllen. Eine ungewöhnlich anspruchslose Frau, was unsere Verbindung betraf. Keine Fragen, keine Forderungen. Ich suchte vorsichtig nach den Gründen.

»Zu wissen, dass es dich gibt, ist für mich das Wichtigste!« erklärte sie mir, als ich sie wegen einer Dienstreise auf eine längere Trennung vorbereitete. »Egal wie lange. Für mich bist du da. Du musst nur wiederkommen!«

Ich schlussfolgerte: Kaum etwas würde sie mehr belasten, als zu erfahren, vom ersten Tag an getäuscht worden zu sein. Das aber musste zwangsläufig dann geschehen, wenn ich sie mit der Bitte konfrontierte, mir interne Informationen aus ihrem Ministerium zu beschaffen. Und wenn ich meine Informationswünsche noch so geschickt legendiert, und die Legende noch so überzeugend vorgetragen hätte, sie hätte begonnen, an unserer Liebe zu zweifeln.

In der Zentrale aber erwartete man erste Ergebnisse. Und das konnten nach erfolgreichem Kontakt nur Informationen sein.

»Deutlich, Frieder! Wir suchen keine Geliebte für dich!« spukten die Worte von Johannes immer öfter in meinem Kopf.

Seit meinem Zuzug nach Hamburg hatte ich mich intensiv mit finanzpolitischen Problemen der Bundesrepublik befasst. Ich wollte meiner Kontaktperson ein fachkundiger Gesprächspartner sein. Nun studierte ich alles Material zu diesem Thema in der Absicht, Erkenntnisse zusammenzustellen, die sich dafür eigneten, sie als Abschöpfinformationen an die Zentrale weiterzugeben. In meinen freien Stunden las ich, was ich zu aktuellen finanzpolitischen Problemen der BRD erhalten konnte, verglich, was davon in der Tagespresse veröffentlicht wurde und was in Fachblättern sowie öffentlich zugänglichen Materialien des Bundestages und seiner Gremien zu lesen war. Ich sammelte, was die Parteien und einzelne Politiker zu einem bestimmten Thema sagten, um es zu gegebener Zeit auswerten zu können.

Bald schickte ich erste Informationen zur Zentrale, natürlich mit dem Hinweis, diese auch aus Gesprächen mit der »Löwin« abgeschöpft zu haben. In meinem Begleitkommentar verbürgte ich mich weder für Korrektheit noch für Vollständigkeit.

In der Zentrale war Martina nach wie vor als Kontaktperson eingestuft. Von einer Person dieser Kategorie erwartete man nicht sofort geheimste Informationen. Viel wichtiger war zu erkennen, ob und wie weit sie überhaupt dazu bereit war, über die Arbeit im Vorzimmer eines Staatssekretärs zu reden. Dann erst konnten die objektiven Möglichkeiten der Informationsbeschaffung bewertet und viel später ihr subjektives Urteilsvermögen zu den Inhalten geprüft werden.

Darüber hinaus gestand man abgeschöpften Informationen natürlich ein vertretbares Maß an Ungenauigkeit zu. Wichtig war, dass sie nachvollziehbar waren oder durch andere Quellen bestätigt wurden. Letztlich wurde berücksichtigt, und das war nicht unwichtig: die Informationen waren durch mich formuliert, einem nicht unbedingt Fachkundigen in der Finanzpolitik.

Natürlich kannte ich die Arbeitsteilung in der Zentrale. Die Aufgabe von Mitarbeitern wie Willy und Volker war es, mit Hilfe ihres Netzes Informationen zu beschaffen. Die eigentliche fachkundige Auswertung erfolgte in anderen Bereichen. Und mir war früher bereits aufgefallen: Willy hatte es gern, wenn er vor allem eine Vielzahl von Informationen verschicken konnte. Er liebte Masse.

Meine Informationen erfüllten ihren Zweck. Sie weckten Hoffnungen auf mehr und Besseres. Von dieser Hoffnung leben Mitarbeiter der Zentrale eines jeden Nachrichtendienstes.

Für die Wochenenden, die ich mit Martina verbrachte, überlegte ich mir, über welches aktuelle Thema wir gesprochen haben könnten. Ich formulierte mehr oder weniger umfangreiche Inhalte, stimmte meine Kenntnisse mit aktuellen Pressemeldungen ab, und wenn mir alles aussagefähig genug erschien, sandte ich es von Hamburg aus unter Verwendung der entsprechenden technischen Hilfsmittel an die Zentrale.

Martina gegenüber aber äußerte ich mich interessiert an allem, was ihre Arbeit und den Gegenstand ihres Ministeriums betraf. Wurde etwas in der Tagespresse darüber veröffentlicht, sprach ich sie darauf an. Leider war außer abwertenden Kommentaren, wie »Lies so etwas besser nicht!« oder »Wer es glaubt, wird selig!«, kaum etwas von ihr zu erfahren. Wenn sie über zu viel Arbeit und Überstunden klagte, und ich die Gelegenheit nutzte, um nach den Gründen zu fragen, bekam ich Antworten, die nicht geeignet waren, zielgerichtet weiter in sie zu dringen. »Er geht auf Reisen!« oder »Man muss wieder einmal eine Rede halten!« Mehr war kaum von ihr zu erfahren. Ich erfand einen Bekannten, gab ihm den

Beruf eines Journalisten, dichtete ihm Veröffentlichungen in finanzpolitischen Zeitungen an, nur um mein Interesse Wochenende für Wochenende begründen zu können. Von Martina Maybach erfuhr ich kaum etwas. Sie trennte konsequent alles Dienstliche von ihrem Privatleben, nicht aus Gründen bewusster Geheimhaltung, sondern weil es zu ihrem Lebensstil gehörte. Sie interessierte sich tatsächlich nicht für das, was da eigentlich in ihrem Büro geschah. Dokumente beurteilte sie nach Zeilen, Seiten und Form, was darin stand, war ihr gleichgültig.

Einmal, als ich wohl zu nachhaltiges Interesse an ihrer Arbeit zeigte, bemerkte sie verwundert, dass ich mir um sie und um die Dinge dort keine Sorgen zu machen brauchte.

Dann kam sie zu mir und ich spürte ihre Wärme.

Treffen in Berlin, ein Jahr später

Eigentlich war ich auf alles eingestellt. Alles was ich mir vorstellen konnte, war ich in Gedanken durchgegangen. Und ich hatte mich auch darauf vorbereitet. Doch als ich aus dem Wagen stieg und auf dem kleinen Hof des »Stadtrandes« stand, während Volker das Auto einparkte, war mir doch ein wenig flau.

Im Beratungszimmer beruhigte ich mich schnell. Willy war bei bester Laune. Unsere Arbeit war als erfolgreich bewertet worden. Verständlich, die Kontaktperson »Löwin« aus einem Hauptobjekt, hatte zu berichten begonnen. Hoffnung auf günstige Voraussetzungen also, bald eine wichtige Quelle aufbauen zu können, langsam, behutsam, systematisch, und genau dort, wo wirklich Geheimes beraten wurde.

Wie immer zerrte die Ungeduld an Willys Wünschen.

Er redete, als sehe er schon kein Problem mehr darin, mit Hilfe der »Löwin« in wirkliche Geheimbereiche vorstoßen zu können, sah sie wohl schon Ministervorlagen kopieren, hielt dies nur noch für eine Frage des Willens und des operativen Geschicks. Alles, so schien er zu glauben, bedurfte nun seiner entscheidenden Hinweise und konsequenten Führung.

Mein intimes Verhältnis zu Martina spielte nur noch eine positive Rolle. Als hätte er nie Einwände gegen unsere Verbindung gehabt, interessierte er sich für Martina, ihr Befinden, fragte dies und das Persönliche und achtete gewissenhaft darauf, mir durch seine Fragerei nicht zu nahe zu treten oder meine Gefühle zu verletzen. Mehr noch, er redete über Martina so, als wäre sie bereits eine seiner Mitarbeiterinnen. Nicht nur, dass er sich für sie verantwortlich fühlte, wogegen ich im bestimmten Sinne nichts einzuwenden hatte, nein, er sprach auch so, als würde sie bereits der Disziplin des Dienstes unterstehen.

Die von mir übermittelten Informationen spielten eine völlig untergeordnete Rolle. Niemand äußerte Zweifel, ob ich sie wirklich bei der »Löwin« abgeschöpft hatte.

Am zweiten Beratungstag passierte es. Willy redete nur noch über Martina. Und dann schlug er allen Ernstes vor, sie nach Berlin einzuladen. Darauf war ich nicht vorbereitet. Nie war mir so ein Gedanke gekommen. Den Schreck, den er mir damit einjagte, werde ich nie vergessen.

Und Volker hatte eine Spur zu hastig genickt, als dass ich hätte annehmen können, es handle sich um eine von Willys spontanen Eingebungen.

»Das ist gut! Einladen, offenbaren, Sack zubinden! Entweder der Knoten hält, oder eben nicht! Bei Knoten ist das so!« sprüchelte Volker, ein Zeichen, dass er in die Gedanken unseres Chefs eingeweiht war.

Was einem nicht alles einfällt, wenn der Wunsch der Vater des Gedanken ist, dachte ich und sah eine Riesenwoge auf mich zurollen, die mir Angst machte.

Für mich gab es nur einen Ausweg. Ich musste Willy von seinem Plan abbringen und zwar in der Art, dass er möglichst nie mehr auf so einen Einfall kommen würde. Lediglich ein paar Monate Zeit zu gewinnen, würde das Problem keinesfalls lösen. Ich kannte seine Beharrlichkeit, gerade eigene Vorstellungen vermochte er fast immer durchzusetzen.

Ich überlegte angestrengt. Seinen Vorschlag brüsk ablehnen? Ohne eine Alternative vorschlagen zu können? Nein, das hätte zu viele andere Fragen ausgelöst.

Erst wollte ich um Bedenkzeit bitten. Dann schreckte mich der Gedanke, erneut lügen und irgendwann doch die Wahrheit sagen zu müssen.

Ich dachte an Martina, stellte mir ihre erschrockenen Augen vor. Ungläubig würden die mich anstarren. Und so wäre es auch in Wirklichkeit. Wenn ich ihr vorschlüge, doch einmal nach Ostberlin zu fahren, um ein paar meiner Freunde zu besuchen. Freunde, von denen ich bisher noch nie gesprochen hatte. Unmöglich! Selbst wenn ich es langfristig vorbereitete, nein, ich brauchte daran keinen Gedanken zu verschwenden. Zumindest so lange sie nicht in meine Konspiration eingeweiht war.

Ich kannte Martina und ihr Desinteresse an politischen und allen damit zusammenhängenden Fragen nun schon eine gute Zeit. Sie lebte ihr Leben, gestaltete es auf eine souveräne Art, die man erst verstand, wenn man sie näher kannte, wenn man miterleben konnte, wie sie es lebte.

Ihr Tag sollte still verlaufen, überschaubar sein, und der nächste Tag auch, und der übernächste ebenfalls. Ihre materiellen Ansprüche lagen weit unterhalb ihrer Möglichkeiten. Soziales Risiko war ihr fremd, soziale Ängste kannte sie nicht. Seit Jahren war die Welt für sie nicht nur geordnet, sondern heil. Ich allein war eine Zeit lang eine Art Störenfried gewesen, zumindest bis zu jenem Sonnabend, an dem wir gegen 17.00 Uhr gefrühstückt hatten. Doch selbst so einen Störenfried hatte sie sich gewünscht. Ganz sacht und ohne etwas zu fordern, hatte sie mich in ihre Welt eingruppiert. Seit wir uns kannten, half ich ihr dabei, tat nichts, als ihre Welt zu streicheln, dass sie ihr noch vollkommener erschien. Manchmal überließ ich mich der Illusion, es würde immer so sein.

Viele Monate später, als die Gefahr vorüber war, Willys Idee umsetzen zu müssen, habe ich ihr einmal eine touristische Reise nach Berlin vorgeschlagen und sie damit sehr erschreckt. An den freien Tage sind wir dann statt nach Berlin an die Mosel gefahren.

»Viel zu früh! Dafür ist es wirklich noch zu früh!« entgegnete ich Willy an diesem Nachmittag in Berlin entschieden.

»Besser wäre es …«, ich zögerte noch, doch da gingen mir die Worte wie von selbst über die Lippen: »Besser, ich heirate Martina!«

Willy schaute mich an, als wolle er mich gleich fragen, ob ich verrückt geworden sei, und Volker griff sich spontan an die Stirn.

»Danach, zu gegebener Zeit«, setzte ich meinen Gedanken fort, »könnte man einmal ins Kalkül ziehen, sie unter ›fremder Flagge‹ anzugehen. Ihr Vater ist Amerikaner. Vielleicht kann man darauf aufbauen. Aber nichts anderes. Nach der Hochzeit! – Aber Einladung nach Berlin, Willy, nein! Selbst mittelfristig sollte das nicht erwogen werden, um für die Perspektive nichts kaputt zu machen!«

Mein Gegenüber antwortete nicht. Auch Volker hielt sich nur an seiner Kaffeetasse fest. Ich argumentierte in sachlichem Ton. Den verstand Willy am besten.

»Unsere persönliche Verbindung muss erst Perspektive bekommen, für sie noch zweifelsfreier dauerhaft werden! Sie muss Gewissheit haben, Lebensperspektive. Man denkt anders im anderen Deutschland!«

Mittlerweile wurde mir selbst deutlich, was ich da eben gesagt hatte, etwas, das ich noch nie ernsthaft erwogen hatte. Martina, die Ehefrau eines Pseudonyms! schoss es mir durch den Kopf. Für einen Moment wurde mir schwindlig. Doch ich hatte den Hochzeitsgedanken ausgesprochen und die Eheschließung vorgeschlagen, um Schlimmeres, vielleicht das Ende unserer Beziehung, abzuwenden.

Willy forderte sofort eine detailliertere Begründung. Volker schmunzelte. Ich spürte den Riss, der sich irgendwo durch meinen Körper zog. Auf der einen Seite hoffte ich auf eine strikte Ablehnung meines Gedankens, andererseits redete ich weiter mit Worten, die Willy überzeugen sollten.

»Eine unverbindliche Beziehung schafft nicht genug sichere und perspektivische Bindung, reicht nicht, um einer Frau wie der ›Löwin‹ meinen nachrichtendienstlichen Hintergrund mit vertretbarem Risiko offenlegen zu können, vielleicht nur, damit sie schweigt. Doch, doch, schweigen mir zuliebe, das würde sie sicher tun. Aber wir wollen doch mehr! Oder? Bei all dem, was die ›Löwin‹ und mich verbindet, was ist das denn? Eine unverbindliche Wochenendbeziehung, zumindest aus ihrer Sicht. Die bisherigen Informationen, gut, manchmal plaudert sie über ihre Arbeit, weil ich sie dazu verleite, wenn ich tiefer in sie dringe, antwortet sie ausführlicher, weil sie mir eine interessante Gesprächspartnerin bleiben will. Aber mit diesem Sekretariatsklatsch wollen wir uns doch nicht ewig zufrieden geben! Mehr ist es doch bisher nicht! Weit entfernt von wirklich brisanten Fakten.«

Willy schaute mich an.

»Und bitte, ich übertreibe bei dem, was ich jetzt sage, nicht sehr viel. Ostberlin liegt für Martina und die Hälfte aller Bundesbürger in der Nähe von Ostpreußen und das liegt wiederum kurz vor Sibirien. Ob wir es wahrhaben wollen oder nicht. Das ist nicht eine Frage geographischer Kenntnisse, sondern des Denkens! Politik ist für Martina wie für die Mehrzahl der Leute im Westen ein Fremdwort. Auch wenn Martina in einem Bundesministerium arbeitet.«

So überzeugte ich ihn.

Wie stark mein Wunsch war, mit Martina zusammenzuleben, behielt ich für mich. Mein Widerwille gegen das Alleinsein in der Hamburger Junggesellenwohnung war in den letzten Monaten bei jedem Gedanken an Martina gewachsen. Vor wenigen Jahren, noch als Student und natürlich in einem anderen Umfeld, hatte ich ein solches Junggesellenleben für die erstrebenswerteste Lebensart gehalten. Hochzeit und Trauschein spielten für mich keine Rolle. Vielleicht war das bei Martina anders. Ob ihr der Status, ordentlich verheiratet zu sein, viel bedeutete, wusste ich nicht. Wir hatten ja nie über eine Ehe gesprochen. Doch ich fühlte, von mir einen Heiratsantrag zu bekommen, würde sie sehr berühren.

Volker schaute mich immer noch zweifelnd an. Er begriff mich nicht. Auch Willy verharrte schweigend. Immer wieder legte er seine Stirn in Falten und tat so, als würde es ihn überfordern, meinen Vorschlag zu verstehen. Ungläubig schüttelte er den Kopf. Dann verlor er sich in seine ihm eigene Form, mit mir zu sprechen. Er prüfte seine Gedanken im Selbstgespräch und unterbrach es nur, um mir Fragen zu stellen, auf die er jedoch selbst antwortete. Vor allem erörterte er auf diese Weise, ob mein Pseudonym einer amtlichen Eheschließung überhaupt standhalten würde oder ob die Gefahr bestände, dass ich mich durch die Heirat dekonspirieren könnte.

Willy beherrschte alle in der Bundesrepublik mit einer Eheschließung verbundenen amtlichen Vorgänge aus dem Effeff, auch die Interna in den Behörden und was zwischen ihnen ablief. Ich blieb ganz ruhig, denn all diese Fragen waren schon einmal intensiv und mit positivem Ergebnis geprüft worden, als ich mit Cornelia gemeinsam zum Einsatz gehen sollte.

Willy spann die Fäden geduldig weiter, vorwärts und rückwärts und wieder vorwärts, und resümierte schließlich:

»Nicht so einfach, Frieder! Die Dokumentation würde es schon hergeben, aber, und darüber musst du dir in erster Linie im Klaren sein, eine Eheschließung wäre die umfassendste Täuschung, die wir der ›Löwin‹ antun können. Wir vergeben uns damit jede Chance, eure Verbindung einmal lautlos lösen zu können. Wärest nicht du selbst, sondern ein anderer auf diese Idee gekommen, ich hätte nicht einmal darüber nachgedacht. Doch der Vorschlag kommt von dir. Wer, wenn nicht du, kann einschätzen, was wir ihr zumuten können. Ich bin dafür, deinen Vorschlag ernsthaft zu beraten.«

Später, als ich den Auftrag bereits erhalten hatte, mit Martina die Ehe einzugehen, erfuhr ich von Volker, dass

Willy während der Beratung in der Zentrale zum lautesten Fürsprecher meines Vorschlages geworden war. Nur die gemeinsame Wohnung in Bonn wäre ihm suspekt gewesen. In diesem Punkt hatte er mit seinen Bedenken möglicherweise recht. Wir mussten davon ausgehen, dass Zuzüge bestimmter Personenkategorien in den Raum Bonn unter Kontrolle gehalten wurden.

Ich blieb fast eine Woche in Berlin.

Vor meiner Abreise offenbarte mir der ehrgeizige Willy vertraulich und voller Stolz: »Wir haben die ›Löwin‹ aus der Kategorie Kontaktperson in die Kategorie Quelle umgeschrieben. Sie wird nun gewissermaßen als wertvoller Stützpunkt in einem Hauptobjekt geführt. Ein hervorragendes Ergebnis, Frieder! – Natürlich, nun müssen absehbar die trächtigen Infos kommen! – Kopien von Originaldokumenten, als geheim eingestuft! – Aber heirate erst mal! Irgendwann musst du, ich sage es schon mal so, musst du deiner Frau gegenüber deutlicher werden! – Doch du hast Recht, in der Ehe, da kann man dann schon mal, sagen wir so, ein größeres Hebezeug ansetzen!«

Deine Frau! Das klang nun wirklich ungewohnt. Was meine Führungsoffiziere als großen Erfolg bezeichneten, die Registratur von Martina Maybach als Quelle in einem Hauptobjekt, das stimmte mich eher betrüblich. Ich hatte Mühe, es mir nicht anmerken zu lassen. Je mehr ich nachdachte, desto mehr ahnte ich, dass dies der Anfang vom Ende war, ob ich es wahrhaben wollte oder nicht. Und ich wollte es natürlich nicht wahrhaben. Quelle »Löwin«. Die damit erzeugte Erwartung war durch meine Art der Informationsbeschaffung niemals zu erfüllen. Bei dieser Befürchtung blieb es nicht. Die nächsten schwarzen Wolken sah ich aufsteigen, als mir Willy auf der abschließenden Beratung mitteilte, dass wir beim nächsten Mal in Berlin darüber sprechen müssten, in die Verbindung einen Instrukteur einzubauen. Meine Reisetätigkeit in Richtung Osten müsse nun auf ein Minimum beschränkt werden. Auch müsse perspektivisch für die »Löwin« ein weiterer Kontaktmann bereit stehen, für den Fall der Fälle.

Während meiner langen Rückreise, diesmal von Berlin über Wien nach Hamburg, überlegte ich, wie immer nach den Beratungen mit der Zentrale, ob es vielleicht doch möglich wäre, Martina bewusst in die Informationsbeschaffung einzubeziehen. Doch meine Überlegungen dazu blieben Phantastereien. Sie taugten zu nichts mehr, als mich selbst damit zu beweihräuchern, mir wenigstens Gedanken darum gemacht zu haben, wie ich meinen Auftrag unter diesen Bedingungen erfüllen könnte.

Ich tröstete mich mit Vorstellungen von der bevorstehenden Hochzeit und freute mich auf Martinas Augen, wenn ich ihr den Antrag machen würde. Dass die Eheschließung aus Sicherheitsgründen außerhalb der Bundesrepublik stattfinden musste, diese Festlegung störte mich nicht. Im Gegenteil, die Vorstellung gefiel mir.

Nach der Hochzeit sollten meine nachrichtendienstlichen Aktivitäten zunächst über Monate ruhen. Wir wollten sicher gehen, dass die Eheschließung und die damit verbundenen Verwaltungsakte mein Pseudonym nicht belastet hatten.

Viel Zeit, konstatierte ich und flüchtete so aus meinen Grübeleien.

Die Eheschließung vorzubereiten, wurde zu einer schwierigen Aufgabe. Unerwartet kompliziert sogar. Eine schwierige operative Aktion, nicht gefährlich, doch wenn alles auch für die Perspektive passend sein sollte, mussten viele Details sehr stimmig gemacht werden. Nicht die von Willy von allen Seiten durchdachten Verwaltungsakte bereiteten mir Sorgen. Martina selbst war der Grund für meine nächtelangen Überlegungen. Auch bei der Braut durfte nicht der geringste Verdacht aufkommen, dass Art und Weise der Zeremonie verschleiern sollten, was sie nicht wissen durfte.

Dazu kam, mein Antrag würde Martina völlig überraschen. Sie würde Ja sagen, daran zweifelte ich nicht. Doch was, wenn sie eigene Vorstellungen oder gar Einwände gegen den Zeitpunkt vorbrachte. Ich hörte sie reden: »Lass uns noch ein Jahr warten!« oder »Ich wünsche mir, dass die Hochzeit so und so ablaufen wird!«

Immer wieder durchdachte ich alles. Eines aber war mir schon bald klar: Ich durfte sie nicht nur überraschen, ich musste sie in gewissem Sinne sogar übertölpeln. Mein Antrag und der konkrete Termin auf dem Standesamt mussten sie unvorbereitet treffen, also durften zwischen ihrem Eheversprechen und dem Ja vor dem Standesbeamten nur Stunden, nicht einmal Tage vergehen. Das war die komplizierteste, zugleich aber sicherste Variante.

Als ich glaubte, die Planung in meinen Gedanken abgeschlossen zu haben, besorgte ich mir unter Angabe eines plausiblen Vorwandes eine Geburtsurkunde von Martina und reiste nach Dänemark.

Ein paar Wochen später heirateten wir in einem verträumten Ort an der Nordsee, in dem wir unseren ersten und einzigen gemeinsamen Urlaub verbrachten. Entgegen besseren Wissens gab ich mich der Illusion hin, es wäre Martinas und Frieder Gänsekiels Hochzeit.

»Lass das Auto ganz!« herrschte mich Volker an.

Ich hatte die Tür seines Wartburg sehr unsanft ins Schloss geworfen, noch energischer, als man es bei diesem Auto naturgemäß tun musste. Soll er ruhig merken, wie sauer ich bin.

Aus seinem Gesicht las ich, dass er nicht bereit sein würde, mir zu sagen, was mich im »Tempel« erwartete. Also starrte ich geistesabwesend durch die Frontscheibe, obwohl mich überhaupt nicht interessierte, was draußen vor sich ging.

Fast zwei Wochen hielt ich mich jetzt schon in Berlin auf und immer war noch nichts entschieden. Ja, ich wusste nicht einmal den konkreten Grund, warum ich in Berlin bleiben sollte. Sicherheitsrelevante Fragen müssten geklärt werden, hatte Volker mehr nebenbei fallenlassen. Kein einziges Wort mehr. Dahinter konnte sich alles verbergen. Was mich beunruhigte: Sein sonst übliches verschmitztes Lächeln des Wissenden gegenüber dem Unwissenden war ausgeblieben.

Wieder glaubte ich, meine Art der Informationsbeschaffung wäre ans Licht gekommen. Doch dafür fand ich auch diesmal keinerlei Anzeichen. Außerdem hätte man darüber gleich reden können.

Es musste etwas anderes passiert sein.

Martina wird sich wundern, wie lange sich meine Reise hinzieht, zu der ich völlig überraschend von Hamburg aus aufgebrochen war, ohne vorher noch einmal bei ihr in Bonn gewesen zu sein. Und sie wird warten und sich Sorgen machen.

Meine Bedenken behielt ich für mich. Wenn ich sie vortrüge, würde es niemanden interessieren. Irgendetwas war vorgefallen, und nur das bewegte die Gemüter der Genossen der Zentrale. Ganz offenbar ging es um schwerwiegendere Fragen, als dass sie nur mich betrafen. Volker und Willy gaben sich ungewöhnlich geheimnisvoll. Zu Scherzen waren sie nicht aufgelegt, sie hatten wenig Zeit und nicht einmal Lust auf einen ordentlichen Umtrunk.

Die Nachricht, umgehend nach Berlin zu kommen, hatte mich in Hamburg erreicht. Ich hatte Martina angerufen, ihr etwas von einer dringenden Reise mit dem Verlagsleiter erzählt und offen gelassen, wann ich zurück sein würde.

Sie fragte nicht. Sie fragte nie. Sie glaubte mir, sie vertraute mir. Sie würde mir auch keine Vorwürfe machen, wenn ich mich erst Tage später melden würde. Doch ich wusste: Sie würde sich von Tag zu Tag mehr Sorgen machen.

Als meine Rückreise vor einer Woche noch einmal verschoben worden war, hatte ich sie von Westberlin aus angerufen, hatte ihr vorgetäuscht, ich würde aus Budapest telefonieren. Bezüglich meiner Rückkehr hatte ich ihr wieder keinen konkreten Termin genannt, am Klang ihrer Stimme jedoch gemerkt, wie sehr sie sich mein baldiges Kommen wünschte.

Auf ihre Fragen war ich vorbereitet.

Als sie sich nach meinem Hotel erkundigte, um mich auch anrufen zu können, hatte ich eine Störung in der Leitung vorgetäuscht und aufgelegt.

Nun endlich fuhr ich mit Volker zum »Tempel«.

»Meint ihr, eine Ehefrau macht das ewig mit, ohne Fragen zu stellen?« sagte ich vorwurfsvoll.

»Hast du Sorgen!«

An seinem Blick bemerkte ich, dass mich keine angenehmen Nachrichten erwarteten.

»Der große Chef?«

»Wirst ihn gleich sehen! Freu dich aber nicht zu früh!«

Er schluckte ein paarmal, holte tief Luft und sagte: »Ich sag dir's, aber halt bloß die Klappe! Nur damit du dich darauf einstellen kannst! Gestern ist die endgültige Entscheidung gefallen. ... Rückzug!«

Ein unheimliches Gewicht drückte mich plötzlich in den Sitz des Autos.

Bis zur Ankunft am konspirativen Objekt sprachen wir kein Wort mehr. Natürlich nahm ich an, dass mein Spiel mit den Informationen aufgeflogen war, und bereitete mich darauf vor, wenigstens Antworten geben zu können.

Der Genosse Johannes wartete schon. Er lächelte wie immer, wenn wir uns begrüßten, doch sein Lächeln konnte seine Sorgen diesmal nicht verdecken. Er sah müde aus.

»So ist das Leben, Frieder! Besonders das unsere!«

Er sagte es so, als wäre ich bereits über alles informiert, was er mir doch erst mitteilen wollte.

Er umarmte mich herzlich, wie bei jedem Wiedersehen nach Monaten. Das schränkte meine Befürchtungen bezüglich der Dinge ein, die da kommen sollten. Trotzdem reichte mir ein zweiter Blick in sein Gesicht, um sicher zu sein, dass Volker im Auto mit seiner Bemerkung über einen Rückzug nicht übertrieben hatte.

»Gehen wir noch einmal Schritt für Schritt den Vorgang durch, damit wir keinen Fehler machen!« begann Johannes ohne große Vorrede. Ein Zeichen dafür, dass er weder Zeit noch Lust hatte, sich bei langen und unproduktiven Vorreden aufzuhalten. Als ich das Wort Vorgang auch aus seinem Mund hörte, lief es mir kalt über den Rücken. So zu sprechen, das war nicht die Art von Johannes. Nun bezeichnete auch er Martina und mich als Vorgang!

»Vor zwei Jahren etwa hast du mit der Bearbeitung der Zielperson begonnen. Der Kontakt entwickelte sich gut. Nach ein paar Wochen dann Intimkontakt. Gut! Oder auch nicht! Du warst der Meinung, nur auf der Basis eines persönlichen, eines intimen Verhältnisses hätten wir überhaupt eine Chance. – Ich habe dem zugestimmt. Schweren Herzens muss ich dir heute sagen, eigentlich gegen meine Überzeugung. Die ersten Informationen kamen, keine besonderen, vieles davon sicherlich aus Gesprächen abgeschöpft, ganz und gar nicht aus den Geheimbereichen ihres Ministeriums, manchmal hast du sicher auch durch gute analytische Arbeit angereichert. Dennoch, wir waren auf einem guten Weg!«

Er sprach in der Vergangenheitsform. Ich spürte deutlich, wie das Wort Rückzug näher kam.

»Es zeigte deinen Einfluss auf die Zielperson, und es hat uns manch andere Information bestätigt oder auf interessante Themen und Probleme gelenkt. Du weißt selbst, dass dies noch nicht das endgültige Ziel war. Trotzdem, Willy konnte die ›Löwin‹ als Quelle in einem zentralen Objekt registrieren lassen. Ein Erfolg, auf den du stolz sein kannst!

Du hast die Eheschließung vorgeschlagen, nicht irgendwelche gemeinsamen Unternehmungen, um die Verbindung zu festigen, sondern Hochzeit, hast dich verdammt mit in die Pflicht genommen. Wir haben dir geglaubt und zugestimmt. Dass wir zugestimmt haben, war ein Fehler!«

Johannes stand auf, ging zum Fenster, schaute eine Weile hinaus, kam zurück, setzte sich auf seinen Platz, blickte mir ein paar Sekunden in die Augen und sprach erneut, nun in einem nicht so sachlichen Ton:

»Ich weiß, dass dir an der Verbindung auch persönlich viel liegt, Frieder! Normalerweise wäre dies ein Grund gewesen, dich hier zu behalten, als du uns euer Verhältnis offenbart hast. Vielleicht wäre es aus heutiger Sicht auch besser gewesen. Bestimmt sogar. Müßig, darüber zu reden!

Ich habe dir vertraut, du hast uns nicht enttäuscht. Ich hab dir auch gesagt, dass du nun vor allem die Verantwortung für den Vorgang und für euch beide trägst, wenn ich das mal so sagen darf. Und ich vertraue dir natürlich auch heute noch und auch das mit der Verantwortung gilt nach wie vor!«

Während er sprach, schaute mich Johannes ununterbrochen und eindringlich an. Er wartete, ob ich etwas erwidern wollte.

Ich schwieg, saß da wie versteinert. Meine Gedanken waren bei Martina. Und wenn mir nicht ihr erschrockenes Gesicht erschien, dann hämmerte es beständig in meinem Gehirn.

Rückzug! Rückzug!

Das war für mich überhaupt nicht vorstellbar.

»Und nun zur Situation, zum Problem, weshalb wir dich so außerplanmäßig gerufen haben!«

Alle Emotion war jetzt aus der Stimme von Johannes verschwunden.

»Der Verfassungsschutz ist nicht dir, sondern uns auf die Schliche gekommen. Wie auch immer, das spielt jetzt keine Rolle. Wir wissen es, und können es bei unseren Entscheidungen berücksichtigen. Die fahnden neuerdings nach Rastermerkmalen, die leider auch auf dein Pseudonym zutreffen. Wenn du mehr wissen willst, gelesen hast du es offensichtlich noch nicht, hier in diesem Magazin kannst du es nachlesen!« Er schob mir eine Zeitschrift über den Tisch. »Wir könnten jetzt lange darüber orakeln, unter welchen Umständen und zu welchem Zeitpunkt ein aus Australien zugezogener Bechler, Friedrich, gesucht wird, oder gesucht werden wird, oder vielleicht nie gesucht wird! Keiner kann es sagen, doch die Gefahr besteht, nicht unmittelbar, aber von Tag zu Tag mehr!«

Sein Blick wurde noch durchdringender.

»Finde nicht etwa heraus, dass die Rastermerkmale auf dich nicht zutreffen, Frieder! Verlorene Zeit für dich! Noch unnützer, wenn du gar überlegst, wie du deinen Rückzug kippen kannst! Zwecklos! Die Entscheidung ist gefallen.«

Er unterbrach seine Ausführungen und wartete, bis er wenigstens mein zustimmendes Nicken erhielt. Dann erst sprach er ganz sachlich weiter.

»Wann es soweit sein wird, zu welchem Zeitpunkt sie den Namen Bechler durch das letzte Sieb ihrer Rastergitter schütteln und sie ihn zu überprüfen beginnen ... Unsere Quellenlage dort ist gut. Wir werden es vorher wissen, mit großer Wahrscheinlichkeit vorher. Aber das ändert nichts an der Entscheidung. Wir haben beschlossen, bei Gelb-Rot nicht mehr über die Kreuzung zu fahren! Gelb ist gefahrvoll genug.

Also, Frieder, noch einmal! Keine Diskussion! Die Entscheidung ist getroffen! Über das Wie reden wir! Dazu sind wir heute hier zusammengekommen!«

Das Wörtchen Aber lag mir auf der Zunge. Ich schluckte es hinunter. Die Leere, die sich plötzlich in mir auftat, erstickte meine Lust zu widersprechen und gleichzeitig meinen Willen zu argumentieren.

Willy redete etwas von bedauerlich, etwas von kleinem und großem Schaden, von Entscheidungszwang und ...

Ich hörte nur Satzfetzen. Es wurde so still, dass ich die Blicke der anderen spürte, die auf meine Reaktion lauerten.

Etwas wie ein »Nun, wenn das so ist, nun gut!« kam über meine Lippen. Mehr sagte ich nicht, denn ich wartete auf den entscheidenden Satz aus dem Mund von Johannes: »Du wirst verstehen, unter diesen Umständen ist deine erneute Ausreise ins Operationsgebiet nicht mehr zu vertreten!«

Ich wartete. Der Satz blieb aus.

Mir war, als ob ich zu früh zu einer Beerdigung erschienen war, die Friedhofshalle betreten hatte und plötzlich ganz allein dem Verstorbenen gegenüberstand, dem ich nichts zu sagen wusste.

Die Genossen drängten mich nicht zu einer Meinung.

Auch Johannes ließ sich Zeit, war in Gedanken, dann holte er tief Luft und hob die Stimme.

»Also, Frieder, was wir ordentlich begonnen haben, beenden wir ordentlich! Im Vertrauen darauf, dass du die Augen offen hältst und bei dem geringsten Verdacht, ich betone, bei dem geringsten Verdacht, und selbst wenn du dir dessen nicht sicher bist, dann hast du ohne ein Wenn und Aber hier auf der Matte zu stehen! Nach unseren Erkenntnissen hast du noch vier Monate Zeit, um geordnet zurückzukehren! Wie gesagt, unsere Informationslage ist nicht schlecht! Vier Monate also, Rückzugszeit! Die Zeit läuft, ab heute, Frieder!«

Johannes verzichtete darauf, meine zustimmende Kopfbewegung abzuwarten und sprach nun auch zu Willy und Volker: »Bis zum Wochenende brauche ich einen Vorschlag, die Rückzugsvariante, speziell auf Fidelius ausgerichtet!

Da du ja Zeitungsleser bist, wirst du bald erfahren, dass du nicht der einzige bist, den wir zurückrufen müssen. Bei vielen muss es schneller gehen, viel schneller. Ich sage dir das, um dich nicht nachträglich zu verunsichern. Auch aus diesem Grunde, was deinen Rückweg betrifft, sorgsam auswählen, auch bei den Details! Genau überlegen!

Deine Sicherheit hat oberste Priorität, sonst gibt es in deinem Falle nur einen Grundsatz für die Ausgestaltung des Rückzuges, dem muss sich alles andere strikt unterordnen, alles! Frieder, du darfst keine Spuren hinterlassen, die auf uns zeigen und die damit möglicherweise noch von solchem Interesse sind, dass sie im Nachhinein aufgearbeitet werden! Sicher nach Hause zu kommen, das ist logisch, aber auch ohne Spuren hierher zu legen, darum bitte ich dich besonders! Strengt euch an, lasst euch etwas einfallen!«

Jetzt erst hatte ich begriffen, wie unabänderlich die Entscheidung war, doch ich wusste auch, dass ich nicht ab sofort in Berlin bleiben musste.

Ich starrte eine Weile vor mich hin, dann stand ich auf, trat ans Fenster und schaute hinaus.

Nach einer Weile brach Johannes das Schweigen. Ich kehrte an meinen Platz zurück. Er sprach, doch plötzlich vernahm ich etwas in seiner Stimme, etwas, das mir anzeigte, dass er das Thema lieber meiden würde.

»Du musst entscheiden. Also, was deine Frau anbetrifft! Dich ihr nur zu offenbaren, ihr zu erklären, warum du nicht der bist, für den sie dich hält, geht nicht. Nicht nur, weil man ja nie weiß, sondern auch, weil du dann logischerweise Spuren hinterlässt. Besser wäre es, sie hier bei uns einzuweihen, mit ihr hierher zu kommen und ihr hier in Berlin zu sagen, wer du bist und wer wir sind! – Aber überleg auch das gründlich! Denk vor allem an die Konsequenzen für sie!«

Wir schwiegen beide.

»Solltest du mir den Vorschlag unterbreiten, mit deiner Frau hierher zu kommen, um hier mit ihr zusammen zu leben, selbstverständlich nicht in deiner Studentenbude: keine Einwände, im Gegenteil, ich würde das sehr begrüßen. Du wärst nicht der Erste, der das tut. Aber es ist deine und natürlich ihre Entscheidung! Wir wollen nicht darum herumreden, wenn ja, dann bitte. Also, dann musst du hier mit ihr zusammen sehr deutlich klären: Will sie mit dir hier leben, dann heißt das: für immer! Auf absehbare Zeit kann ich ihr keine Wiederausreise zusagen! Auch in ihrem eigenen Interesse nicht!«

Was in der folgenden Stunde besprochen wurde, rauschte an mir vorbei. Erst als ich hörte, Willy und Volker hätten vorbereitend Varianten für den Rückzug entwickelt, und wir sollten uns verständigen, wurde ich wieder aufmerksam.

Ich bat darum, in Ruhe nachdenken zu dürfen, um meine eigenen Vorstellungen für einen Rückzug vorzuschlagen.

Willy und Volker schauten erst mich, dann den Chef fragend an. Johannes begriff mich sofort. Einen Moment zögerte er, dann kam sein vertrautes Nicken. Etwas später bekräftigte er nochmals: »Na, gut! Machen wir es so! Schick mir deinen Vorschlag. Bis zum Wochenende!«

Die allgemeine operative Lage schien Johannes sehr zu bedrücken. Als wir uns verabschiedeten, ermahnte er mich noch einmal: »Frieder, und sollten die anderen wider Erwarten doch schneller sein, kein falsches Heldentum! Ich würde es nicht sagen, oft genug habt ihr darüber gesprochen, aber es gibt Anlass, es zu wiederholen. Aussageverweigerung ist der beste Schutz! Die Daten zu deiner Person und Feierabend. Kein Wort mehr. Den Rest sollen sie mal schön selber machen. Bleibt dann wenigstens die Hoffnung, die finden nur die Hälfte!« Über sein Gesicht huschte ein Lächeln. Galgenhumor. »Genug geredet! Halt die Ohren steif! Und über das, was danach kommt, mach dir keine Sorgen!«

Eine ganze Nacht lang dachte ich an Martina.

Der folgende Tag zwang mich dazu, über das Wie des Rückzuges nachzudenken.

Es fiel mir schwer, mich zu konzentrieren. Zu oft liefen mir die Gedanken davon.

Fidelius befragte im Wechsel mal Bechler, mal Gänsekiel.

Was Willys und Volkers Vorschläge betraf, so hatte ich keinen Grund, misstrauisch zu sein, doch je länger ich das Problem bedachte, desto mehr erkannte ich eine Gefahr. Fand mein eigener Vorschlag nicht Billigung, dann würde ein Plan festgelegt, der nur die Interessen von Bechler und nicht auch die von Gänsekiel berücksichtigte.

Ich überdachte die Situation. Beim ersten Abwägen schien mir vieles machbar, um mit Martina zusammenbleiben zu können. Annähernd ein Dutzend Varianten sammelte ich und wälzte sie im Kopf hin und her. Näher beleuchtet, stellten sie sich allesamt als untauglich heraus. Theoretisch möglich, praktisch aber perspektivlos. Gänsekiel ließ sich schwer disziplinieren. Immer wieder schmuggelte er phantastische Vorstellungen in den Kopf von Fidelius.

Mit den vorgegebenen Normen für den Rückzug waren sie jedoch nicht in Einklang zu bringen. Schließlich resümierte ich: Stellte ich ein gemeinsames Leben mit Martina ans Ende meiner Überlegungen, kam ich stets zu dem gleichen Resultat: Ein Leben, das ihre oder das meine, oder unser beider Leben würden lebenslang beschädigt werden.

Ich ging zum Fenster und schaute auf den Hof, auch zu dem Fenster, von dem aus der alte Mann immer den An- und Abflug der Tauben beobachtet hatte. Das Fenster war geschlossen und die Gardine abgenommen. Auf dem Fensterbrett häufte sich Taubenkot.

Ich kehrte in mein Zimmer zurück.

Sollte Martinas Glauben an uns nicht beschädigt werden, gab es nur eine Möglichkeit: Ich selbst verurteilte Friedrich Bechler zum Tode.

Nach dem Rückzug

Wieder in Berlin, hatte ich keine Möglichkeit, selbst in Erfahrung zu bringen, wie es Martina ergangen war, nachdem sie von meinem Unfall erfahren hatte. Erkundigungen einzuholen, auf welchem Wege auch immer, das hätte ich konspirativ organisieren müssen. Das war ausgeschlossen. Dennoch gingen mir alle möglichen Gedanken durch den Kopf, um etwas über sie in Erfahrung zu bringen. Auch verwegene. Ich unterließ alle Nachforschungen, denn was wirklich geschehen war, die Wahrheit – und ausschließlich die interessierte mich – hätte ich nur von Martina selbst erfahren können.

Ein Toter erkundigt sich nach seiner Witwe?! – Unmöglich!

Natürlich wurde der Vorgang »Löwin« von der Zentrale unter Kontrolle gehalten. Die Ergebnisse waren mir nicht zugänglich. Etwa zwei Monate nach Bechlers

Unfalltod zeigte mir Volker einen Brief, der an meine vormalige Deckadresse in Leipzig gerichtet war. Martina hatte eine kurze Mitteilung über meinen Unfalltod an »meine Tante in Leipzig« geschrieben. Deren Namen und Anschrift hatte ich verdeckt in meinem kleinen Adressenverzeichnis untergebracht. Meine Hoffnung, auf diese Weise eine Nachricht von ihr zu erhalten, hatte sich erfüllt. Leider enthielt das Schreiben nur die Todesnachricht.

Viele Monate später erfuhr ich in einem Gespräch mit Johannes, dass das Schicksal des Friedrich Bechler in der Umgebung seiner Witwe geglaubt wurde.

Was die Rasterfahndung der Abwehr betraf, war man tatsächlich auf den Namen Friedrich Bechler gestoßen, hatte es aber nicht für relevant gehalten, einen Toten aktiv zu bearbeiten. Bechler war in die Liste der Unverdächtigen aufgenommen worden.

»Alles ist so abgelaufen, wie du es geplant hast.«

Auf dieses Lob hätte ich gern verzichtet. Die Mitteilung beruhigte mich jedoch in einer Beziehung. Meine aufwendige Rückzugsvariante wäre nutzlos gewesen, wenn plötzlich Polizei vor Martinas Tür gestanden hätte und die Beamten sich nach einem gewissen Herrn Friedrich Bechler erkundigt hätten, mit eindringlichen Fragen, die Martina völlig unverständlich gewesen wären.

Am Ende des Gespräches sagte Johannes ein wenig vorwurfsvoll: »Die Frage, die dich immer noch interessiert, Frieder, ich kann sie dir leider nicht beantworten. Glaub mir, ich würde es gern tun. Nur damit du endlich zur Ruhe kommst. Aber du weißt, jede operative Aktion könnte deine Frau in Gefahr bringen. Stell dir die Frage nicht mehr all zu oft! Wozu, Frieder, wozu? Die Frage muss irrelevant bleiben, auch für dich!«

Seinem Blick, mahnender als gewöhnlich, hielt ich stand.

»Die Welt ist so! Kalter Krieg, nicht lauwarmer Frieden! Wann willst du das für dich begreifen? Wir beide haben die Welt nicht so gemacht, wie sie ist, aber wir sind angetreten ... Mensch, Frieder!«

Erst wollte ich ihm entgegenhalten: »Aber, du kennst eben ihre Stimme nicht!« Doch ich widersprach nicht, und ließ mir auf die Schulter klopfen.

Mehr als drei Jahre waren seit meinem Rückzug vergangen. Ich war in eine Arbeitsgruppe kommandiert worden, die außerhalb der Zentrale arbeitete und sich mit Fragen der Absicherung von geplanten operativen Aktionen befasste. Eine mich nur wenig befriedigende, weil überwiegend stereotype Arbeit.

Eines Tages erhielt ich den Auftrag, zu einer größeren Anzahl von im Raum Bonn lebenden Personen die zugehörigen Telefonnummern und Adressen zu aktualisieren. Dazu mussten Auskunftsersuchen bei den entsprechenden Abteilungen gestellt werden. Auf ein Formular schrieb ich den Namen Martina Bechler.

Das hätte ich nicht tun sollen.

Das Ergebnis besagte: Eine Person Namens Martina Bechler ist unter der angegebenen Anschrift in Bonn-Bad Godesberg nicht wohnhaft. Diese Mitteilung berührte mich mehr, als ich mir einzugestehen bereit war.

Wo war sie hingezogen? Ich spekulierte. Martina musste einen wichtigen Grund gehabt haben, aus ihrer Eigentumswohnung auszuziehen.

Sogar Eifersucht plagte mich.

In den letzten Jahren hat es manchmal Tage gegeben, da habe ich in meinen Vorstellungen gelebt, habe Stunden bei ihr in der Wohnung verbracht. Früh wachte ich auf und unterhielt mich mit ihr. Ihre Stimme hat mich gestreichelt.

Nach dem Frühstück lästerte ich über ihren blauen Keramikkrempel und die vielen Deckchen auf den Möbeln, solange bis sie unterbrach, was sie gerade tat, zu mir kam, um mir mit ihrer üppigen Weiblichkeit zu drohen, solange, bis wir uns gegenüberstanden und ich ihr behutsam die Brille abnahm.

Meine Gedanken in ihre Wohnung zu schicken, war mir leichtgefallen, weil ich mich dort auskannte und mir alles vertraut war.

Aber wo war sie nun?

Ende 89

Im Herbst 1989 erhielt ich unerwarteten Zugang zur Zentrale. Etwas unsicher lief ich den langen Gang entlang und betrat das Zimmer, in dem ich mich melden sollte. Ich freute mich ehrlich, als mir Johannes von seinem breiten Schreibtisch her vertraut zulächelte. Er schien müde zu sein. Seine Stirn war von Sorgenfalten gefurcht. Auch seine Stimme fing an, ihre unverwechselbar kräftigen Konturen zu verlieren.

Wir begrüßten uns herzlich.

Meine Augen fragten, was wir uns alle fragten, jetzt in diesem besonderen November.

Jeder im Dienst hatte das laute Knacken im Gebälk des Hauses vernommen. Seit langer Zeit schon. Manchmal hatten wir darüber gesprochen. Jetzt tat keiner etwas, um die morschen Balken des so sicher geglaubten Daches durch tauglichere zu ersetzen. Alle hörten wir dem Grollen und Ächzen zu, sahen das Splittern und Einknicken der

Sparren. Ob die Balken halten würden, fragte keiner mehr. Als sie zu bersten begannen, stemmte keiner sich dagegen, um sie zu stützen. Einzelne hatten schon vor längerer Zeit begonnen, ihr Stübchen im Hause aufzuräumen, nur für sich und ohne ihre Gedanken preiszugeben, wohl in der Hoffnung, nicht verschüttet zu werden. Andere gerieten nun in Eifer, wollten die Hausfassade neu streichen. Die meisten jedoch lauschten erstarrt dem Ächzen und Stöhnen des morschen Holzes, in der Hoffnung, nicht erschlagen zu werden, wenn das Haus in sich zusammenfällt.

Mich beschäftigte unausweichlich ein ganz persönliches Problem: Nicht ausgeschlossen, bald mit Martina in einem Vaterland zu leben.

Johannes und ich standen uns an seinem Schreibtisch gegenüber. Ich fragte ihn, was noch zu tun sei. Es tat wohl, ihn sprechen zu hören, auch wenn seine Augen viel von jenem Glanz verloren hatten, der seine Worte sonst so überzeugend unterstrichen hatte.

»Denk mal nach!« antwortete er. »Glaubst du noch, du und ich und manch anderer, die wir uns für das Haus immer verantwortlich gefühlt haben, wir haben die Löcher im Dach nicht gesehen, haben nicht gemerkt, wie es hereinregnet? Oder? Und – was haben wir getan? Den Schirm aufgespannt, jeder für sich haben wir den Schirm aufgespannt, um nicht nass zu werden. Das Haus aber ... Nun hat der Wind die Schirme weggeblasen. Es muss wieder schönes Wetter kommen, haben wir gesagt, gesetzmäßig, und wir haben es nachgelesen, und da hat es tatsächlich so gestanden: Gesetzmäßig muss wieder schönes Wetter kommen! Das haben wir nicht nur gesagt, das haben wir auch geglaubt und behauptet haben wir das und verteidigt, wenn uns jemand auf die Löcher im Dach aufmerksam machte, und verboten haben wir, am

Sonnenschein zu zweifeln, selbst dann noch, als schon Ochs und Esel bemüht wurden!«

Johannes lachte bitter.

Ich wollte ihm etwas erwidern, doch er winkte enttäuscht ab und ließ mich nicht zu Wort kommen. »Zu spät! Die Reparatur lohnt nicht! – Außerdem, die Zeit ist schon zu kostbar! Um bei dem Haus zu bleiben: Lass uns möglichst viel tun, dass die Trümmer nicht gerade die verschütten, die nicht dafür verantwortlich sind! Lass uns aufräumen, so gut es geht!«

»Und wie ist das mit dem Rad der Geschichte? Sind wir unter dieses Rad gekommen?« fragte ich. »Wird es sich weiter drehen?«

»Zweifelst du?«

Helga

Donnerstag. Wieder einmal hatte ich donnerstags Zeit. Ich fuhr nach Westberlin. Hundertmal und mehr war ich über diese Grenze gegangen, zum erstenmal zeigte ich meinen eigenen Personalausweis vor. Ein eigenartiges Gefühl, mit dem ich nicht umzugehen wusste.

Die Menge, die mit mir die Grenze passierte, strömte zu den Schaltern der nächstgelegenen Bankfilialen. Ich ging zu einem Postamt, das ich von früheren Aufenthalten kannte, und nahm mir das aktuelle Telefonbuch für den Raum Bonn vor. Ich suchte lange, ging die Namen rauf und runter. Den Namen Bechler fand ich viermal, doch nie mit dem Vornamen Martina. Wieder verheiratet? Ich wollte es nicht glauben. Erneut stieg Eifersucht in mir auf, mehr als vorher. Es lag wohl daran, dass ich nun hätte losfahren können. Berlin–Köln, einfach in den

Zug steigen, ein paar Stunden. Hinzufahren wäre keine Schwierigkeit mehr gewesen, aber Martina unangemeldet, ja gänzlich unvorbereitet aufzusuchen, aufgeregt an ihrer Tür zu klingeln. Und dann? Ich wusste, dass es unmöglich war, und nicht, weil sie vielleicht wieder geheiratet hatte.

Ich kehrte in den Osten der Stadt zurück und schlenderte ziellos durch die Straßen, grübelte, war meiner eigenen Überlegungen schon überdrüssig, und entschied schließlich, ein Wiedersehen mit Martina allein dem unwahrscheinlichen Zufall zu überlassen.

Es ist schwer, seinen eigenen Gedanken zu befehlen, wenn man von ihnen nicht überzeugt ist.

Abends besuchte mich Helga. Sie besuchte mich immer donnerstags gegen Abend, seit Jahren schon. Sie konnte nur am Donnerstag zu mir kommen, wegen ihres Mannes. Eine leise und zärtliche Frau. Wir überließen uns unseren Gedanken. Manchmal blieb sie bis kurz vor Mitternacht.

An diesem Abend fragte ich sie: »Stell dir vor, ein Mann hat eine Frau geliebt. Sie haben sich getrennt, aus welchem Grunde auch immer. Und vor langer Zeit. Kann sein, er liebt sie immer noch, obwohl sie wieder verheiratet ist. Hat er nach langer Zeit, nach sehr langer Zeit das Recht, sie wenigstens wiederzusehen?«

Ihre Antwort war ehrlich, ernüchternd und schrecklich.

»Nun sprichst du ja doch von ihr. Was soll ich dir raten? Eigentlich muss das der Mann selbst wissen!«

Sie küsste mich, als müsse sie sich für ihre Ehrlichkeit entschuldigen, stand auf, blieb eine Weile reglos vor mir stehen und schaute auf mich. Sie stand in ihrer Nacktheit ganz still, als wollte sie mir zu verstehen geben, dass sie nichts bereute.

»Frieder ... ich habe mir immer gesagt, beginnt er von ihr zu sprechen, dann wird es Zeit für mich.«

Ihre Worte klangen traurig, aber bestimmt. Danach zog sie sich an.

Bevor sie ging, umarmten wir uns lange.

Wiedersehen

Zweimal hatte ich noch Gelegenheit, die Diensträume in der Zentrale zu betreten. Dann war es uns allen verwehrt. Auch der Raum, in dem Nachschlagewerke aus aller Welt die Regale füllten, musste geräumt werden. Es war Zufall, als ich auf das Adressbuch für die Stadt Bonn stieß, nicht das allerneuste, Ausgabejahr 1987.

Ich glaubte, meinen Augen nicht zu trauen, als ich die Namen der Hausbewohner las, die unter der Anschrift eingetragen waren, die ich nie vergessen hatte.

Martina Maybach.

Noch einmal prüfte ich das Ausgabejahr.

Langsam begriff ich, Martina hatte ihren Mädchennamen wieder angenommen.

Ich starrte auf den dicken Wälzer, bis mich ein anderer anstieß, dem ich beim Ausräumen der Regale im Wege saß. Der sah mich erschrocken an und fragte, ob mir schlecht geworden sei.

Mit einem kräftigen Ruck riss ich die Seite aus dem dicken Buch heraus. Seit diesem Augenblick stand für mich fest, ich werde Martina wiedersehen.

Ein Wiedersehen mit Martina – der Gedanke war schnell geboren, die Entscheidung getroffen, freudige und bange Gefühle. – Und bald kam die Ernüchterung. Das Wie war nicht bedacht.

Mein letztes Gespräch mit Johannes fiel mir ein. An jenem Tag, als das Objekt, in dem sich auch die Zentrale des Nachrichtendienstes befand, von Demonstranten und Nichtdemonstranten besetzt worden war, hatten wir kurz miteinander gesprochen.

»Es gibt sie für dich also immer noch, die ›Löwin‹!« Er schüttelte verwundert den Kopf. »Du willst sie wiedersehen? Jetzt musst du selbst entscheiden! Meinen Ratschlag, wenn du den noch willst?«

Ich hatte zustimmend genickt.

»Ehe du zu ihr ... nein, besser anders: Es wird Sieger geben. Ob sie sich so nennen? Wer weiß? Doch sie werden es sein! Was unsere Arbeit betrifft, wird es für sie kompliziert. Sie sind ja zum Sieger erklärt, ohne im Kampf gewonnen zu haben, vom eigenen Sieg überrascht, wie viele von uns von der Niederlage! Dennoch, ein Sieger, auch ein erklärter Sieger, bestimmt sein Verhalten immer allein! Komplizierte Lage, umso mehr, wenn ihm plötzlich der Feind abhanden gekommen ist! – Vorsicht ist geboten! Rechne mit allem! ... Und, wie immer in der Geschichte, Wahrheit ist die Wahrheit des Siegers. Bitter, denn mehr als ein halbes Jahrhundert lang haben wir geglaubt, die Sieger zu sein ... Schluss mit der Philosophierei! Was deine ... also was sie betrifft, ein Wiedersehen ... überleg es gut! ... Mein Rat vor allem: Lass dir Zeit damit! Viel Zeit! Und – ich wünsch euch Glück!«

Wochen später. Irgendwo. Mal am Tage, mal nachts, seit über acht Wochen schon vernichtete ich beschriebenes Papier. Ich weigerte mich, zu verstehen, was ich tat und konnte es nur deshalb so eifrig tun. Auf einem harten Schemel sitzend, schob ich Blatt für Blatt in das vielzahnige Maul des Reißwolfes. Akte für Akte wurde bedeutungslos, nur leere Deckel mit Nummern blieben. Bedeutungslose Zahlen.

Das Brummen der Maschine wurde dumpfer. Der Motor! Schnell legte ich den Schalter um. Stille senkte sich mit dem Papierstaub, der alles im Zimmer bedeckte. Zwangspause. Der Motor des Schredders, nicht für Dauerbetrieb ausgelegt, war heiß gelaufen.

Mißlaunig und müde saß ich vor der Papiermühle. Meine Zunge klebte am Gaumen. Ich sammelte Speichel im Mund und schluckte den Papierstaub hinunter.

Die Stille schickte mir immer die gleichen Gedanken. Ich schaute mich um. Stapel von Säcken und alle angefüllt mit beschriebenem Papier. Schon machte das noch leserliche mehr Sorgen als das schon zerfetzte.

In einem der Säcke lag eine Akte. Deckname »Löwin« und eine Nummer. In welchem der Säcke, in den bräunlichen, aus reißfestem Papier oder in einem der von Papierstreifen aufgeblähten dünnen blauen Müllsäcke der neuen Zeit, ich wusste es nicht.

Blau ist ihre Lieblingsfarbe! kam mir in den Sinn.

Was ich wusste: In der Akte stand geschrieben: Kategorie Quelle. Fälschlicherweise.

Und auf der zweiten Seite der Akte klebte ein Foto von ihr. Es zeigte nur ihr Gesicht und war wenig professionell aufgenommen. Sie kannte die Aufnahme nicht. Doch es war eindeutig. Und darunter stand ein Name, ihr richtiger Name: Martina Maybach. Und irgendwo in der Akte war ein Verbindungsplan abgeheftet. Dort war ihre Adresse zu lesen, und wo sie arbeitet. Und auch, dass sie Informationen geliefert hatte und wie viele, wurde dort behauptet, und …

Ich schaltete den Schredder wieder ein.

Meine Entscheidung, ein Wiedersehen mit Martina dem Zufall zu überlassen, hatte ich längst revidiert. Angestrengt suchte ich nach einem Weg. Es bedurfte vieler Überlegungen, bis ich einsah, dass dies nicht Bechler und zunächst auch nicht Gänsekiel sein konnte. Bechler würde Martina zu Tode erschrecken. Gänsekiel kannte sie nicht. Ihm würde sie nicht glauben. Ich ging davon aus, dass Gänsekiel noch einmal mit Bechler verschmolzen werden könnte, zwangsweise von Amts wegen. Für wie lange war unbestimmt. Doch danach wollte ich Martina wiedersehen. Als ich sicher war, dass es keine Akte »Löwin« mehr gab, denn alles war vernichtet, worin ihr Name hätte auftauchen können, begann ich, das Wiedersehen vorzubereiten. Herbert Gabler wurde geboren.

Das Morgenlicht schlich sich in die Wohnung. Martina Maybach nahm die Brille ganz langsam ab und rieb sich die Nase. Sie schaute ungläubig auf die vielen Seiten, die sie in den letzten Stunden gelesen hatte, Seite für Seite, nichts hatte sie ausgelassen. Sie hob die Blätter noch einmal an, raffte sie zu einem gleichmäßigen Stapel zusammen und blickte sich um. Nirgendwo lag noch eine Seite. Sie wollte etwas sagen, in die Stille hinein, doch sie traute sich nicht.

Friedrich? flüsterte sie und schüttelte heftig ihren Kopf.

Dann stand sie auf, ging an ihren Schreibplatz, entnahm den Postordnern die gesamte Korrespondenz, die sie mit einem vermeintlich unbekannten, ihr aber vertraut gewordenen Mann namens Herbert Gabler geführt hatte, auch die Blätter mit der Registratur ihrer Posteinund -ausgänge, und zerriss alles. Den biografischen Bericht, den sie erst tags zuvor erhalten hatte, steckte sie in eine Versandtasche und sicherte die Falze zusätzlich mit Klebeband. Auf das Adressfeld schrieb sie Herbert Gabler und die Nummer des Postschließfaches in Berlin.

Wenig später öffnete sie es wieder. Sie wollte der Sendung einen Brief beilegen. Lange überlegte sie, wie sie den Empfänger ansprechen sollte.

Ihre Mitteilung bestand aus einem einzigen Satz: »F., ich möchte Dich sehen, mit Dir reden und Dich berühren!«

Schon weit nach Mitternacht.

Martina Maybach lag noch immer wach. Unruhe plagte sie, als wolle ihr die Freude vergehen, ihn endlich wieder zu sehen.

Der F., der Friedrich, der Frieder, Zottel! – Ob der Frieder wohl so ist wie der Friedrich? Blödsinn! Natürlich! Wie soll er denn, oder doch, nach so langer Zeit, Hauptsache wir ... Erst freut man sich, und wenn es soweit ist, dann läuft die Freude vor der Ungewissheit davon.

Der Schlaf blieb ihr fern.

»Und wenn er plötzlich ein ganz anderer ist? Wenn er damals gar nicht so war, wie er war?«

Die Vorstellung von der Begegnung am nächsten Tag ängstigten sie jetzt. Sie wälzte sich auf die andere Seite, in der Hoffnung, endlich Schlaf zu finden. Doch ihre

Gedanken wanderten von ihrem Friedrich zu dem Mann, mit dem sie sich in ein paar Stunden treffen wollte, der ihr Friedrich sein sollte, es nie gewesen war und es nicht mehr sein konnte.

Wen von beiden kenne ich besser, den Friedrich oder den Frieder? Komisch, den einen kenne ich und von dem anderen weiß ich mehr! Du musst jetzt schlafen, Martina! Es darf nur einen geben! Er war es, und er war es doch nicht! Wer ist er jetzt? Ob er noch immer so lange Haare hat?

Sie sah den Eingang des Hotels vor sich, den Ort ihrer Verabredung. Ihr Friedrich stand dort, sah aus wie damals, kein bisschen hatte er sich verändert.

Also, wenn, dann hat ja Friedrich auch diese Maria gekannt. Was hatte er über sie geschrieben? Seine Studentenliebe! Doch in seinen Erinnerungen taucht sie immer wieder auf. Ob er sie jetzt wieder gesehen hat?

Martina lächelte über ihre Gedanken, als könne sie sich so ihrer Eifersucht erwehren, atmete tief durch und schloss die Augen. Nur an den gemeinsamen Urlaub in Dänemark wollte sie noch denken und dann schnell einschlafen.

Er wollte den Kondor sehen? Er hat den Kondor nicht gesehen. Vielleicht kann man den Kondor nur im Traum sehen? Ich werde ihn fragen. Er muss es mir erklären. Morgen – nein, schon heute! 12 Uhr in Köln.

Sie schaute auf die Leuchtziffern ihrer Uhr: halb drei.

Über sieben Monate war es her, dass sie seine Aufzeichnungen über sein Leben, das Leben des Frieder Gänsekiel, gelesen hatte. Und dann hatte sie gewartet und fest daran geglaubt, eines Tages würde eine Nachricht von ihm kommen. Ganz sicher war sie sich dessen gewesen. Die Alpträume waren ausgeblieben, die Andenschlucht, die schaurigen Geräusche von herabstürzenden Steinen, von rutschendem Geröll und dem gierigen Schäumen des Wassers im Fluss. Ihre Schreie und die Schmerzen in den zerschundenen Armen und Beinen hatten sie seitdem nicht mehr geweckt.

Sie war ungeduldig geworden in diesen Wochen.

Nicht jedem, dem Schreiberlaubnis erteilt wird, ist es möglich, jedem zu schreiben, hatte sie sich getröstet.

In den Briefkasten hatte sie jeden Tag voller Erwartung gesehen.

An einem Sonnabend war die Nachricht eingetroffen.

Weißer Briefumschlag mit echter Briefmarke oben rechts. Kein Absender. Ihr war schwindlig geworden.

Im Wohnzimmer hatte sie sich in ihren Sessel am Fenster gesetzt und lange den Umschlag betrachtet. Und befühlt hatte sie ihn, immer wieder, ehe sie ihn geöffnet und dann verwundert gelesen hatte. Kein Wort zu ihrem Brief, den sie der Rücksendung seines Lebensberichtes beigelegt hatte. Er hatte nüchterne Worte gewählt. Die lasen sich eher wie eine Einladung an einen Verwandten, mit dem man sich gestritten hatte und mit dem man sich dennoch treffen wollte, weil es etwas zu regeln galt. Die Grüße formal, die Unterschrift eine Wellenlinie, kaum als Unterschrift zu deuten, schon gar nicht als Friedrich oder Frieder zu buchstabieren. Kein verschnörkeltes F. Sie hatte das Schreiben viele Male gelesen und war noch immer so sicher, wie beim ersten Lesen: Er hat diesen Brief selbst geschrieben.

Der Brief war nicht in Berlin aufgegeben worden. Sein Schreiber verlangte auch nicht, dass sie ihm den Termin bestätigt. Sie sollte nur da sein. Nicht einmal das hatte er so genau formuliert, doch sie las es heraus. Unbedingt sollte sie kommen, zu dieser Zeit, an diesen Ort.

An den folgenden Tagen hatte sie den Brief immer hervorgeholt, kaum dass sie, von der Arbeit kommend, ihre Wohnung betreten hatte. Von Mal zu Mal war sie nachdenklicher geworden. Auch gestern hatte sie den Brief noch einmal gelesen, langsam Wort für Wort. Dann hatte sie ihn zerrissen, in Schnipsel, so klein, wie sie sie zu zerreißen vermochte.

»Kein Puzzle mehr möglich, für niemanden!« hatte sie trotzig den Schnipseln nachgerufen, in das Rauschen der Wasserspülung hinein. Der Frieder gehört mir! Nur mir!

3.12 Uhr.

Die Nacht trödelt, klagte Martina und trank einen Schluck Mineralwasser, das auf ihrem Nachttisch stand.

Ein anderer Brief kam ihr in den Sinn, einen, auf den sie angstvoll gewartet hatte, seit sie von Frieder Gänsekiel gelesen hatte. Ein Schreiben von Amts wegen, dessen Empfang bestätigt werden muss.

»Sie werden gebeten, unter Vorlage dieses Schreibens ... als Zeuge in der Sache ... Oberlandesgericht ... Termin der Vorladung ... Vorsorglich werden Sie darauf aufmerksam gemacht ...«

Nein, dort im Gerichtssaal hatte sie ihn nicht wieder sehen wollen.

Vorbei! Sein Brief war früher gekommen.

Sie atmete erleichtert auf.

Morgen, nein heute! 12.00 Uhr. Um 10.00 Uhr werde ich nach Köln fahren. Um 12.00 Uhr wird er dort stehen, in der Nähe des Domes, Hotel »Excelsior«, Haupteingang. Um uns zu erkennen, brauchen wir kein Zeichen! Was werden wir uns sagen? Über den Kondor müssen wir sprechen!

Sie drehte sich auf den Rücken, streckte sich auf der ganzen Breite der Schlafliege, schaute zur Zimmerdecke und ließ ihren Gedanken freien Lauf. Der Platz vor dem Dom erschien, und der vorgebaute Eingang des Hotels mit dem geschwungenen Dach darüber. Sie wollte ihrem Mann gegenübertreten. Das Bild von ihm wich, verschwand in Strom der Menschen. Sie suchte, sah jeden Passanten an, lief und lief, suchte, rannte, zuckte zusammen. Die Andenschlucht, sie kletterte, schrie, wollte ihn warnen. Das Geröll geriet in Bewegung, sie fiel, verletzte sich, stand wieder auf, Knie und Ellbogen schmerzten. Sie kletterte. Plötzlich ein lautes, anhaltendes Geräusch. Der Steinteppich polterte talwärts. Sie stürzte in die Tiefe.

»Der Kondor! Dort, Frieder, der Kondor!«

Martina Bechler erwachte. Verstört schaute sie zum Fenster. Draußen dämmerte der Morgen.

Klingeln an der Tür. Nicht der Traum hatte sie geweckt.

Wieder schellte die Klingel. Ungeduldig, so schien es ihr. Sie drehte sich zur Uhr.

Noch nicht sechs Uhr? Der Frieder! Natürlich, der Frieder!

Der Gedanke elektrisierte sie.

Er ist zu mir gekommen, hierher, er ist nicht nach Köln gefahren. So früh am Morgen? Natürlich, um niemandem zu begegnen! Niemand darf ihn erkennen! Ich bin mit einem Toten verheiratet!

Sie sprang auf und stand still.

Es klingelte wieder, anhaltender.

»Gleich!« rief sie aufgeregt und stürzte ins Badezimmer.

Das Klingeln hörte auf.

Er konnte es nicht erwarten, der Frieder! Bis zwölf zu warten, das war ihm zu lange!

Ihr Herz klopfte ihr oben am Hals.

Eilig bürstete sie über ihr Haar, richtete den Lapislazuli im Ausschnitt ihres Pyjamas und warf sich den Morgenmantel über.

Aufgeregt lief sie zur Tür, vergaß, erst durch den Spion zu blinzeln, und öffnete.

Eine Frau und zwei Männer standen ihr gegenüber.

Amtsblicke. Zwei lächelten.

Martina Maybach nahm auf dem Rücksitz des Mercedes Platz. Links von ihr die Beamtin, rechts von ihr einer der beiden Männer, der andere vorn neben dem Fahrer.

Vorläufige Festnahme ... Verdacht geheimdienstlicher Agententätigkeit ... Landesverrat ... schwirrte ihr durch den Kopf.

All das hatte man ihr eben zugerufen.

»Ich verstehe nicht?«

Mehr hatte sie nicht erwidert.

Im Beisein der Beamtin hatte sie sich ankleiden dürfen.

»Kein Wort über ihn ... nichts von Friedrich, nichts von Frieder!« dachte sie, als das Auto losfuhr.

Der Wagen bog auf die Hauptstraße ein, der Fahrer beschleunigte.

»Wohin fahren wir?« fragte Martina Bechler.

»Nach Köln! Nur nach Köln!« antwortete der Beamte neben ihr, verlor seinen Amtsblick und lächelte.

Martina Bechler schaute auf ihre Armbanduhr.

»Zuerst nach Köln, Frau Maybach!« verbesserte der andere, ohne sich zu ihr umzudrehen.

Während der Befragungen schwieg Martina Maybach, und während der Vernehmungen auch. Sie nahm ihr Recht in Anspruch, die Aussage zur Sache zu verweigern.

Ihr Anwalt, den sie sich willkürlich aus einem Verzeichnis ausgewählt und zu ihrem Verteidiger bestellt hatte, hatte ihr dies so empfohlen.

Ihre Entscheidung, nicht auszusagen, festigte sich während der Vernehmungen, denn keiner der Beamten, der sie befragte oder vernahm, erwähnte den Namen Bechler. Auch nach ihrer kurzen Ehe wurde sie nicht befragt. Nach zwei Wochen wurde sie gegen Auflagen aus der Untersuchungshaft entlassen.

Ihr Anwalt holte sie ab und lud sie zum Essen ein.

»Ich empfehle Ihnen trotzdem, sehr vorsichtig zu sein, Frau Maybach!« riet er ihr. »Das Ermittlungsverfahren ist noch nicht abgeschlossen.«

Martina schaute ihn fragend an, um zu erfahren, was er meinte. Der Anwalt aber lächelte nur und sagte: »In der heutigen Zeit passieren in diesem Land Dinge, die man sich vor Jahren nicht einmal vorstellen konnte.«

Sie beachtete seinen Ratschlag und wartete ungeduldig auf den Abschluss des Ermittlungsverfahrens.

Es fiel ihr nicht leicht. Von ihrer Arbeit im Finanzministerium war sie suspendiert. Für sie stand fest, sie würde das Amt nie wieder aufsuchen.

Drei Monate später erhielt sie die Mitteilung, dass das Verfahren gegen sie eingestellt worden sei. Ihr Anwalt informierte sie genauer über die Hintergründe ihrer Verhaftung. In einem Datensatz des Nachrichtendienstes der DDR war sie als dessen Quelle im Finanzministerium aufgeführt, ausreichend, um den vorgebrachten Verdacht zu erheben. Doch weitere belastende Erkenntnisse und Beweise hatte man nicht erarbeiten können. Die Akten des Dienstes waren vernichtet.

»Der Verdacht reicht nicht aus, um Anklage zu erheben, und da Sie ja selbst nicht ausgesagt haben …«, erklärte der Anwalt und versteckte sein hintergründiges Lächeln nicht.

Die Fahrt nach Berlin erschien Martina Maybach unendlich lang. Den Plattenbau fand sie sofort wieder, auch das Schildchen mit dem Namen »F. Gänsekiel« unter der vergilbten Folie. Die Schreibweise des F interessierte sie nicht mehr. Dennoch blieb sie vor der Tür des Hauses stehen, um Mut zu sammeln. Ihr Herz pochte bis zum Hals.

Sie drückte zögerlich auf den angekohlten Klingelknopf. Noch einmal und kräftiger. Angestrengt lauschte sie ins Treppenhaus. Nichts. Die Klingel schwieg.

»Sie? ... Was wollen Sie denn noch? – Guten Tag!«

Martina Maybach drehte sich um. Hinter ihr stand der Mann, mit dem sie gesprochen hatte, als sie zum erstenmal hier gewesen war, um sich bei einem Herrn Gänsekiel nach Herbert Gabler zu erkundigen. Fast ein Jahr war das her.

Den Mann in der braunen Trainingsjacke mit dem gelben Aufnäher auf der linken Brust erkannte sie sofort wieder. Nur sein Blick hatte sich geändert, das Mißtrauen von damals war aus seinem Gesicht verschwunden.

Martina Maybach grüßte freundlich zurück: »Sie haben mich wiedererkannt? Ich möchte zu Herrn Gänsekiel, Frieder Gänsekiel! Wie damals, wissen Sie ... aber ... ich glaube, die Klingel ist defekt.«

Der Mann senkte den Blick. »Kommen Sie! Kommen Sie! ... Die Klingel ist nicht defekt ... abgestellt, die Klingel ist abgestellt. Kommen Sie! ... Bitte!«

Er hielt ihr die Haustür auf.

»Krüger, Kurt Krüger! Ich bin der Nachbar!« murmelte er, verlegen, sich nicht gleich vorgestellt zu haben. Er ließ Martina eintreten, musterte sie noch im Halbdunkel des Treppenhauses und stieg dann vor ihr langsam die Treppe hinauf.

Dass der Mann schon am ersten Treppenabsatz mit Atemnot zu kämpfen hatte und stehenblieb, kam Martina Maybach entgegen. Sie selbst war von einer eigenartigen Schwäche befallen. Sie befürchtete, ihr würden gleich die Knie einknicken.

Abgestellt ... die Klingel ist abgestellt! Für einen Augenblick lehnte sie sich an das Treppengeländer.

»Was wollen Sie denn noch?«

Die ungewöhnliche Frage des Mannes ging ihr nicht aus dem Kopf.

Im zweiten Stock angekommen, stand Krüger schwer atmend neben ihr. Er bat um Verständnis. Das Herz wäre schuld, erklärte er und mied ihren Blick. Martina spürte, er sagte das alles nur, um nicht etwas anderes sagen zu müssen. Ihre Hand verkrampfte sich am Treppengeländer.

»Hier!« stöhnte der Mann im dritten Stock und zeigte auf eine Wohnungstür.

Martina Maybach erinnerte sich. Mit der Taschenlampe in der Hand hatte sie hier gestanden, das Schildchen über der Türklingel angeleuchtet und gehofft, ein von Hand geschriebenes F zu lesen, doch der Lichtkegel der Taschenlampe hatte damals einen schmalen, rotlichen Streifen Prägefolie mit dem Namen Gänsekiel in Druckbuchstaben angeleuchtet.

Inzwischen war die Folie entfernt worden. Der Klebstoff hatte Ränder hinterlassen.

»Kommen Sie!« bat der Nachbar.

Er schloss die Tür der Wohnung gegenüber auf und hielt sie einladend offen.

»Bitte!« Er hielt den Kopf gesenkt.

»Haben wir Besuch, Kurt?« rief eine Frauenstimme aus der Küche.

Der Mann atmete tief durch.

Martina Maybach las das Namensschild über der Klingel, bevor sie eintrat.

»Kurt?« rief die Frauenstimme wieder, nun nachdrücklicher fragend.

»Ja, ja, Besuch! Die Frau, die damals zum Frieder wollte! Weißt du noch? Sie ist wieder da!«

In der Küche klirrte es. Die Frau hatte etwas fallen lassen.

»Entschuldigen Sie, wenn ich noch einmal frage!« Martina Maybach versuchte zu lächeln und nickte der Frau zu, die aus der Küche getreten war. »Ist Herr Gänsekiel denn nicht da?«

Die Frage fiel ihr schwer. Ihr Mund war wie ausgetrocknet.

»Kommen Sie ins Wohnzimmer und setzen sie sich! Kommen Sie!« drängte die rundliche Frau ihre Besucherin. »Kaffee trinken Sie doch? Oder besser, erst einmal ein Wasser!«

Das Gesicht der Frau hatte einen mütterlichen Zug. Sie wartete die Antwort nicht ab und verließ das Wohnzimmer. Auf dem Flur raunte sie ihrem Mann, der sich noch an der Garderobe zu schaffen machte, leise zu: »Die Stimme, Kurt! Ihre Stimme!«

Martina Maybach stand in dem fremden Zimmer. Sie hörte die Bemerkung, die nicht für sie bestimmt war. Den Sinn verstand sie nicht.

Kurt Krüger trat ein und blieb neben seiner Besucherin stehen. »Sonst mach ich das ja nicht so, aber wegen Frieder...«, erklärte er. »Also, sagen Sie mir bitte, was

Sie vom Frieder wollen. Sie müssen nämlich wissen, der Frieder und wir … Seit es das Haus gibt, sind wir Nachbarn, weit mehr, sehr gute Nachbarn. Er hat ja sonst niemanden mehr gehabt … ich meine Familie, Verwandte, wenn Sie wissen, was ich …«

»Ich bin Frau … ich bin Frieders Ehefrau!«

Krüger zuckte zusammen, hielt sich für einen Moment am Tisch fest und ließ sich dann in den Sessel fallen.

Martina Maybach aber lauschte, wartete, hoffte, etwas zu hören, vertraute Schritte vielleicht das Atmen eines Mannes, den sie kannte, oder etwas zu spüren, Blicke, die wie heiße Punkte auf ihrem Körper brennen würden.

Die plötzliche Stille im Wohnzimmer rief die Hausfrau. Sie kam, drängte Martina sich zu setzen und stellte eine Flasche Mineralwasser und ein Glas vor ihr ab. Dann schaute sie ihren Mann an.

»Was hast du, Kurt? Was ist?«

Der konnte seinen erschrockenen Blick nicht von Martina abwenden. Dann setzte er zum Sprechen an, doch es fielen ihm nicht die richtigen Worte ein. Sein Blick ging zu seiner Frau. »Sie ist …« An deren Reaktion merkte er, dass er nichts weiter erklären brauchte.

»Natürlich, Kurt! Die Stimme, Kurt! Hab ich dir doch eben gesagt: Ihre Stimme!« Sie nickte und wandte sich Martina zu. »Entschuldigung! Wissen Sie, er, also der Frieder, der hat nie etwas erzählt von all dem. Nur in den letzten Wochen, nachdem er zurück war, da hat er manchmal davon gesprochen. Auch, dass er sich verliebt hatte … irgendwann, schon lange her, wohl schon in den achtziger Jahren … und, obwohl er es nicht gedurft hätte … anfangs, so meinte er, er liebte sie immer noch, also anfangs, da habe er nicht genau gewusst, ob es die Frau oder vielleicht nur ihre Stimme war, die ihn nicht mehr losgelassen hat. Und weil er doch eigentlich ... bitte, Frau ... Ihren Namen hat er nie erwähnt ... bitte nicht böse sein! ... Wie man eben so sagt! ... Der Frieder ... ach ... die Zeit ... die Zeiten eben!«

Gertrud Krüger goss Wasser ins Glas.

Ihr Mann hatte sich der Besucherin wieder neugierig zugewandt. Er mühte sich standhaft, ihren Blick zu erwidern. Schließlich sagte er: »Sie schauen mich so an. – Warum sie den Frieder geholt haben, wollen Sie mich doch fragen, oder?«

Martina Maybach wollte antworten. Ihre Stimme drohte zu versagen. Schon wollte sie nur zustimmend nicken. Leise brachte sie dann hervor: »Ich weiß ... ich weiß es doch! Ich bin doch seine Frau! Ich weiß, weshalb er festgenommen wurde ... weil er ...!«

»Da, wo Sie jetzt sitzen«, unterbrach die Hausfrau, der das Thema nicht zusagte, »da saß auch der Frieder immer, wenn er zu uns rüber kam. Er war oft hier. Auch, nachdem er zurück war, wissen Sie, er war immer noch so unruhig, obwohl doch alles vorbei war. Ich glaube ... nicht böse sein, wenn ich das sage. Der Frieder hat auf Sie gewartet. Einmal ist er noch verreist gewesen. Wohin, das hat er nicht gesagt. Doch als er zurückkam, ich weiß nicht, da war er ganz anders. Seitdem ... also in den letzten Wochen, da hat er manchmal eine Frau erwähnt. Jetzt, nachdem ich ihre Stimme gehört habe, da bin ich mir ganz sicher, er hat von Ihnen gesprochen. Und von Australien, von Australien hat er geschwärmt. Wenn das wahr ist, was er von dem Land erzählt hat, kann ich ihn verstehen, dass er Sehnsucht dorthin hatte.«

Martina Maybach holte das Hochzeitsbild aus ihrer Handtasche, betrachtete es erst selbst ausdauernd, als müsse sie es für immer überreichen, und sagte: »Schon eine Weile her! Dänemark, 1981, er hatte mich mit der Hochzeit so überrascht. ... Auch deshalb ... bitte ...«

Martina Maybach fühlte sich schwach. Ihre Beine waren kalt bis zu den Knien, als hätte alles Blut sie verlassen. Angst vor der Antwort nahm ihr die Kraft zu fragen.

»Bitte, sagen Sie mir, wo ich ihn finde! Sie sehen doch, die Zeit! Es wird Zeit, dass wir uns sehen. Der Kondor ... wir müssen reden, der Frieder und ich! Wissen Sie, einfach nur reden!«

Sie streckte die Hand mit dem Bild zu Kurt Krüger hin.

Der zögerte das gerahmte Foto zu nehmen. Dann griff er es behutsam und sah sich die Fotografie lange an. Seine Hände begannen zu zittern, und seine Augen wurden matt.

Er gab das Foto seiner Frau.

Die blickte Martina freundlich an, bevor sie auf das Bild schaute. »In der Zeit haben wir ihn noch nicht gekannt. Das Haus hier stand da noch nicht ... So jung, wie er damals war.« Entschlossen wandte sie sich ihrem Mann zu: »Kurt, es wird richtig so sein!«

Und zu Martina: »Ich glaube Ihnen!« Um ihre Worte zu bekräftigen, legte sie ihre Hand auf die ihrer Besucherin. »Hol die Sachen ... bitte, Kurt! ... Es hilft nichts! Mach schon!«

Der Mann stand auf, die Blicke seiner Frau drängten ihn.

Kurt Krüger ging ins Nebenzimmer.

Gespannt hörte Martina auf jedes Geräusch.

Eine Schranktür knarrte, Schlüssel klirrten gegeneinander, eine Stahlkassette wurde geöffnet und wieder geschlossen.

»Ich glaube Ihnen«, sagte Gertrud Krüger noch einmal.

Martina spürte die faltige Haut ihrer warmen Hand.

Kurt Krüger kam ins Zimmer zurück. Wortlos und ohne der Besucherin in die Augen zu schauen, legte er vorsichtig ein Päckchen auf den Tisch. Seine Frau schob es Martina aufmunternd nickend zu.

Martina erkannte das Päckchen sofort. Vor über einem Jahr hatte sie es gepackt. Ihre letzte Post, adressiert an Herbert Gabler, doch schon für Frieder Gänsekiel bestimmt. Das Päckchen war ungeöffnet.

»Als man den Frieder abholte, damals, vor einem Jahr ... er hatte ja damit gerechnet,« sagte Kurt Krüger. »Ich hatte zwar eine Postvollmacht von ihm, doch wegen des Postschließfaches ... Frieder hatte mich vorher darum gebeten ... er wollte ganz sicher gehen ... für alle Fälle, hat er mir gesagt. Er wollte nicht, dass der Schlüssel in seiner Wohnung gefunden wird und auf das Schließfach aufmerksam macht. Wenn Sie verstehen! Als er zurückkam, war er noch immer vorsichtig. Auch ich habe noch eine ganze Weile gewartet. Vor ein paar Tagen war ich auf dem Postamt. Der Frieder hat ja nicht mehr mit irgendwelcher Post gerechnet. Ich hab das Schließfach nur abmelden wollen. Da war aber doch noch dieses Päckchen hier. Das hab ich dann mitgenommen ...«

Martina hörte dem Mann aufmerksam zu. Dann unterbrach sie ihn zögernd: »Der Frieder ... hat er mit Ihnen über den Kondor gesprochen?«

Die Krügers sahen sich fragend an.

»Kondor? Nein! ... Über einen Kondor haben wir nicht gesprochen ...«, antwortete die Frau verlegen, weil sie den Sinn der Frage nicht verstanden hatte.

»... aber sonst haben wir alles so erledigt, wie Frieder es wollte«, sagte Kurt Krüger.

Ich danke Günther Drommer für die fachliche und freundschaftliche Begleitung meiner Arbeit an diesem Buch.
Jochen Päßler

Verlagsanschrift:
Verlag Wiljo Heinen
Franz-Mehring-Platz 1
10243 Berlin

www.verlag-wh.de

Umschlag: Fotos: Jochen Päßler – Montage: Wiljo Heinen

Lektorat: Günther Drommer
Umschlag und Typographie: Wiljo Heinen
Gesetzt aus der Sabon.
Druck und Weiterverarbeitung: AJS Spaustuvé, Litauen
Printed in the EU.

ISBN 978-3-939828-34-1

Bibliografische Information der Deutschen Nationalbibliothek
Die Deutsche Nationalbibliothek verzeichnet diese Publikation in der Deutschen Nationalbibliografie; detaillierte bibliografische Daten sind im Internet über http://dnb.d-nb.de abrufbar.